「선생님, 전 선생님이
절 불러줬으면 좋겠어요!」

「쿠퍼 선생님은
주인님답게 행동해야 할 터.」

어새신즈 프라이드 4
살교사와 생란의 도

(나는 지금까지 이런 흐릿한 안개 속에서
그 사람의 모습을 찾고 있었던 거야?)

안개 같은 증기가 플랫폼을 가득 채우고

열차가 천천히 움직이기 시작한다.

금세 속도를 올린 강철의 상자는 유리 돔에서 튀쳐나와

늘어선 첨탑을 횡단하여,

이윽고 고가선로의 인도 가운데 카디널스 학교구를 나왔다.

시야를 불태우는 랜턴 빛이 메리다 일행의 앞날을 축복했다.

메리다 엔젤
〈성기사〉 가문 출생이지만 마나를
지니지 않은 소녀. 가정교사인 쿠퍼로부터
여행에 초대받고 들떴으나…….

「이것도 쿠퍼 선생님의 서프라이즈?」

엘리제 엔젤

메리다의 사촌 자매로 《성기사》 클래스를 지닌
우수한 마나 능력자. 그다지 감정을 얼굴에
드러내진 않지만 메리다를 아주 좋아한다.

「그 선생님을 가장 두근거리게 만들 수 있는 건 리타.
옆에서 보아온 나는 알 수 있어.」

살라샤 쉬크잘
〈용기사〉 세르주 공작이 아끼는
여동생. 얌전한 성격으로
친구 뮬에게 휘둘리는 일이 잦다.

「나, 나도 해달라고 할까.」

「우리 중의 누군가가 쿠퍼 선생님과 러브러브해야 한다는 소리야!」

「여, 여기 온천이야?! 우리가 지금, 얼마나 부끄러운 꼴을 하고 있는데?!」

뮬 라 모르

《마기사》 가문의 영애. 《순례》의 감사로서 쿠퍼 일행과 함께 여행한다. 메리다에게 흥미진진.

「사무라이를 너무 얕잡아 본 거 아닙니까.

가짜에게는 가짜의 긍지가

있는 겁니다!」

쿠퍼 방피르

메리다의 가정교사. 암살자로서의 얼굴은
제자에게 숨기고 있다. 세르주 쉬크잘과의 거래로 인해
그의 대역으로서 《순례》에 나서게 되었으나……

「그 비상술은 설마──?!」

상대의 공격력마저 이용해
검은 군복은 더욱 높은 상공으로 날아올랐다.
적의 모습을 뒤쫓아
머리 위를 올려다본 쿠샤나의 눈동자에,
벚꽃색 소녀의 모습이 겹쳐 비쳤다.
폭발적인 푸른 불길이 하늘을 가득 메운다.

「아가씨, 죄송합니다만.」

쿠퍼 선생님. 당신을, 더욱더 알고 싶어―

「부상 입으신 거 알고 있어요.
다들 왕자님을 봤지만,
저는 선생님을 보고 있었으니까요!」

어새신즈 프라이드
ASSASSINSPRIDE
❖ 암살교사와 앵란철도 ❖

아마기 케이

NOVEL ENGINE

ASSASSINSPRIDE4
CONTENTS

쿠퍼 방피르

《백야 기병단》에 소속된
마나 능력자. 클래스는 《사무라이》.
메리다의 가정교사 겸 암살자로서
파견됐으나 임무를 어기고 메리다를
육성하고 있다.

메리다 엔젤

3대 공작 가문인 《성기사》 가문 출생
이지만 마나를 가지지 않은 소녀.
무능영애라고 멸시당해도
마음이 꺾이지 않은,
다부지고도 심지가 강한 노력가.

엘리제 엔젤

메리다의 사촌 자매로 《성기사》
클래스를 가진 마나 능력자.
학년 제일의 실력을 자랑한다.
말이 없고 무표정.

로제티 프리켓

정예부대 《성도 친위대》에
소속된 엘리트.
클래스는 《메이드》.
현재는 엘리제의 가정교사.

뮬 라 모르

3대 공작 가문의 일각
《마기사》의 영애.
메리다 등과 동갑이지만
어른스러운 신비한 분위기가 특징.

살라샤 쉬크잘

3대 공작 가문 《용기사》의
영애로 뮬과는
같은 학교에 다니는 친구.
얌전하고 심약하다.

세르주 쉬크잘

젊은 나이로 작위를 이은 《용기사》
공작이자 살라샤의 오빠.
《혁신파》의 수괴라는 얼굴도 가진다.

블랙 마디아

《백야 기병단》에 소속된
변장의 엑스퍼트.
클래스는 자유자재의
모방능력을 가진 《클라운》.

윌리엄 진

란칸스로프 테러 집단
《여명 희병단》에 소속된
구울 청년.
은밀하게 쿠퍼와 내통하고 있다.

네르바 마르티요

메리다의 동급생으로
그녀를 괴롭혔었지만,
최근엔 관계성이 변화.
클래스는 《글래디에이터》.

HOMEROOM EARLIER

"설마 엔젤 가문의 영애를 모시는 가정교사의 정체가 백야 기병단(길드 잭 레이븐)의 사신이었을 줄이야. 안 그래, 쿠퍼 방피르 군?"

갑자기 날아온 아무런 감정도 실리지 않은 선고에, 집무용 책상 앞에 서 있었던 군복을 입은 청년은 꽈악, 주먹을 세게 쥐지 않을 수 없었다.

청년의 단정한 미모가 아주 약간 굳어진 것을 재빨리 감지하고, 느긋하게 의자에 걸터앉은 또 한 명의 청년은 대조적으로 쾌활한 미소를 띠었다.

"안심해, 아직 누구한테도 이야기하지 않았으니까. 하지만 그 분위기를 보니, 아무래도 자네의 주인인 메리다 엔젤이나 엔젤 가문 당주 페르구스 공에게조차 비밀로 해야 하는 임무인가 보군?"

"세르주 쉬크잘 공, 우리는──."

바로 반론을 하려다 쿠퍼는 일단 입을 다물었다. 눈앞의 젊은 공작이 발하는 압박감에 밀리지 않기 위해 배에 힘을 모으고, 입술을 혀로 적신다.

"······쉬크잘 공. 아시다시피 저희 《백야》의 임무는 극비입니다. 각하의 명령이라도 상세한 내용을 밝힐 수는 없고, 만약 우리의 활동에 지장을 초래할 만한 일이 생긴다면 그에 상응하는 대처를 할 수밖에 없습니다."

"무섭게 왜 그래! 나도 자네들을 적으로 돌리기는 싫어."

어디까지 진심인지는 알 수 없지만, 젊은 공작은 요란하게 어깨를 움츠려 보였다.

그의 미성(美聲)은 성악가나 이럴까 싶을 정도로 드높았지만, 다행히 이들의 대화를 듣는 자는 주위에 아무도 없다. 휘황찬란한 집기들로 꾸며진 집무실에는 현재 쿠퍼와 세르주 쉬크잘 공 두 사람뿐이며, 외부와는 완벽하게 차단되어 있다.

프란돌 성왕구—— 40만의 사람들을 내포하는 이 거대 도시국가의 정점에 위치하는 국왕의 궁전이다. 빛이 들지 않는 뒷골목만을 걸어온 쿠퍼에게는 가장 인연이 없는 장소의 하나인데, 그리로 출두하라는 명령이 기사 공작 가문의 젊은 당주로부터 왔을 때는 솔직히 귀가 의심스러웠다.

가슴에 일말의 검은 불안을 느끼며 쿠퍼가 그의 집무실을 찾아오자, 세르주 쉬크잘 공은 만인을 매료시키는 쾌활한 미소로 맞이하면서 입을 열자마자 암살교사의 급소를 찔렀다.

표면상으로는 흥정을 위한 나이프를 서로 들이대고 있는 상황이다. 그러나 실제로는 쿠퍼 쪽이 압도적으로 불리한 처지다. 이쪽은 임무를 명령대로 이행하고 있다고는 말하기 어렵고, 품고 있는 비밀 중 하나라도 새면 이 세상의 모든 세력이 적으로 바뀔지도 모르는 형편이다. 만약 이 사교적인 공작이 변덕을 부려 입을 엉뚱하게 놀리기라도 한다면── 쿠퍼는 정말로 그 고귀한 금색의 천사를 피로 물들이지 않으면 안 되는 사태에 몰릴 것이다.

저번 비블리아 고트 사서관 인정시험. 그리고 범죄조직·여명 희병단(길드 그림피스)의 학원 습격이라는 터무니없는 난제를 극복하고 겨우 일시적인 안녕을 손에 넣었다 생각한 참에 이러한 곤경에 처하게 되다니── 쿠퍼는 입술을 꽉 깨물고 약간 무뚝뚝한 어조로 물었다.

"……그래서 입막음의 대가로 대체 저에게 무엇을 바라십니까?"

"예상대로야! 말을 잘 알아들으니 편하군. ──이걸 봐줘."

공작이 책상 서랍에서 대충 꺼낸 것은 펜던트였다. 얼룩무늬 조개껍데기를 사용해 만든 것인데, 그 환상적인 젖빛의 반짝임을 통해 공예사가 만든 일급품임을 알 수 있다.

거울처럼 잘 닦인 책상에 펜던트를 놓고 세르주는 이쪽의 눈을 쳐다보았다.

"방피르 군. 금년은 프란돌의 정치에 있어 특히 중요한 해야. 어째선지 알아?"

"왕위의 교대, 말씀이군요."

역시 잘 아는군, 하고 쉬크잘 공은 고개를 깊숙이 끄덕인다.

그들이 지금 있는 장소는 프란돌의 왕궁이다. 왕궁이란 왕이 사는 성이라는 뜻이다.

하지만 무상하다고 해야 할까. 고대에는 어땠는지 모르지만 현대의 프란돌에는 혈통으로 계승된 《왕족》이 존재하지 않는다. 때문에 민초에게 있어 최고의 권위자는 엔젤, 라 모르, 쉬크잘, 세 개의 기사 공작 가문의 인간이 된다.

그럼 지금, 이 궁궐의 왕좌에 군림하고 있는 인물은 누구인가. 민중이 '국왕 폐하'라며 우러르고, 정신적 지주로 삼는 도시의 대표자가 누구냐 하면—— 바로 《순왕작(巡王爵)》이란 이름으로 불리는 일시척인 왕 역할을 하는 사람이다.

세르주는 책상에 팔꿈치를 괴고, 손바닥을 깍지 끼고서 계속 말했다.

"순왕작이라는 작명은, 왕위를 기사 공작 가문의 당주가 교대로 맡는다는 《돌고 도는 왕의 작위》라는 의미에서 유래했지. 왕작은 평의회 의장 자리와 도시의 지도자를 어느 정도 마음대로 할 수 있는 권한을 부여받아. ——다만 당연히 족쇄도 있지. 가장 두드러지는 것이 임기."

쿠퍼도 직립 부동자세로 고개를 끄덕이고 말을 이어받는다.

"국정을 공평하게 집행하기 위해, 직설적으로 말하면 특정 공작 가문에 의한 독재를 막기 위해서, 순왕작의 임기는 3년으로 정해져 있습니다. 그리고 금년 3월로 현 왕작, 알메디아 라 모르 여왕 폐하의 임기가 만료됩니다. 그리고——."

"그래! 그러면 다음은 드디어 내 차례야. 라 모르 공이 왕위에서 물러남과 동시에 사상 최연소, 세르주 쉬크잘 국왕 폐하가 탄생하는 셈이지!!"

"경하드립니다."

"고마워. 살짝이라도 좋으니 웃어 주면 좋겠군."

공교롭게도 쿠퍼는 금발의 주인님에게 바칠 미소밖에 갖고 있지 않았다. 조각상처럼 단정한 무표정을 무너뜨리지 않고 쿠퍼는 뒷짐을 지고 재차 물었다.

"지금 이야기가 이해가 잘 안 됩니다만, 설마 저더러 축하연의 간사를 하라는 말씀이신지?"

"아니야. 자네에겐 더욱더 중요한 일을 부탁하고 싶어. ──아, 걱정하지 않아도 돼. 이건 틀림없이 자네에게 딱 맞는── 자네밖에 할 수 없는 일이니까."

피잉. 세르주가 정교한 조개껍데기 펜던트를 손가락으로 튕겼다. 책상 이쪽으로 굴러온 그것을 내려다보고 쿠퍼는 아주 살짝 눈살을 찌푸렸다.

"순례의 증명증이 아닙니까?"

"빠삭하군. 맞아, 아무리 공작 가문의 당주라고 해도 거저 왕관을 받을 수 있는 건 아니야. 그 전에 완수해야 하는 《왕의 시련》이라는 것이 있어."

"하지만 그건, 소위 형식적인 통과의례. 품이 드는 건 아니라고 들었습니다만?"

"그랬었는데…… 이번엔 아무래도 형세가 심상치 않아지기 시작해서 말이지."

"말씀인 즉?"

공작은 대답하지 않고 가죽을 씌운 의자에서 일어났다.

넓은 집무실을 빙그르르 돌아서 쿠퍼의 앞으로. 쉬크잘 공은 이미 성년이나 연령 이상으로 어른스러운 쿠퍼와 눈높이는 별반 다르지 않다. 청년의 영리한 미모와는 대조적인 봄처럼 화사한 미소를 지으면서 공작은 청년의 어깨에 손을 올렸다.

"방피르 군. 나 대신에 좀 죽어줄 수 없겠나."

"…………네?"

LESSON: I ~한숨의 가교(架橋)~

그 핸섬한 청년은 책상에 팔꿈치를 괴고 속내를 깊숙이 드러내는 목소리로 말했습니다.

"당연히 다 알고 있지. 그녀의 마음도 그리고 내 가슴을 애태우는 이 열기의 정체도 말이야. 아름답게 성장한 그 아이의 눈동자가 날마다 나한테 속삭여 주거든."

동료가 내민 술을 쭉 들이켜고 청년은 잔을 난폭하게 테이블에 되돌립니다.

"하지만 아무리 그렇다 한들 대체 뭘 어쩔 수 있겠어? 그녀와 나는 달라도 너무 달라. 나는 하찮은 평민 출신 기사. 그녀는 이 나라를 다스리는 국왕의 딸. 우리가 맺어지는 일은 만에 하나 폐하가 눈감아 주신다고 해도 신이 허락하지 않을……."

만취한 청년은 테이블에 푹 엎어졌고, 보다 못한 동료가 그의 등을 쓸어내려 줍니다. 그러나 두 사람은 끝까지 깨닫지 못했습니다.

그들이 있는 대기소의 문이 아주 조금 열려 있는 것을.

그 바로 바깥쪽에 암행용 로브를 입은 한 소녀가 우두커니 서 있는 것을.

이 나라에서 가장 귀한 아가씨가 청년과 같은 이유로 슬픔의 눈물을 흘리고 있다는 것을……━━.

타앙. 책을 덮고 메리다는 그 연애소설을 가슴에 끌어안았다.

카디널스 학교구. 메리다는 자신의 저택 침대에 드러누워 천장을 쳐다보았다. 양복 스커트가 약간 경망하게 흐트러져 있으나 그것을 보고 입이 닳도록 주의를 주거나 독서 자세에 대해서 이러쿵저러쿵 설교해 줄 가정교사의 모습은, 지금은 온데간데없다.

저택의 반(半) 2층에 위치하는 그의 방을 찾아가 봤자 쓸쓸한 정적이 기다리고 있을 뿐이리라. 현재 그는 메리다의 저택을 벌써 며칠 전부터 비우고 있기 때문이다.

계절은 프란돌의 4월, 첫 번째 주. 다다음 주에는 봄방학이 끝나고, 메리다가 다니는 성 프리데스위데 여학원에서는 신년도가 시작된다. 2학년 진급을 몹시 기다리고 있는 메리다는 당연히 이 시기를 가정교사와 함께 자율연습에 매진할 셈이었다.

그런데. 지난 학기 비블리아 고트 사서관 인정시험을 마치고, 경애하는 셴파와 크리스타 외 3학년이 학원에서 졸업하는 것을 송별하고 재학생이 봄방학에 들어가자마자 쿠퍼는 이렇게 요청했다.

내년도 수업이 시작될 때까지의 몇 주 동안, 휴가를 가고 싶습니다━━라고.

메리다는 쿠퍼의 주인님이긴 하지만 직접 고용한 자는 아니다. 그의 고용계약이 어떻게 되어 있는지는 그를 스카우트하고 파견한 본가의 사람밖에 모를 것이다.

그래서 만류할 수 없었다. "봄방학 중에도 매일 선생님과 같이 있고 싶어요."라고, 아무리 바라는 일이어도 입에 담을 수 없었다. 갑자기 뼈저리게 느껴졌기 때문이다.

자신과 그와의 사이에 존재하는 것은, 가정교사와 학생이라는 관계뿐인 게 아닐까 하는 불안이.

어떠한 이유로 메리다가 학원을 그만두기라도 한다면 역할이 끝난 그는 미련 없이 저택에서 떠나버리는 게 아닐지. 그 후 두 번 다시 못 보게 되지는 않을지. "선생님."이라고 부르는 것마저 용인되지 않는다면⋯⋯.

그를 보지 못하는 날이 하루, 또 하루 지나가는 동안 메리다의 마음에는 얼어붙을 듯한 불안이 눈처럼 쌓이고 있었다.

"하아⋯⋯ 선생님."

뒹굴, 몸을 뒤척이다 메리다는 침대 시트에 입술을 눌렀다.

온기 속에 감추듯이 자그맣게 한 마디.

"쿠퍼⋯⋯ 님⋯⋯."

"리타?"

"──꺄아아악?!"

갑자기 누군가 말을 걸어 메리다는 침대 위에서 튀어 올랐다.

황급히 뒤돌아보니 사랑스러운 은발의 요정이 침대에 올라와 있었다. 사복 차림의 그녀는 블라우스가 구겨지는 것도 개의치 않고 기어서 다가와 메리다의 등을 껴안았다.

"방금 누구 이름을 불렀던 거야?"

"아, 아무도 아니야! 책 읽고 있었어!"

메리다는 머리맡에 연애소설을 놓은 다음 표지를 팡팡 두드리며 주의를 끌었다. 엘리제는 사촌 자매와 서로 바싹 붙어 시트에 눕고 별생각 없이 책을 바라보았다.

"무슨 내용이야?"

"아직 몰라. 하지만 지금까진—— 슬픈 내용이야. 이 스토리의 히로인과 주인공에겐 몇 가지 《차이》가 있거든. 그래서 두 사람은 쉽게 맺어지지 못해…….."

메리다는 위로하듯이 표지를 쓰다듬었다. 마치 이야기꾼이라도 된 양 목소리에 감정이 실린다.

"예를 들면 신분의 차이 같은. 히로인은 그 나라에서 가장 신분이 높은 일족. 하지만 주인공 쪽은 가문도 분명치 않은 빈민가 출신. 주인공은 뛰어난 무용과 총명함으로 주위에 이름을 날리지만, 머리가 꽉 막힌 사람들은 그를 결코 인정하려고 안 해."

메리다의 뇌리에 선명한 광경이 되살아나기 시작했다.

아닌 것으로 판명 나긴 했지만, 커다란 경탄과 함께 그녀의 기억에 남겨진, 학원 대성당에서 있었던 사건. 느닷없이 소녀의 화원에 난입한 피에로 마스크 남자는 어두운색 군복을 입은 청년과, 그에게 매달리는 메리다를 바라보고 이렇게 내뱉었었다.

『조심하거라. 만약 지금 이게 축복받지 못하는 사랑이라면 너도 메리노아처럼 불행해지고 말 거야──.』

　메리다의 어머니, 지금은 죽고 없는 메리노아 엔젤은 부호라곤 해도 평민 출신이었다. 그런 그녀가 이 나라의 최고 권력자, 엔젤 가문 당주 페르구스와 맺어지기까지는 엄청난 장해물들이 있었다고 들은 바 있다.

　그것을 극복하면서까지 페르구스와 결혼한 그녀는 임종 직전 자신의 인생을 어떻게 생각했을까. 그 마법서가 만들어낸 가짜 법정에서 들은, 죽은 어머니를 모욕하는 온갖 망발 역시 메리다의 마음에 쓰디쓰게 새겨졌다.

　메리다의 목표는 기병단의 최고봉 · 성도 친위대(크레스트 레기온)에 발탁되어 이 나라의 모두가 인정하는 엔젤 가문의 자식이 되는 일이다. 그 이정표가 되어 준 것이 바로 쿠퍼 방피르. 하지만 메리다가 바라는 대로 《공작 가문의 혈통》으로서의 입장을 확고히 다지면, 그녀의 둘도 없는 또 하나의 소망── 사랑하는 사람과 함께 빛을 달콤한 미래는 지금 이상으로 현실감을 상실하게 되지는 않을까?

　사고가 점점 소용돌이에 빠져서 메리다는 억지로 고개를 흔들었다.

　"또, 또 하나의 문제는 나이 차이야. 이 히로인은 주인공보다 많이 어리거든. 히로인 쪽은 하나도 신경 쓰지 않는데 주인공 쪽은…… 그녀를 《여자》로 봐도 되는 건지 어떤지 고민하는 일이 많은 것 같아."

풀썩. 메리다는 책을 펼친 채 베개에 엎드렸다. 그녀의 금발에서 공상의 구름이 피어오르고 뭉게뭉게 부풀어 올라 형태를 이룬다.

메리다도 엘리제도 지금은 사복 스커트를 입은 채 침대에 드러누운, 한마디로 숙녀답지 않은 꼴을 하고 있다. 쿠퍼가 집에 있다면 이런 태평한 모습은 당연히 절대 보여주지 않을 것이다. 좀 더 멋을 부리고, 머리도 정돈하고, 몸가짐도 가지런히 하여 가장 인상이 좋은 상태에서 그에게 평가받고자 할 테니까.

그런데 만약 현재 이 모습을 보이고 말았다면?

스커트 안쪽이 그의 시선을 유혹해 버렸다면? 흐트러진 가슴 속살이 그의 눈앞에 드러났다면? 저택에서 함께 사는 교사인 관계로 불가항력이긴 하나, 열세 살의 무구한 피부를 그가 만진 일은 열 손가락으론 셀 수가 없을 만큼 많다. 하지만 그때마다 기억에 있는 그의 반응이 어땠던가? 얼굴을 붉히고 부끄러워했었나? 아니면, 메리다의 티 없는 아리따운 모습에 마음을 빼앗겼던가? ——둘 다 아니다.

그런 일은 극히 드물었고, 대부분은—— "아이고."

그는 다만 나이 차가 나는 오빠처럼, 어이없어하는 음성으로 설교하곤 했다.

"아가씨? 누차 말씀드립니다만 아가씨도 이젠 상급학교에 다니는 나이. 마냥 유년학교 학생 기분으로 있으면 안 됩니다. 레이디가 되기 위해 평소부터 정신을 바짝 차려야——."

"아, 알고 있어요! 선생님은 그런 식으로 절 금세 아이 취급한

다니까요!"

　결코 경망스러운 몸짓을 했었던 건 아니다. 다만 무슨 까닭인지, 그에게는 자신의 꼴사나운 모습을 노출하고 마는 일이 이상하게 잦다. 하지만 그때마다 쿠퍼는 메리다를 넋 놓고 보고 그러는 법이 없다. 차분한 표정으로 숙녀의 마음가짐을 설명할 뿐이다.

　그 정도로 흥미를 보이지 않다 보니 메리다까지 정색하게 되는 것이다.

　"어, 언제까지고 어린애라고 생각하지 말아 주세요! 저도 내년에는 열네 살이에요. 그러면 선생님하고 세 살밖에 차이가 나지 않아요. 금방 선생님을 따라잡아서 그런 태연한 표정, 짓지 못하게 해 줄 거예요!"

　"그렇습니까. 이렇게 말하는 저도 내년에는 열여덟 살이 됩니다."

　"하으우?!"

　비공을 찔린 새끼 곰같이 메리다는 움찔, 뒤로 몸을 젖히고 경직됐다.

　전혀 생각이 미치지 않았다는 표정이다. 쿠퍼는 그럴싸하게 팔짱을 꼈다.

　"저는 느긋이 나이를 먹어갈 테니까 아가씨는 되도록 서둘러 같은 나이가 되어 주세요. 언제쯤 따라잡아 주실 건가요? 내년? 내후년?"

　"흐규규~~~~~~……으으으!!"

대꾸할 수 없는 말을 입에 가득 모으고서 뺨을 새빨갛게 부풀리는 아가씨였다.

이상, 그와의 안타까운 한 장면을 상기한 메리다는 천천히 베개에서 얼굴을 들었다. 그러자 그 뺨에 사랑스러운 사촌 자매가 뺨을 바싹대며 달라붙었다.

"걱정 마. 리타는 성 프리데스위데에 입학했을 때와 비교해서 훨씬 예뻐졌어. 내가 하는 말이니까 확실해. 그 둔한 선생님도 곧 깨달을 거야."

"엘리…… 훌쩍."

"그러니 지금보다 더 힘내자. 우리는 더욱더 성장할 거야. 여자로서 점점 매력적으로 변할 거고. 쿠퍼 선생님의 오기를 우리 둘이 꺾어 주자."

평소와 똑같이 흔들림 없는 단단한 목소리로, 엘리제는 믿음직하게 주먹을 쥐어 보였다.

그러면서 엉뚱한 방향을 바라보고 공상을 응시하는 양 무언가 중얼거린다.

"그렇게 하면 쿠퍼 선생님을 사이에 두고 나랑 리타도 가족…… 밝은 가족계획…… 모두 행복……."

"어, 뭐야? 무슨 말이야?"

"지금은 아직 계획 단계니까 신경 쓰지 마."

무슨 영문인지 한껏 책사 같은 분위기를 풍기며 엘리제는 찌릿, 눈을 치켜떴다.

메리다 옆에 드러누운 엘리제가 이마를 비비댄다. 이 아이 역시 쓸쓸한 걸지도 모른다. 새끼 고양이끼리 장난치듯이 서로의 등에 양팔을 두른다.

봄방학 동안 이 분가의 사촌 자매가 메리다의 저택에 머무르는 까닭은 그녀의 저택에서도 가정교사가 사라져 버렸기 때문이었다. 메리다 쪽 쿠퍼와 마찬가지로 엘리제의 가정교사인 로제티도 방학 동안 휴가를 갖기로 했다고 한다. 간단히 사정을 물은 바, 실로 오래간만의 귀향이란다.

명목상으로는 자율연습의 효율을 높이기 위해. 실제로는 멀리 떨어진 마음의 지주를 메우기 위해서 메리다와 엘리제는 이렇게 같은 저택에서 방학을 보내고, 불현듯 쓸쓸함을 느꼈을 때는 지금처럼 서로 응석을 부리는 중이다.

그렇게 옆에서 보면 나태하기 짝이 없는 모습으로 드러누워 있는데, 노크 소리가 콩콩 울렸다. 이미 문은 열려 있고, 메이드 옷을 입은 소녀가 어이없는 얼굴로 서 있다.

"세상에, 아주 그냥 실컷 늘어져 계시는군요. 방학이라고 해서 이래도 되는 건가요? 두 분 다, 선생님들로부터 받으신 과제는 마치셨어요?"

저택의 메이드장 에이미다. 메리다는 드러누운 채 얼굴만 들었다.

"옛날에 끝났어. 학원 숙제도 다 했고. 그러니까 확실히 말해서—— 한가해."

"한가해. 너무 한가해."

"어머머, 근면한 건지 게으른 건지—— 그런 두 분에게 좋은 것을 가져왔어요."

"좋은 거?"

"쿠퍼 씨가 보낸 우편이에요."

홱. 메리다와 엘리제는 용수철같이 침대에서 뛰어내렸다. 옷과 머리카락을 무심결에 단정히 하며 연상의 메이드장 앞에서 몸을 뒤로 젖히고 팔을 내민다.

"보여 줘. 뭐라고 쓰여 있었어?"

"쓰여 있었다고 해야 하나―― 뭔가 이상해요. 편지도 메시지 카드도 안 들어 있고, 두꺼운 봉투 안에――."

"진짜~ 뭘 보낸 거냐구!"

메리다가 저도 모르게 큰소리를 냈을 때, 문 옆에서 불쑥, 불쑥, 불쑥, 헤드 드레스 세 개가 나타났다. 에이미의 부하인 메이드 3인조다.

"뭐야, 뭐야? 쿠퍼 씨가 러브레터를 썼대?!"

"이건 놓칠 수 없네요."

"나도 좀 보여 줘~!"

"애들 좀 봐, 가만 안 있을래!"

에이미는 망연하게 한숨을 쉬면서 은제 쟁반에 놓여 있었던 봉투를 집어 들었다.

그녀가 봉투를 거꾸로 들자, 부수수, 종이뭉치가 후두둑 떨어진다.

쟁반 위에 쏟아진 그것들을 소녀들의 눈길이 여섯 방향에서 들여다보았다.

"뭐지?《특별관람석》…… 《우대권》……이라고 쓰여 있어."

"정확히 6인분이 있군요. 근사해라, 금박이 되어 있어요."

"이쪽은 또 다른 종류야."

메리다가 쟁반 위에서 한 장을 집어 들고 별 뜻 없이 방의 등불에 비춘다.

날짜와 시각. 그리고 차량의 등급과 《TRAIN》이란 문자를 보고 의아한 듯이 눈살을 찌푸렸다.

"열차 티켓……?"

† † †

신년도를 맞이하는 금년 프란돌 성왕구에는 두 개의 역사적 행사가 예정되어 있다. 하나는 말할 것도 없이 사상 최연소 순왕작이 되는 세르주 쉬크잘 공의 대관식. 그리고 다른 하나는 그의 대관과 맞춰 첫선을 보이게 되는, 쉬크잘 가문이 총력을 기울인 대발명——《비공정》이라고 불리는 하늘을 나는 배의 완성 기념식전이다.

'프리마베라'라고 명명된 그 불가사의한 배는 극장처럼 거대하며, 새들이나 날아다니는 높이에서 자유자재로 하늘을 날 수 있다고 한다. 사실이냐 거짓이냐, 국민의 관심은 예삿일이 아니어서 금년 순왕작 대관식은 평년을 웃도는 무시무시한 혼란이 예상되었다. 성왕구에는 급거 도시출입을 제한하고, 민중이 모이는 왕궁 앞 광장은 혼란에 따른 사고를 피하고자 공간을 좁

촘하게 나눈 예약제가 되었다. 그중에서도 가장 우아하게 식전을 관람할 수 있는 1등석은 무려 1년 이상 전에 매진되었다고 한다.

그 이상의 대우를 받으면서 식전을 관람할 수 있는 것은 도시 최고의 권력자인 기사 공작 가문의 인간뿐. 그들은 《특별관람석》이라는 이름이 붙은 전용 공간에서 순왕작의 표정이며 일거수일투족에 이르기까지를 같은 높이에서 지켜볼 거라고 한다.

만약 경매에 출품되기라도 하면 금화나 보석이 노도같이 오가게 될 파격적인 권리.

그것이 무려 6인분이나── 틀림없이 메리다와 엘리제, 메이드 일행의 관람석이리라. 오로지 이 저택의 소녀들을 위해 마련된 자리인 것이다.

"역시 쿠퍼 씨는 다르다니까!"

역으로 향하는 노면전차 안에서 여행용 원피스 드레스와 커다란 가죽 가방을 든 메이드들이 홍조를 띠고 떠들어댄다. 아가씨들의 보호자라는 역할이 있기는 해도, 이번 여행만큼은 이들도 마음껏 날개를 펼 수 있기 때문이다. 메이드 일동은 모두 한창 나이 소녀의 얼굴이 되어, 자신을 위해 준비된 티켓을 들고 왁자지껄하며 서로 자랑했다.

"올해는 아무 데도 못 갈 줄 알았는데, 봄방학 끝자락에 이런 선물이 기다리고 있었을 줄이야!"

"보통 여행이 아니에요, 초호화 여행이라고요. 호텔도 별 다섯 개짜리!"

"게다가 메리다 아가씨뿐 아니라 엘리제 님까지 함께 가고 말이지~!"

메이드 하나가 은발의 소녀를 팔로 꼬옥 안았고, 품에 안긴 엘리제는 아주 살짝 뺨을 붉혔다.

"아, 아으……."

엘리제는 포옹으로부터 빠져나와 에이미의 뒤로 쓱 돌아갔다. 흔들리는 차 안에서 자신의 등에 매달리는 어린 은발을 내려다보고 연상의 소녀는 "아." 하고 손바닥을 쳤다.

"그러고 보니, 엘리제 님은 다른 애들과 그다지 면식이 없었죠?"

"……응."

"다들, 나란히 서. 한 명씩 엘리제 님에게 인사를 하자."

에이미의 제안에 세 사람은 방정하게 앉음새를 고쳤다. 싹싹한 메이드 모드가 되어 끝에서부터 한 명씩 엘리제에게 미소를 보낸다.

"정식으로 인사드립니다, 엘리제 님, 마일라예요. 곤란한 일이 있거든 뭐든 말해 주세요."

"니체라고 합니다. 앞으로 자주 뵙겠습니다."

"그레이스입니다~! 앞으로 친하게 지내요, 엘리제 님!"

마지막 한 명이 각 잡힌 경례를 보여 줘서, 엘리제도 주뼛주뼛 앞으로 나왔다.

한 손으로 에이미의 스커트를 잡으면서 꾸벅, 고개를 숙인다.

"……잘 부탁, 해요."

"""어머, 귀여워라~~~~~~!!"""

말이 끝나자마자 메이드들은 싱글벙글 웃으며 세 방향에서 엘리제를 마구 만졌다. 인형처럼 꼼짝없이 여기저기 만져지면서, 은발의 소녀는 무표정인 채 몸을 파르르 떨었다.

"아으아으아……."

"이런 귀여운 아이의 시중을 들 수 있다니! 정말 최고의 여행이 되겠어!"

"확실히 메리다 님과 조금 닮으셨네요. 똑같은 옷을 입혀서 나란히 세워두고 싶은 기분이에요."

"사진 찍자, 사진! 모처럼 생긴 기회니까 기념으로 왕창 남기자고!"

"너희 정말, 아무리 여행이래도 너무 신난 거 아니니."

기가 막힌다는 듯이 그렇게 주의를 준 사람은, 난간을 잡은 열세 살 소녀였다. 메이드들의 주인 되는 메리다가 여유만만하게 머리칼을 쓸어 올리고 곁눈질을 하며 말한다.

"전차 안에서 소란 피우면 안 되잖아. 레이디라면 평소에도 정신을 바짝 차리고 있어야지? 설령 메이드복을 입고 있지 않아도, 학원 교복이 아니어도……."

메이드 3인조는 반사적으로 시선을 주고받고 얼굴을 맞댔다.

"티켓이 도착하자마자 『선생님이랑 만날 수 있어!』 하고 철야로 여행준비를 시작한 아가씨께서 그런 말씀을 하셔도……?"

"저 빵빵한 트렁크 안에 치장 도구가 가득 차 있는 걸 저는 봤지요."

"대본까지 만들어 연습했었잖아~. 내가 다 들었어. 『아가씨. 당신과 만나지 못하는 날이 계속될 때마다 제 마음에는 무수한 별 같은 연정이 내리고 쌓여갑니다.』『선생님, 저도 선생님에게 안기지 못하니 밤이 너무 추워서 잠들 수가 없어요.』──."

"와~~~악!! 이제 그만 말해!"

메리다가 요란하게 팔을 흔들자 메이드들은 혓바닥을 쭉 내밀고 시선을 흩뜨렸다. 간신히 일말의 평정을 되찾은 노면전차에서, "내가 못살아." 하고 뺨에 바람을 넣는 사촌 자매에게 은발의 엘리제가 몸을 기댄다.

"……리타, 무슨 걱정거리 있어? 아까부터 심각한 얼굴로 창 바깥을 보고 있네."

"걱정이라고 해야 하나, 에이미랑 마찬가지로 그냥 조금 이상하다는 생각이 들어서 그래. 확실히 발송인은 선생님이었지만, 메시지가 한마디도 없는 건 이상하다 싶어서. 그리고, 어떻게 이런 비싼 티켓을 마련했을까 하는 점도 있고, 어떤 의도로 우리를 초대해 주는 건가 하는 점도 있고……."

"그래도, 가는 거야?"

"그러니까 가는 거지."

메리다가 말했을 때, 까앙, 까앙, 까앙 종을 울리고 전차는 완만하게 속도를 낮췄다.

플랫폼에 들어선 소녀들을 기다리고 있었던 것은 나아갈 곳이 보이지 않을 정도로 수많은 인파였다. 카디널스 학교구 주민이 전부 몰려온 것은 아닐까 하고 착각할 정도로 엄청난 숫자. 설마 이 사람들이 전부 열차 승객인가 했지만, 대부분은 티켓도 들지 않고 다만 개찰구 앞에서 몸을 쭉 내밀고 있다.

"대체 무슨 일이지?"

플랫폼에는 현재 차체가 심홍색으로 칠해진 장거리 침대 열차가 정차 중이다. 헤드라이트 위쪽에 설치된 플레이트에는 메리다 일행이 가진 티켓과 동일한 차체번호가 새겨져 있다. 전방의 기관차량, 중간에 있는 1등부터 2등까지의 일반차량, 그리고 최후부에 있는 전세 귀빈차량── 사람들은 그 최후부 차체 쪽에 운집해 끊임없이 손을 흔들고, 열정적으로 무언가를 부르짖고 있었다.

유리 돔을 가득 채우고도 남는 열기에 메리다는 그만 엘리제와 서로 껴안고 기다리길 잠시. 일행으로부터 떠나 있었던 에이미가 신문팔이에게서 사정을 듣고 돌아왔다.

"아무래도 저 열차에 지금 순례 중인 왕작님이 타고 계신가 봐요."

"순왕작……이라는 얘기는."

"세르주 쉬크잘 공── 살라샤 양의 오라버니?"

메리다는 눈앞의 엘리제와 서로를 쳐다본 다음 연상의 메이드장에게 시선을 되돌렸다. 에이미는 어딘가 감개무량하면서도 한편으론 약간 난처한 모습으로 뺨에 손바닥을 가져갔다.

"순례 도중에 이 마을을 지나는 것을 알고, 소문을 우연히 들은 마을 사람들이 잔뜩 몰려왔대요. 그게 마침 저희가 탈 열차와 같았던 모양이라……. 사람이 빌 때까지 잠시 승차를 기다리는 편이 좋을지도 모르겠네요.”

말끝을 덮는 한층 더 커다란 환호성이 들끓었다. 구경꾼들이 차체를 찌부러뜨리는 게 아닐까 싶을 정도로 몰려들어서 군복을 입은 기사 몇 명이 필사적으로 막고 있다.

아마 순왕작 세르주 쉬크잘 공의 호위대일 것이다. 대장으로 보이는 콧수염을 기른 중년 기사가 열광하는 관객들을 견제하면서 큰 소리를 지르고 있었다.

“제군!! 진정하라!! 왕작은 이쪽에 계시다! 곧 얼굴을 보여 주실 것이다! 그렇게 눈에 쌍심지를 켜고 왕작을 놀라게 하지 말라! 자아, 물러가!!”

초조해진 구경꾼들의 감정이 최고조에까지 끓어올랐을 때, 마침내 귀빈차량의 창문이 상부로 올라갔다. 휙 걷힌 유리창 건너에 몇 명의 사람이 보인다. 메리다는 엘리제와 경쟁하듯이 괘종시계 받침대에 뛰어올라 인파의 최후방에서 그쪽을 바라보았다.

“저분이 순왕작…… 세르주 쉬크잘 공……?”

메리다는 그만, 어떤 의아함에 눈썹을 찌푸리고 말았다.

화려하고 눈부신 의복은 확실히 최고 권력자인 기사 공작 가문에 걸맞았다. 챙이 넓은 멋진 모자를 썼는데, 두툼한 꽃잎과 커다란 새의 깃털이 구색을 더하고 있다. 하지만 덕분에 거의 얼굴이 보이지 않는다. 잘생긴 입가가 다물어져 있는 것만 겨우 알 수 있다.

그는 천천히, 마치 의무인 것처럼 팔을 들어 운집한 관객을 향해 손을 흔들었다. 주로 젊은 여성들에게서, 돔이 찌르르 떨릴 정도로 큰 성원이 터져 나온다.

　메리다는 그런 그의 모습에 이루 말할 수 없는 위화감을 느꼈다. 어딘가에서 만난 듯한 기분이 드는 것이다. 여동생인 살라샤와 교류를 갖게 된 것도 극히 최근의 일인데.

　엘리제에게 의견을 구하려고 돌아보니, 그녀 또한 어딘가 이상하다는 듯이 고개를 갸웃거리고 있다. 은발의 사촌 자매는 갑자기 팔을 들고 열차 쪽을 가리켰다.

　"봐봐, 리타. 왕작님의 맞은편. 뮬…… 양이 있어."

　"뭐어?!"

　황급히 응시하니 그 말대로 귀빈차량의 우아한 소파 한쪽에, 넋을 잃고 바라보게 될 것만 같은 흑수정 빛이 있었다. 게다가 그 옆에는 복숭앗빛 머리카락을 나부끼는 살라샤의 모습도 있다. 두 사람 다 성 도트리슈 교복이 아니라 왕작을 돋보이게 하는 사복 차림이다.

　똑같은 광경을 보고서 똑같은 엔젤 성을 가진 사촌 자매는 서로 시선을 주고받았다.

　"왕작님의 순례 시중을 드는 걸까?"

　"우리도 언젠가 저런 임무를 명령받게 되는 걸까?"

　"상상도 안 되네. ──앗!"

　순간. 흡사 인력(引力)에 이끌린 것처럼 메리다의 시선과 뮬의 시선이 얽혔다. 이 거리에서도 똑똑히 알 수 있다. 그녀의 입

술이 어른스러운 미소를 만들고, 명백히 메리다를 향해 손을 흔들었다. 자기도 모르게 심장이 두근거리며 고동치는 것과 동시에, 전방에 있었던 구경꾼들이 몹시 열광했다.

"저분은 현 여왕 폐하의 귀여운 딸, 《디아볼로스》 뮬 라 모르 님이야!"

"지금, 나를 보고 미소 지었어! 나를 향해 손을 흔들어 주셨어!"

"무슨, 나를 보고 그런 거지! 아아, 연하라고는 생각되지 않을 정도로 아름다우셔!"

메리다는 망연하게 입술을 다문 다음 받침대에서 바닥으로 내려와 혼잣말로 대꾸했다.

"뮬 양은 나한테 미소 지은 거야."

이쪽에 등을 돌린 대관중이 "아앗!" 하고 탄식을 내뱉었다. 귀빈차량의 창문이 무자비하게 닫히고, 심홍색 블라인드가 시선을 턱 막았기 때문이다. 시간으로 따지면 1분도 채 되지 않았으리라. 이번 왕작은 서비스 정신이 부족한 게 아니냐며 미련이 남은 구경꾼들을, 군복 입은 경비대가 큰 소리를 내며 내쫓는다.

"자, 시간 됐다! 왕작님은 다망하시다! 계속해서 순례의 여정을 떠나셔야 한다!"

"손님들, 제발! 다른 승객 여러분에게 폐가 됩니다!"

역무원도 여럿 튀어나와 유례없는 대혼란을 필사적으로 정리하려 애쓰고 있다. 열차가 발진할 때까지 완강히 버티는 사람들의 무리를 어떻게든 한쪽으로 밀어서 개찰구까지의 길을 연다.

"승차하실 분도 계십니다! 티켓을 소지하신 분이 우선입니다! 현재 남은 판매분은 없습니다!! 자, 다치지 않도록 플랫폼에서 나가세요!"

"아가씨들, 가시죠."

에이미의 목소리에 퍼뜩 정신을 차리고, 메리다와 일행은 짐을 안고서 비교적 비어 있는 전방 차량을 통해 분주하게 열차로 올라탔다. 짤깍, 구멍이 난 티켓을 메리다와 엘리제는 사복 주머니에 집어넣었다.

"이것도 쿠퍼 선생님의 서프라이즈?"

"글쎄?"

자매가 킥 하고 서로 미소 지었을 때, 장거리 침대 열차가 드높은 기적 소리를 뿜었다.

안개 같은 증기가 플랫폼을 가득 채우고, 몇백 명의 시선을 질질 끌면서 열차가 천천히 움직이기 시작한다. 기관의 구동음이 발밑에서부터 조금씩 몸을 진동시킨다.

금세 속도를 올린 강철의 상자는 유리 돔에서 뛰쳐나와 늘어선 첨탑을 횡단하여, 이윽고 고가선로를 따라서 카디널스 학교구를 나왔다.

시야를 불태우는 랜턴 빛이 메리다 일행의 앞날을 축복했다.

카디널스 학교구

사색하는 첨탑이 늘어선 아름다운 학술의 도시

■ 교통 / Access
프란돌 제3층. 환승기가 다소 까다롭다.

■ 안내 / Commentary
프란돌 굴지의 학원가로서 맨 먼저 거론되는 것이 바로 첨탑의 거리, 이곳 카디널스 학교구이다. 시내에는 각 분야에 뛰어난 스무 개 이상의 칼리지가 즐비하게 늘어서 있는데, 프란돌 전역에서 수재들이 모이고, 대로로 각계의 저명인을 계속해서 배출하고 있다.

흡사 마법사의 고깔모자를 연상시키는 건물 지붕은 《사색하는 첨탑》이라고도 일컬어진다. 학교구란 이름이 주는 딱딱한 인상과는 정반대로 다람쥐가 생식하는 광대한 가든, 유명한 문호와 인연이 있는 갤러리와 카페, 지역 사람들에게 사랑받는 산책길의 펍 등 수많은 즐거움이 있다. 프란돌의 지식을 키우는 다양한 배경과 맞닥뜨리는 것이야말로 이 도시를 현명하게 걷는 법이라 할 수 있으리라.

가 볼 만한 곳
Tourist spot

카디널스 학교구 최대의 볼거리는 볼 수 없는 장소에 존재한다——이 수수께끼의 답을 알고 싶다면 남동쪽 대로로 발을 옮기면 좋을 것이다. 유달리 높은 성벽에 이어서 성 같은 첨탑이 보이기 시작한다면, 그것이 바로 그 유명한 성 프리데스위데 여학원이다.

귀족 자녀가 마나 능력자로서 절차탁마하는 그곳은, 당연하지만 관계자 이외의 출입은 엄격히 금지되어 있다. 그렇기는 해도 프란돌이 건조된 시대부터 여태껏 변함없이 우뚝 솟아 있다고 하는 유서 있는 성벽은 먼발치에서 바라보는 것만으로도 당신의 학구심을 가득 채워줄 것이다. 운이 좋으면 등하교 중인 레이디들과 "안녕하세요." 하고 인사를 나눌 기회도 있을지도 모른다.

LESSON: II ~필연의 여행자들~

"궁금한 점이 있는데, 왜 왕작님은 순례 같은 걸 하시는 거예요?"

느슨한 목소리로 그렇게 물은 것은 메이드의 한 사람, 그레이스였다. 힘쓰는 일을 잘하고 믿음직하긴 하지만, 주인을 상대로도 경어를 깜빡하곤 하는 게 옥의 티랄까.

칸막이석에 여섯 명이 마주 보고 앉아, 그중 열차가 나아가는 방향 중앙에 위치한 메리다가 엘리제를 향해 힐끔 눈짓한 다음 그레이스의 의문에 답해 주었다.

"왕작의 순례에는 여러 의미가 있어. 모든 국민에게 새로운 왕을 처음 선보이기 위함이기도 하고, 왕작에게 본인이 다스릴 나라를 돌이켜보게 하기 위함이기도 하지. 그리고 형식적이지만 사람들에게 그가 왕임을 인정하게 만들기 위한 시련이 부과돼."

"시련?"

"성석과 성검의 탐색 말이군요."

메리다 대신 메이드의 한 사람, 니체가 대답했다. 차분한 분위기의 소녀로 상당한 독서가다. 메리다에게도 자주 추천하는 책을 빌려주고는 한다.

아마도 정보지에서 얻었을 지식을 니체는 담담히 동료에게 들려주기 시작했다.

"예로부터 내려오는 관습인데, 왕작은 스스로를 왕답게 하고, 나라를 지키는 상징이 되는 성검을 자신의 손으로 준비해야 합니다. 그 소재가 되는 것이 바로 《네 개의 성석》이지요. 일류 대장장이가 두드린 명검에 성석을 끼워 넣음으로써 그것은 성검이 되고, 대관식에서 그 검에 맹세함으로써, 정식으로 왕으로서 인정받게 되는 겁니다."

"그 성석과 성검을 탐색하고 오는 행위가 일반적으로 순례라고 불린다는 얘기야."

까불이 같으면서도 사려 깊은, 메이드 그룹의 무드 메이커 마일라가 집게손가락을 척 세웠다.

"그 일만은 가신을 시켜 할 수 없어. 왕작님 당신의 발로 성검을 찾아 프란돌 전역을 여행해야 하지. 특히 도시 바깥의 하층민 거주구에까지 공작 가문의 당주님이 내려가는 건 좀처럼 없는 일이라서, 왕작님이 행차하시는 장소는 정말 난장판이 되지 —— 아까처럼 말이야."

"다들 미래의 왕을 한 번이라도 보고 싶어서 아주 열심이구나."

메리다는 복잡한 심경으로 중얼거리고 창 바깥을 보았다.

엔젤 가문의 현 당주는 메리다의 부친인 페르구스다. 즉 언젠가는 그가 이 나라의 옥좌에 앉을 때가 온다. 하지만 그로 인해 그에 대한 인상이 어떻게 바뀔까 자문해도 메리다는 답을 내놓을 수 없었다. 오히려 지금 이상으로 아버지가 멀어지지 않을까

하는 생각이 들 뿐이다.

　메리다의 그런 심경을 감지한 건 아니겠지만, 왼쪽 옆에 앉은 에이미가 금발을 부드럽게 빗겨 주기 시작했다. 대대로 엔젤 가문을 모시는 사용인 집안 출신으로, 철이 들었을 때부터 전속 메이드로서 시중을 드는 그녀는 메리다에게 있어 언니나 마찬가지다.

　"왕작님은 다음 장소로 어디를 향하시는 걸까요? 같은 차에 탈 수 있다니 대단한 우연이네요."

　"우연……."

　맞은편에 앉아 있는 엘리제가 작은 목소리로 반복하고 천천히 주머니를 뒤졌다.

　꺼낸 열차 티켓을 물끄러미 바라본다. 그리고 신중한 음성으로 중얼거렸다.

　"……날짜와 시각이 지정되어 있어. 우리가 이 열차에 타는 건 정해져 있었다는 거."

　"쿠퍼 군이 우리가 왕작님과 만날 수 있도록 계획했다고요? 아무리 그래도 그건 좀~."

　그레이스가 어이없다는 듯이 웃어넘기고 엘리제의 가냘픈 어깨에 팔을 둘렀다.

　"첫째, 그렇다면 왕작님이 언제 어디를 지나갈지 알아야 하잖아, 안 그래?"

　"아무래도 순례 루트까지는 공표되어 있지 않으니까……요."

　"그랬다가는 더 엄청난 소동이 벌어지겠지."

"기병단 연줄을 이용해 알았다든가?"

마일라가 가능성을 입에 담자 소녀들은 얼굴을 마주 본다. 누구랄 것도 없이 의문이 나왔다.

"……그러고 보니 쿠퍼 씨는 소속부대가 어디야?"

"성왕구 어디 아닐까 싶습니다만…… 글쎄요."

"군 쪽 업무는 몰라서 물어본 적이 없었네요."

"아가씨라면 뭔가 알고 있는 거 아니에요?"

메이드들의 시선이 집중되자 메리다는 황급히 고개를 흔들었다.

"모, 몰라."

부정한 후 새삼 자각한 메리다는 가냘픈 무릎에 시선을 떨궜다.

"나…… 선생님이 전에 무슨 일을 했는지, 하나도 몰라. 휴가 중 연락처도 모르고……. 어라……?"

저도 모르게 어안이 벙벙해진 목소리가 새어 나왔다.

1년 가깝게 매일을 함께 보냈다. 낮이고 밤이고 그 모습을 쳐다보았으며, 그에 대해서는 대부분 안 것 같은 기분이 들었다. 자신이 그에게 주종을 넘은 감정을 품는 것과 마찬가지로 그와 나는 이미 갈라놓을 수 없는 인연으로 맺어져 있다고 완전히 안심하고 있었다.

──환상에 지나지 않았던 걸까? 그가 눈앞에서 사라져 버리자마자 메리다의 마음속 확신은 순식간에 위태롭고, 허무한 것으로 변해갔다. 만약 그가 이대로 저택에 돌아오지 않으면 자신은 그의 뒤를 쫓을 수조차 없지 않은가.

나는 지금까지 이런 흐릿한 안개 속에서 그 사람의 모습을 보고 있었던 거야?

"서, 선생님⋯⋯."

급속히 몸이 차가워지기 시작해 메리다는 자신의 어깨를 껴안았다. 침대에 누워 태평하게 그가 돌아오기를 기다리고 있었던 자신이 원망스럽다. 왜 아무 의심도 없이 돌아와 주리라고 안심하고 있었던 걸까. 왜 헤어질 때 좀 더 확실히 사정을 물어봐 두지 않았던 걸까.

저택을 떠난 그는, 어쩌면 메리다가 모르는 연인과 만나고 있을지도 모른다. 가정교사 임무 중엔 결코 보여 주지 않는, 그런 미소를 띠고 있을지도 모른다.

메리다가 아는 그 모습만이 그를 형성하는 전부가 아닌 것이다──⋯⋯⋯.

"리타? 괜찮아⋯⋯?"

갑자기 입을 다물어 버린 메리다를 걱정해 엘리제가 맞은편에서 손을 뻗었다. 그녀의 귀여운 손가락이 차갑게 굳어진 메리다의 손가락을 달랜 그때였다.

"어, 뭐야⋯⋯ 저거."

"저기 봐! 창 바깥!"

일반차량의 승객들이 갑자기 소란스러워졌다. 주위 사람들이 자리를 일어나 한쪽 창문에 달라붙는다. 덩달아 메리다 일행 여섯 명도 얼굴을 돌렸다. 에이미가 앉은 창문 쪽이다.

프란돌을 구성하는 25개의 캠벨은 밤의 저주를 차단하는 랜턴에 담겨서 아주 높은 고도에 존재한다. 도시 중추에 우뚝 솟은 거대 미궁 비블리아 고트로부터 구부러진 기둥이 뻗어 있고, 그 끝부분이 시가지 구역을 지탱하고 있다.

　당연히 시가지와 시가지를 연결하는 고가선로들 역시 지상 몇천 미터라는, 까무러칠 정도로 높은 공간에 걸려 있다. 그 길을 달리는 열차는 아닌 게 아니라 멀리서 보면 하늘을 나는 것과 마찬가지다. 프란돌 건조와 동등한 역사를 가진다고 전해지는 이 황금의 가교에, 정비사 이외의 사람이 살아 있는 몸으로 발을 들여놓을 기회는 없다——.

　그런데 지금 승객들이 뚫어지게 쳐다보는 창문 바깥. 열차와 같은 고도에 《박쥐》 한 마리가 날고 있다. 등 부분에서 하얗게 빛나는 연기를 무시무시하게 분출하면서 열차와 나란히 날고 있다. 그 모습이 서서히 커져 실루엣이 뚜렷해지고, 몸에 걸친 금속이 빛을 반사해 고글 안에서 날카로운 눈동자가 번뜩인 순간—— 승객 중 누군가가 소리쳤다.

　"이, 인간이다!! 인간이 하늘을 날고 있어!!"

　메리다의 눈으로도 뚜렷이 알 수 있었다. 공중을 쑥쑥 달리며 열차를 뒤쫓아 오는 것은 기묘한 《갑옷》을 입은 인간 남자였다. 등 쪽에서 방대한 양의 증기를 흩뿌리고, 그 힘으로 포탄처럼 가속하는 모습은 마치 불길한 유성 같다.

　"혼자가 아니야, 많이 있어!"

　젊은 남자가 소리치며 반대편 창으로 달려들었다. 그쪽에도 복수의 《박쥐》가 하얀 증기를 나부끼고 있고, 검은 하늘에 폭음을 울리면서 열차에 접근하고 있다. 얼추 눈에 들어오는 것만으로도 총 숫자는 이미 열 명을 넘겠다.

"무, 무슨 퍼포먼스일까요……?"

에이미가 자신 없게 중얼거렸을 때, 메리다의 눈이 깜짝 놀라 휘둥그레졌다. 열차와 나란히 달리던 검은 박쥐 하나가 서서히 이쪽으로 팔을 뻗었기 때문이다.

그 팔 끝에서 총구의 빛이 보인 직후, 차내에서 메리다와 엘리제만이 반응했다.

""엎드려!!""

소리치는 것과 동시에 각자 양측에 있는 메이드들을 잡아당기며 좌석에 넘어뜨린다.

그 직후였다. 요란한 충격음과 함께 차량 창문이 관통됐다. 유리 파편이 흩날리고, 귀청을 찢는 듯한 비명이 터진다. 충격에 휩쓸린 승객들이 더덕더덕 쓰러진다. 선혈이 바닥을 타고 흐르는 것을 보고 메리다의 등줄기에 오싹한 전율이 일었다.

한숨 돌릴 틈도 없이 검은 박쥐들은 직접 열차에 침입하기 시작했다. 하늘을 날던 여세를 몰아 창문에 뛰어들어 가뿐하게 낙법을 치고 벌떡 일어난다. ——베테랑 전사들이다.

투구나 고글로 얼굴을 덮고 있어 신원은 알 수 없다. 메리다와 엘리제가 숨을 죽이고 쳐다보는 가운데 그들은 차내를 한 바퀴 휙 둘러보았다. 사상자가 나오지 않은 것을 확인한—— 것은 아니고, 재빨리 그들은 초조하게 말을 주고받았다.

"일반차량이다!"

"목표는 최후부에 있다! 서둘러!!"

침입해온 8명은 매끄럽게 두 조로 갈라졌다. 4명은 다시 창문을 통해 뛰쳐나가 지붕 위로, 다른 4명은 그대로 차내를 달려 후부차량으로 향한다. 거친 구두 소리가 메리다 일행이 있는 칸막이석 옆을 가로질렀다.

"무슨 일이야, 대체?!"

후부차량으로 통하는 문이 열리고 군복을 입은 기사 몇 명이 급히 달려왔다. 카디널스 학교구 역에서 관중을 제지했었던 콧수염 남성이 선두에 있었다.

그는 일반차량의 참상을 보자마자 솔선해서 군도를 뽑아 들었다.

"열차 강도냐?! 대체 어디에서 숨어든 거지!"

검은 박쥐들은 대답하지 않고 각자 날카롭게 무기를 뽑았다. 본 적도 없는 특이하게 생긴 무기. 기계적인 구조를 가진 그 도신이 순간 슬라이드하나 싶었더니 맹렬한 증기를 토해낸다.

용의 날숨 같은 그것은, 그러나 마나의 불길이 아니었다. 경비대장은 노성을 질렀다.

"마나 능력자는 아니다! 쫓아버려!!"

""예엡!!"""

응답한 젊은 기사들이 앞으로 나섰다. 전신에서 마나를 해방해 보통 사람의 눈으로는 파악조차 할 수 없는 속도로 검을 내찌른다. 그러나 그 숙련된 검술을 선두의 검은 박쥐는 정확하게 막아냈다. 신체능력에서는 뒤떨어지지만, 차고 넘칠 정도로 풍부한 전투경험에서 우러나오는 예측이 그것을 가능케 했다.

그때부터다, 더욱 눈을 의심할 만한 광경이 펼쳐진 것은. 서로의 칼날이 부딪치는 격렬한 경합에 들어간 검은 박쥐는 당연히 그대로 뭉개질 것으로 보였다. 마나 능력자와 그렇지 않은 자, 마나를 걸친 무기와 보통의 무기와는 다이아몬드와 살얼음 정도의 차이가 존재한다. 예상대로, 검은 박쥐의 기계검에도 빠직, 균열이 일었다.

하지만 직후, 기계검 안쪽에서 짐승의 울음소리 같은 구동음이 울렸다 싶더니 다시 맹렬한 증기가 뿜어져 나왔다. 그 짧은 순간 슬라이드된 도신 안쪽에 기묘한 것이 끼워 넣어져 있는 것을 메리다는 보았다. 격렬한 빛을 발하는, 거친 표면의 돌기둥 —— 결정이다.

저건, 대체, 뭐지? 단편적인 의문을 한층 더 큰 충격이 날려 버렸다. 검은 박쥐가 기사의 강한 완력을 역으로 밀어붙이더니 그대로 그의 군도를 부러뜨린 것이다. 부러진 검의 절반이 천장에 박히고, 마나의 불길이 허무하게 바람에 휩쓸린다.

"우, 우왓?!"

그리고 젊은 기사는 엉덩방아를 찧고 쓰러졌다. 믿기 어렵다는 표정이다. 마나 능력자로서 단련을 거듭한 자신이 설마 귀족조차 아닌 도적에게 밀린다는 건 꿈에도 생각지 않았을 것이다.

아연실색하여 그저 올려다볼 수밖에 없는 기사 앞에, 초현실적인 기계검을 든 검은 박쥐가 걸어 나왔다.

"필요한 희생이다. ——방해할 셈이라면 죽어라."

"히익……!!"

검은 박쥐가 칼을 번쩍 들었을 때, 후속 기사들이 잇따라 달려들었다. 그러나 결과는 마찬가지였다. 기계검이 짐승처럼 우렁차게 포효할 때마다 압도적 우위를 자랑해야 할 마나 능력자의 무기가 중간부터 잘리고 부러지고 날아가 버린다.

"뭐, 뭐야?! 뭐가 어떻게 된 거야! 저지해! 저지하라고!!"

콧수염 경비대장이 침을 튀기며 악을 썼다. 그러나 아군의 숫자는 자꾸 줄어든다. 결국 모든 기사가 바닥에 쓰러지고 마지막으로 남은 경비대장에게 검은 박쥐 하나가 다가갔다.

대충 휘두른 손등이 중년 남성의 콧등을 때렸다. 코피를 내뿜고 쓰러진 경비대장에게 검을 들이대고, 검은 박쥐는 배후의 동료에게 명령했다.

"이 녀석에게는 물어볼 것이 있다. 너희는 먼저 가라."

네, 하고 짧게 대답한 세 명이 같은 모양의 기계검을 뽑고 후부 차량으로 뛰어간다.

칸막이석 안에서 엎드린 채 메리다는 우선 메이드들이 다친 곳이 없음을 확인했다. 그리고 마음을 굳히고 몸을 내밀려 했을 때, 가냘픈 손이 어깨를 잡았다.

엘리제가 매섭게 눈썹을 찌푸리면서 연신 고개를 좌우로 흔들고 있었다.

그렇다. 그녀도, 자신도 지금은 무기가 없다!

설마 이 같은 사태에 휘말릴 거라곤 상상도 하지 않았던 메리다와 엘리제는 애용하는 모의검을 저택에 두고 온 것이다. 아니, 애당초 무기가 있다고 해서 학생인 자신들에게 무엇이 가능할지도 분명치 않다. 왕작의 경비대를 맡고 있었던 기사들은 틀림없이 기병단의 정예일 것이다. 그것을 어렵지 않게 제압해버리는, 마나 능력자조차 아닌 저 검은 박쥐들은 대체 누구란 말인가……————.

코피를 흘리는 경비대장에게 검을 들이대고 검은 박쥐는 냉철하게 물었다.

"내 말에 신중하게, 거짓 없이 대답해라. ——너는 어디까지 알고 있지?"

"뭐, 뭐, 뭐라고……?"

"왕작의 호위를 맡은 데에는 이유가 있을 텐데? 놈에게서 얼마나 들었지? 놈은 너희에게 자신의 전망을 이야기했나……?"

"마, 말을 삼가라, 이 천한 놈이 어디서 감히!! 왕작의 바람은 네놈들 같은 이단자를 물리치고! 프란돌의 안녕을 지키는 것!! 그것 말고 무엇이 있겠느냐!!"

"그럼—— 프리마베라에 관해서는?"

경비대장뿐만 아니라 메리다와 엘리제도 적의 의도에 눈썹을 찌푸린 그때였다.

후부 쪽 문이 날아가고 쇳조각을 흩뿌리면서 검은 박쥐 하나가 굴러 들어왔다. 먼저 갔던 세 명 중 다른 두 명도 분주하게 뛰어 돌아와 무기를 꺼낸다.

"왕작이다! 만만치 않아……!"

경비대장을 위협하고 있었던 검은 박쥐도 잽싸게 칼끝을 돌렸다.

뻥 뚫린 후부 쪽 문으로부터, 예복을 입은 남자가 천천히 모습을 드러냈다. 카디널스 학교구 역에서 멀찍이 봤을 때와 똑같이 맨얼굴을 거의 가리는 화려한 모자도 그대로다. 하지만 그의 빈틈없는 모습을 본 순간 메리다의 뇌리를 직감이 가로질렀다.

"저 사람은……."

저도 모르게 엘리제를 뒤돌아보고 똑같이 무언가를 깨달은 표정의 그녀와 시선을 주고받는다.

왕작은 한 걸음, 두 걸음, 예복 옷자락을 휘날리면서 발걸음을 내디뎠다. 검은 박쥐 집단은 전신을 바짝 다잡고 투구 안에서부터 기세를 내뿜었다.

"우랴아아아!!"

타앙, 강렬하게 바닥을 진동시키며 두 사람이 돌진한다. 신체 능력은 마나 능력자에게 미치지 않는다. 하지만 그들에게는 희한한 기계검이 있다. 전신에 걸친 갑옷이 용의 숨결 같은 기체를 내뿜자, 검은 박쥐들의 육체는 총알같이 가속했다.

그러나 왕작은 그것을 넘는 속도로 경쾌하게 움직였다. 번개처럼 무기를 뽑더니 카운터를 날리듯이 첫 번째 검은 박쥐를 베어버리고, 칼을 거두어들이며 두 번째 검은 박쥐의 팔을 잘랐다. 첫 번째 공격은 칼등으로 때린 것이었다. 처음에 굴러들어온 적도 그랬고, 아무래도 죽지 않도록 조절한 것 같다.

리더로 보이는 검은 박쥐가 무의식적으로 뒷걸음질 치면서도 아군을 독려했다.

"다, 당황하지 마라! 우리에게는 《암브로시아》의 가호가 있다!"

하지만 그것조차도 늦었다. 오른팔을 다친 두 번째 박쥐가 무기를 떨어뜨리는 것과 동시에 칼집에서 뽑힌 도신이 종횡무진 적을 때린다. 전신을 칼등으로 얻어맞은 박쥐는 호흡 한 번 할 틈도 없이 바닥에 무너져 내렸다.

램프 빛이 왕작이 쥔 칠흑의 칼에 날카롭게 반사됐다.

"……이 괴물 같은 놈!!"

검은 박쥐 리더는 즉시 다음 수를 쓰려고 했다. 다시 말해 정공법으론 상대할 수 없음을 깨닫고 인질을 잡기로 한 것이다. 순간적으로 차내에 시선을 뿌렸고, 이내 칸막이석에 주목한다.

아이 쪽이 유용하다 판단했는지 메리다와 엘리제를 향해 팔을 내밀었다. 엔젤 자매는 바로 마나를 해방하고자 했고, 그 직전에 검은 폭풍이 휘몰아쳤다. 간발의 차로 그 사이에 난입한 왕작이, 박쥐를 위협하듯 칼을 수평으로 휘두른 것이다.

"건드리지 마라."

"네 이놈……!"

궁한 나머지 휘두른 기계검이 왕작의 모자를 낚아챘다. 꽃잎이 떨어지고, 새의 깃털이 찢어지고 모자가 천장 높이 날아간다. 그 아래로 드러난 윤기 있는 흑발에 메리다는 경탄과 감동이 뒤섞인 소리를 질렀다.

"쿠퍼 선생님!!"

바람에 휘날린 그의 흑발이 길게 째진 눈동자를 꾸미면서 시원하게 나부낀다. 평소의 시크한 군복과는 전혀 인상이 다른 예복을 입은 채 그는 애용하는 검은 칼을 허리에 착 대고 적을 노려본다. 기계검을 치켜들면서 검은 박쥐는 부들부들하며 뒷걸음질 쳤다.

"이, 이럴 수가! 세르주 쉬크잘이 아니잖아……?! 가짜라고?!"

비틀비틀, 혼란에 휩싸인 채 두세 발자국 후퇴한다. 그러자 직후, 그 후두부에 무언가가 끼얹어졌다. 촤아아악, 하는 물소리와 함께 검은 박쥐의 온몸에 물방울이 튄다.

"자, 잘도, 우리 남편을……! 모처럼의 가족여행을, 네가 망쳐……?"

승객 중 머리에서 피를 흘리는 마담이 과감하게도 물통을 내던진 것이다. 그것은 실로 무모한 행동으로 보였으나 검은 박쥐는 메리다가 예상하지 못한 반응을 보였다.

"……젠장, 망했다!"

흠뻑 젖어 버린 온몸을 내려다보고 어째선지 토끼처럼 잽싸게 달아난 것이다. 한눈도 팔지 않고 창밖으로 뛰어들어, 그대로 차량 바깥으로 도망친다.

어이없이 그것을 바라보다 메리다는 퍼뜩 눈앞에 있는 등에 매달렸다.

"서, 선생님! 어째서 여기에? 그리고, 이 모습은……!"

그러나 아직 안심할 수는 없었다. 돌연 충돌사고 같은 굉음이 울리고, 격렬한 진동이 차내를 뒤흔든다. 겨우 일어서기 시작했던 승객들이 모두 바닥에 넘겨졌다.

"아가씨들은 여기에서 움직이지 마십시오."

쿠퍼는 담담히 말한 다음 메리다의 어깨를 밀어 칸막이석으로 돌려보냈다. 그리고 자신은 유리가 사라진 창틀에 발을 올린 다음 거꾸로 오르는 식으로 날쌔게 바깥으로 튀어나간다.

절묘한 균형감각으로 날아오른 쿠퍼는 주행 중인 열차의 지붕에 착지했다. 다시 검은 칼을 뽑는 것과 동시에, 전후좌우에서 폭음과 함께 눈부신 증기의 띠가 여러 줄기 쇄도해왔다.

"저게 왕작인가?! 쏴라! 쏴!"

얼굴도 확인하지 못하는 듯한 검은 박쥐들은 사방팔방에서 다짜고짜 총구를 들이대고 발포하기 시작했다. 쿠퍼는 날카롭게 바닥을 차서 총탄의 호우를 빠져나가 완벽한 궤적을 그리며 칼을 일섬. 정면에서 날아온 탄환을 도신으로 비스듬히 튕겨 후방의 검은 박쥐에게 되돌려준다. 불똥과 함께 날아간 첫발은 조금도 빗나가지 않고 정확히 박쥐를 맞췄고, 적은 나선형으로 회전하면서 추락했다.

"죽여라! 어떻게 해서든지 처치해!!"

한 명이 공명심에 사로잡혔는지 기계장치가 달린 단검을 뽑아 돌격해왔다. 그러나 지근거리에서 쿠퍼의 반사신경과 공격속도에 겨룰 수 있을 리가 만무하다. 열차로 돌격한 검은 박쥐는 지붕 위에서 쿠퍼와 교차하고, 쿠퍼를 지나 그대로 날아가다—— 폭발했다.

전신에 걸치고 있었던 갑옷에서 기계의 파편을 흩뿌리고 증기와 불꽃에 불타면서 몇천 미터 아래 지상으로 추락한다. 그 광경에 남은 검은 박쥐들은 위축되었는지 열차로부터 거리를 두었다.

직후였다. 까마득한 천상에서 칠흑의 그림자가 날아와 열차 옆을 수직으로 빠져나갔다. 동시에 굉음, 충격. 뒤늦게 쿠퍼의 시야를 메우는 맹렬한 증기.

"한심한 놈들! 적이 어떻게 싸우는지 똑똑히 좀 봐라!"

맹금류 같은 일격을 가한 것은 똑같이 비행 갑옷을 입은 검은 박쥐였다. 여성의 목소리로, 주위를 일갈한 그녀는 등에서 무시무시한 양의 증기를 내뿜으면서 급상승했다.

날자마자 다시 한번 일섬. 금속음과 함께 열차의 프레임이 튀어 날아간다. 레일과의 마찰로 인해 눈을 태울 것 같은 불똥이 튀었다. 충분한 고도를 잡은 여성 박쥐는 재차 돌진. 천상에서 발사된 화살같이 번쩍이는 섬광이 열차 옆을 빠져나간다.

쿠퍼는 몇 번이고 맞받아치려 했으나 타이밍을 잡지 못하고 헛발을 디뎠다. 급강하에 이은 급상승, 반격의 틈을 주지 않는 히트 앤 어웨이. 다른 습격자들과는 공중전의 숙련도가 차원이 다르다. 이대로는 열차가 주행 불능에 빠질지도 모른다.

쿠퍼는 순간적인 판단으로 칼을 집어넣고 대신 폭발적인 푸른 불길을 내뿜었다.

"《환도술(幻刀術)——⋯⋯⋯⋯》"

발도와 동시에, 딱딱한 참격음과 함께 수십 개를 넘는 마나 칼날이 확산됐다.

"공장연화(空葬蓮華)》!!"

쿠퍼를 기점으로 예리하게 날이 선 푸른 불길이 방사형으로 퍼져 나간다. 그것은 말도 안 되는 궤도를 그리면서 허공을 나는 검은 박쥐들에 명중하여, 몇 명인가를 한꺼번에 격추했다. 거대한 푸른 불꽃이 부풀어 오르고 심홍색 폭염이 연쇄적으로 일어나는 광경——.

마나 칼날 한 발이 검은 여성 박쥐를 강습했다. 하지만 그녀는 들고 있었던 기계창을 휘둘러 쿠퍼 못지않은 고압력의 마나를 해방. 상쇄된 불길이 화아악, 허공에 흩어진다.

"방해하지 마라, 그림자 무사!!"

검은 여성 박쥐는 고글 아래로 노성을 질러 대열이 어지러워진 부하들을 순식간에 정렬시켰다. 통솔력과 충성심 모두 잘 연마돼 있다. 적진 안에서 흠뻑 젖은 검은 박쥐가 아군의 어깨를 빌린 채 뛰쳐나왔다. 아까 열차에 침입한 무리의 생존자다.

"아가씨! 녀석은 세르주 쉬크잘이 아닙니다. 가짜입니다!!"

"알고 있어! 다들 일단 물러난다!!"

여성의 호령으로 검은 박쥐들이 일제히 눈부신 증기를 내뿜었다. 허공을 미끄러지듯이 후퇴해 삼삼오오 레일 건너편으로 날아간다. 추격수단이 없는 쿠퍼는 열차 위에서 그것을 바라볼 수밖에 없었다.

후미를 지키고 있었던 검은 여성 박쥐가 마지막으로 이쪽을 돌아보았다. 고글 너머로도 똑똑히 알 수 있는, 작열하는 듯한 노기가 쿠퍼를 꿰뚫는다.

"언젠가 후회할 거다! 잊지 마라, 정의는 우리에게 있다!!"

등에서 용의 숨결을 토해내며 그녀는 급속히 상공으로 날아올랐다. 위협하는 것처럼 열차 위쪽을 선회한 다음 이내 부하들과 똑같이 하늘 저편으로 날아가 버렸다.

그 모습이 콩알처럼 작아질 때까지 바라보고서야 쿠퍼는 겨우 검은 칼을 거두었다.

외부가 심하게 손상된 열차를 내려다보고, 차내의 참상을 떠올리며 얼굴을 찌푸린다.

"……죄 없는 승객을 말려들게 해 놓고서 정의라."

자신의 검은 칼을 쳐다보고 거기에 스며든 무수한 선혈을 생각한다.

"우리에게 정의는 없다. 사느냐, 죽느냐다."

되새기듯이 혼잣말을 하고 쿠퍼는 예복 옷자락을 휘날렸다.

† † †

"순왕작 암살계획, 이라고요……?!"

몇 주일 전. 왕궁의 집무용 책상 앞에서 예상대로 표정을 무너뜨린 쿠퍼를 보며 세르주 쉬크잘은 고개를 끄덕였다. 실내를 여유 있게 횡단해, 배우처럼 억양이 들어간 미성으로 이야기한다.

"정확하게는, 이 나의 암살이라고 해야 하겠군. 지금까지도

몇 번인가 그 징조는 있었지만, 모조리 실패로 끝났지. 정말 질리지도 않는 녀석들이야."

"대체 누가 암살을……."

"쉬크잘 분가의 일파, 라고 하면 알아들어 주려나?"

저도 모르게 목소리를 잃어버린 쿠퍼에게 젊은 공작은 어딘가 애수를 띤 미소를 지었다.

"권력투쟁을 일삼는 건 뭐, 엔젤 가문만이 아니라는 말이야."

"……요컨대 그들은 쉬크잘 가문 현 당주인 당신을 없애버림으로써 왕작의 관을 분가의 것으로 하고자 한다……?"

"아마도 그렇지 않을까. 아무리 그래도 공적인 자리에서 직접 물어볼 수는 없어서."

태연한 공작의 태도에 쿠퍼는 모으고 있었던 숨을 크게 토해냈다.

"……그래서 저한테 순례 중 그림자 무사를 맡으라, 이런 이야기가 되는 겁니까."

"이해가 빠르군. 그래, 녀석들은 지금까지 여러 차례 암살에 실패해서 속을 태우고 있어. 내가 순왕작의 자리에 앉아 버리면 더 이상 손을 쓸 수 없음을 아는 거지. 따라서 녀석들은 반드시 한창 순례 중인 때를 노려 최후의 공세에 나설 거다. 그것도 상당히 막무가내인 수단으로 말이지. ──하지만 그건 쉬크잘 가문의 미래에 앞서 프란돌의 미래를 생각하면 그다지 현명한 선택이라곤 할 수 없어. 어째선지 아나?"

쿠퍼가 재빨리 사고를 굴리자 앞질러 가는 것처럼 공작은 말했다.

"뱀피르 군. 인류의 천적인 란칸스로프들도 몇 개의 파벌로 갈라져 있다는 이야기를 들은 적이 있나?『지금 당장 공격해 멸망시켜라』『아니, 신중해야 할 때다』『오히려 소수는 살려두는 편이 좋지 않나』『내버려 둬, 놈들은 어차피 풍전등화 상태니까』……. 우리 프란돌이 할 말은 아닐지도 모르지만, 란칸스로프의 사회도 결코 통일돼 있지는 않아."

즐거운 걸까? 왠지 모르게 목소리가 들떠 있다. 공작은 집게손가락을 흔든다.

"왕작의 순례에는 몇 가지 의미가 있어. 견문을 넓히기 위해, 국민에게 인정받기 위해, 그리고 가장 중요한 것이 프란돌의 국력은 만천이라고 국내외에 알리기 위해서다. 만약 그 순례가 한창인 순간에 주인공인 왕작이 죽는 사태가 벌어지면 지금도 침공 기회를 엿보는 란칸스로프의 강행파에게 좋은 구실을 주게 될지도 몰라. ……전투의 승패가 어떻게 될지까지 말할 생각은 없다만, 적어도 프란돌의 국민에서 엄청난 희생자가 나오는 일은 틀림없을 테지."

쿠퍼는 엄숙하게 고개를 끄덕였다. 이 밤에 갇힌 세계에서 프란돌이 몰려 있는 상황을 생각하면 절대 내분 따위를 벌이고 있을 상황이 아니다, 우리는.

그 점은 세르주도 같은 의견인 듯, 재미있어 하는 것처럼 입술을 추켜올리면서도 길게 째진 눈이 날카로운 빛을 발했다.

"분가 녀석들은 나를 죽이고 싶어서 견딜 수 없을지도 모르겠지만 지금은 삼갈 때야. 안 그래?"

"그래서 대역, 그림자 무사 말씀을 하신 겁니까……."

"그런 거지. 죽일 상대가 애당초 없다면 녀석들도 손을 뗄 수밖에 없을 테니까."

킬킬거리며 어깨를 떠는 젊은 공작에게 쿠퍼는 마지막 염려를 던졌다.

"하지만 그러면 순례하는 동안 진짜 왕작인 당신에게는 공개적으로 호위를 붙일 수도 없게 됩니다. 리스크가 전혀 없다고는 할 수 없겠죠."

"나는 걱정할 필요 없어. 아주 우수한 《파수견》이 있으니까."

수수께끼 같은 미소로 질문을 피하면서 쿠퍼 쪽으로 집게손가락을 휙 내민다.

"문제는 역시 《그림자》 쪽이야. 이 역할은 일반기사에게는 맡길 수 없어. 습격자를 쉽게 격퇴할 수 있을 정도로 강해야 하니까. 민중을 속일 연기력도 필요하지. 그러면서 나와 체격이 비슷하고, 신용할 수 있는 인물이라고 하면── 딱 한 명밖에 떠오르지 않더군."

세르주는 다시 쿠퍼 앞까지 돌아와서 눈높이를 맞추고 어깨에 손바닥을 올렸다.

"우리는 좋은 친구가 될 수 있지 않을까? 부탁을 받아주지 않겠나? 백야의 사신군."

쾌활한 미소 뒤로 흙탕물 같은 악의를 드러내는 그에게 쿠퍼가 돌려준 말은 단 한마디뿐이었다.

† † †

"──그런 사정으로 인해 제가 쉬크잘 공의 그림자 무사를 맡고 있습니다."

요점을 생략한 쿠퍼의 설명에 금발과 은발의 천사는 고개도 끄덕이지 않고 침묵을 지켰다.

검은 박쥐 습격자들을 물리치고 겨우 안정을 되찾은 장거리 침대 열차, 그 최후미의 전세차량 안. 원래대로라면 경비대에 의해 엄격하게 폐쇄되었어야 할 그 장소에 쿠퍼는 혼란을 틈타 공작 가문 아가씨 둘을 데리고 들어와 있었다.

메리다는 가볍게 입술을 깨문 다음 옆에 앉은 엘리제와 손바닥을 깍지 꼈다.

"아무리 왕 자리가 탐난다고, 사촌을 죽이려고 한다니……."

"어머. 피로 피를 씻는 권력 싸움이야 흔해 빠진 이야기 아닌가?"

어딘가 재미있어 하는 것처럼 말한 건 라 모르 가문의 영애, 메리다와 동갑인 뮬 라 모르였다. 여배우 못지않게 다리를 우아하게 꼬고 요염하게 웃는다.

"그렇게 말하는 엘리제네 오셀로 씨도 메리다에게 심한 짓을 했었다고 들었는데? ──요즘엔 얌전히 있는 모양이지만 말이야."

"그건…………."

메리다의 말문이 막히자 네 번째 공작 가문 아가씨가 테이블 위로 몸을 내밀어왔다.

"저기, 미안해요, 메리다 양. 쉬크잘 가문의 문제인데 오빠가 쿠퍼 선생님을 끌어들여서……."

"아, 아니야! 살라샤 양이 잘못한 것도 아니고……."

그럼 누구의 잘못인가. 존재감 적은 가슴 안에 맺히는 갑갑함을 어디로 돌리면 좋을지 몰라 메리다는 다시금 자신의 무릎에 시선을 떨구고 입을 다물었다.

귀빈용 차량에는 호화로운 라운지가 설치되어 있고, 긴 테이블에 소파 두 개가 마주 보고 있다. 공교롭게도 카디널스 학교구 역에서 왕작 일행이 손을 흔들고 있었던 방이 이곳이다. 한쪽 소파에는 쿠퍼를 가운데에 두고 뮬과 살라샤가, 그리고 반대쪽에 메리다와 엘리제 자매가 앉아 있다. 어째서 쿠퍼의 옆이 자신이 아니냐는, 그런 주체할 수 없는 감정이 메리다의 가슴을 스쳤다.

쿠퍼는 평소의 군복이 아니라 세르주 쉬크잘처럼 꾸미는 고귀한 예복을 입고 있다. 실내에 다른 사람이 없기 때문인지 모자는 아까부터 벗고 있다. 애당초 조금 전의 소동으로 인해 일반 승객에게도 왕작의 민얼굴이 노출되어 버렸을지도 모른다.

쿠퍼는 모자를 무릎에 놓고, 찢어진 새털 장식을 보며 얼굴을 찌푸렸다.

"본래라면 이렇게까지 고전할 임무는 아니었습니다. 쉬크잘 가문의 인간이라고 해도 태반은 마나 능력자가 아닌 사용인들. 습격 방법도, 규모도 당연히 예상 범위 안이어야 했는데. ──

그런데 설마 《암브로시아》를 들고나올 줄이야.”

　“선생님, 적이 사용했었던 그 기묘한 장비는 뭔가요?”

　메리다는 얼굴을 들고 의문을 입에 담는 것으로 기분을 달래고자 했다. 쿠퍼는 모자를 테이블에 놓고서 대신 울퉁불퉁한 금속 덩어리를 바닥에서 집어 들었다. 다름 아닌 포로로 잡은 검은 박쥐들에게서 압수한 비행 갑옷, 그리고 기계장치가 달린 검이다.

　“암브로시아란 《넥타르》를 극한까지 압축해 결정화한 연료를 말합니다. 이 장비들의 동력로에는 그 암브로시아가 풍족하게 주입돼 있습니다.”

　“넥타르라면…….”

　“도시를 비추는 랜턴의 빛…… 《태양의 피》라고도 부르는 액체연료. 우리 같은 생물의 심신을 건전하게 지키고, 식물의 생장에 없어서는 안 되는 빛을 발하는, 의심의 여지 없는 프란돌의 생명선입니다. 우리 능력자의 마나도 이 넥타르와 동질의 것으로 추정되고 있죠.”

　쿠퍼는 기계검을 집어 들고 구조를 확인한 다음 칼몸에 해당하는 부분을 신중히 슬라이드 해보았다. 아까 습격 때에도 봤던, 돌기둥의 눈 부신 빛이 라운지를 비춘다.

　“그리고, 넥타르의 신성한 힘을 극한으로까지 압축한 것이 바로 이 암브로시아 결정입니다. 이것은 액화함과 동시에 맹렬한 속도로 증발하고, 그 압력은 방대한 동력 에너지를 낳습니다. 또한 그렇게 가동된 병기는 넥타르와 같은 신성을 발합니다……! 발명 당시에는 마나와 견줄 수 있는 란칸스로프 대항 수단으로 주목받았습니다만, 아쉽게도 이 암브로시아는 치명적인 결점을 세 가지나 안고 있었습니다.”

“세 가지 결점?”

“우선 장비의 내구성.”

쿠퍼는 다시 칼몸을 슬라이드해 결정의 격렬한 빛을 차단했다. 신중하게 기계검을 테이블 위에 놓고 날카로운 시선으로 네 명의 공작 가문 아가씨들을 바라본다.

“발생하는 압력이 보통이 아니므로 그것을 이용하는 병기 또한 그에 상응하는 내구성이 요구됩니다. 배관 하나에 균열이 생기기만 해도 연쇄적인 대폭발을 일으킬 가능성도 적지 않지요. ——그리고 또 하나는 《물》.”

“물?”

“암브로시아는 물과 과민하게 반응해 터무니없는 고열을 띠게 됩니다. 아까 이 장비들은 배기를 위해서 때때로 실린더를 왕복시켰지요? 그 순간에는 암브로시아가 겉으로 드러납니다……. 아마 소형화를 위해서 필요한 처치였겠지만 이래서는, 예를 들면 빗속에서의 운용은 자살행위가 되겠군요.”

메리다는 차내에서의 전투를 돌이켜보았다. 돌입부대의 리더로 보였던 검은 박쥐는 마지막에 물통의 물을 뒤집어썼을 뿐인데도 황급히 도주에 나섰었다. 즉, 흠뻑 젖은 상태에서의 전투 속행은 불가능했다는 뜻이리라.

쿠퍼는 고개를 끄덕이고 심지에 울리는 듯한 낮은 음성으로 거듭 말했다.

"그리고 마지막이 치명적입니다만—— 암브로시아는 그 제작에 방대한 양의 넥타르를 소비합니다. 요컨대 그만큼, 도시를 지킬 빛을 고갈시킨다는 뜻이지요……. 일설에는 암브로시아를 하나 정제할 때마다 프란돌의 수명이 1년 줄어든다고 합니다."

"이, 1년분의 넥타르……!"

"결국엔 이것이 반대파의 결정타가 되어 연구는 동결되고, 《암브로시아 록》이라는 이름이 붙여진 이 기술은 최대급의 금기로 지정되기에 이르렀습니다."

긴 말을 마친 쿠퍼가 "후우." 하고 가는 한숨을 쉬는 것을 메리다는 보았다. 그는 엘리제에게 눈을 돌린 다음 어딘가 아무렇지도 않은 척하는 음성으로 물었다.

"그런데 엘리제 님, 로제티 씨는 뭐 하고 있습니까? 일반차량에는 모습이 보이지 않던 것 같습니다만……."

"로제 선생님은 휴가 중. 《귀성》이랬어."

"네. 그러고 보니 가족에게서 편지가 왔다고…… 씁쓸한 얼굴로 말했었죠."

"……."

아무렇지 않은 척하는 가정교사가 살짝 어깨를 떨군 것을 메리다는 민감하게 감지했다. 평소엔 말싸움만 하지만 《1대 후작(캐리어 마키스)》으로 유명한 로제티는 쿠퍼와 어깨를 견줄 수 있는 몇 안 되는 전우. 지금 이 순간 그녀가 이 자리에 있어 줬다면—— 실로 든든한 쿠퍼의 버팀목이 되었을 텐데.

메리다는 무의식적으로 주먹을 쥐고, 입술을 꽉 깨물었다. 말로 표현할 수 없는 안타까움이 가슴속에 소용돌이쳤을 때, 후방에 있는 라운지의 문이 철컥 열렸다.

이어서 들려온 것은 카펫을 밟는 복수의 구둣발 소리와 여자 말투로 이야기하는 남성의 목소리였다.

"웬일이니, 가짜 왕작님? 이 무슨 액시던트람!"

메리다와 엘리제는 뒤돌아보고서 저도 모르게 흠칫 어깨를 움츠렸다.

실례라고는 생각하지만 그만큼 독특한 인물이었기 때문이다. 반질반질 빛나는 슬랙스에 옷깃이 높은 드레스셔츠. 목 부분을 꾸미는 장식품 종류가 눈을 매우 자극한다. 여기에 공연히 여성처럼 늘씬한 장신과 이목구비가 뚜렷한 용모가 한층 더 현실미를 제거하고 있다. 급진적인 패션 디자이너가 만취한 상태로 제작한 마네킹 같은 남자였다.

그는 모델처럼 멋진 워킹으로 성큼성큼 테이블로 걸어오더니, 저도 모르게 굳은 몸을 서로 기대고 있는 엔젤 자매를 따분하다는 듯이 힐끔 보았다.

"……또 꼬맹이가 늘었네. 학교 친구들쯤 되는 애들이야? 이 대로 가다간 내 무대가 아이들 학예회가 되게 생겼어."

아무래도 메리다와 엘리제가 고귀한 신분의 인간임을 눈치채지 못한 모양이다. 아니꼬운 말투에 그만 울컥한 자매가 눈썹을 찌푸리자, 맞은편에 앉은 뮬이 그를 소개해 주었다.

"두 사람한테 소개할게. 이쪽은 성왕구를 거점으로 활동하는 극단 '더비' 의 단장이야. 그리고 단원 겸 의상 · 메이크 담당인 루실 씨와 라일라 씨."

""안녕~.""

단장을 수행하고 있었던 두 소녀가 빼닮은 목소리와 동작으로 손을 흔들었다. 많이 닮은 용모로 보아 쌍둥이일지도 모른다. 갈색 피부에 어딘가 색다른 민속적인 옷을 입었다. 이 역시 상식적이진 않지만 단장과 비교하면 훨씬 인간적이고 우호적이다.

메리다는 가볍게 끄덕여 화답하면서도 의문을 입에 담지 않을 수 없었다.

"어, 어째서 왕작 일행에 극단분들이⋯⋯?"

"왕작의 순례는 연극이 되거든요."

대답해준 건 살라샤였다. 아무래도 이만한 인원을 오빠의 형편에 맞춰 끌어들인 데에 부담을 느끼고 있나 보다.

"모든 국민이 왕작님의 모습을 볼 수 있는 건 아니니까, 순례에는 이야기꾼 자격으로 극단이 동행해서 되도록 사실 그대로 연극화하는 관례가 있어요. 3년 후 왕위 교대까지 여러 차례 리바이벌 공연되고, 매년 엄청난 동원 숫자를 자랑한다고 해요."

"그리고, 영예롭게도 이번 이야기꾼으로 선택된 게 우리 더비 극단이라는 얘기지. ──가짜의 순례이긴 하지만 말이야."

여봐란듯이 단장은 말하고 쿠퍼의 머리카락을 함부로 움켜잡았다. 여성적인 인상이 강해서인지 메리다의 목구멍에서 저도 모르게 "앗." 하고 놀란 소리가 새어 나온다.

"아름다운 세라 님의 모습을 연극으로 만들 수 있겠다고 들떠 있었더니 이 꼴이지 뭐야. 대체 이 정열의 낙차를 어떻게 해줄 셈이야? 왜 하필이면 올해냐구? 아아, 아니면 가짜의 순례가 될 거니까 아무래도 그만인 우리 극단이 뽑혔다는 얘기일까."

"쉬크잘 공은 더비 씨 일행을 아주 의지하고 있다고……."

"나, 검은 머리는 개인적으로 좋아하지 않거든~. 게다가 당신, 거의 웃지도 않고, 세라 님의 이미지와 상당히 동떨어져 있어. 무슨 말인지 알어? 당신의 행동은 곧 세라 님의 행동이 되는데, 이래선 전혀 인스피레이션이 샘솟지 않는다구!"

"선처하겠습니다."

태연자약한 쿠퍼 대신 메리다의 가슴에 울컥 화가 치밀기 시작했다. 아무래도 한마디 해줘야겠다 생각했을 때, 단장이 촐 싹거리며 "허억." 하고 손바닥을 뗐다.

"이렇게 빈둥거리고 있어도 되는 거야? 처음부터 실망한 우리와는 달리 도중까지 모르고 있었던 녀석들은 어떻게 생각하겠어. ──다 탄로 났잖아."

말끝에 겹쳐서 난폭한 구두 소리가 라운지로 다가왔다. 노크도 없이 문을 열어젖힌 것은 콧등에 거즈를 댄 중년의 경비대장이었다.

그는 군화로 카펫을 더럽히면서 테이블로 다가가 소파에 앉아 있는 네 아가씨, 쌀쌀맞은 눈동자를 한 더비 단장 그리고 마지막으로 왕작의 예복을 입은 검은 머리의 청년을 보았다.

"이게 어떻게 된 일이지!"

큰소리로 묻지만 누구 하나 대답은 없다. 우중충한 분위기 속에서 대장은 거듭 물었다.

"우리 토그로니 부대는 왕작의 호위라고 듣고 왔다. 그런데 왕작은 어디에? 세르주 쉬크잘 공이 진짜가 아니라는 것을, 대체 누가 알고 있었다는 건가?"

라운지에 있는 사람들을 차례로 바라보지만 다들 거북한 듯이 눈을 피할 뿐이다.

"동생인 살라샤 양에게 알리지 않았을 리는 없겠지. 감사를 맡은 뮬 양, 귀하에게도 당연히 알렸을 것이오. ──그래, 자네들은 누군가?"

명백히 제 자리가 아니라고 여겨지는 메리다와 엘리제를 떠보고서 대답도 기다리지 않고 크게 고개를 주억거린다.

"예쁜 여자들을 데려와 꽃놀이 기분을 낼 셈이었구만. 우리의 호위는 하나도 신경 안 쓰인다는 말인가. 팔자 한번 좋군! 더비마더, 당신들은 이번 건에 대해?"

"알고 있었어."

"아하!!"

대장은 야단스럽게 팔을 벌렸다. 마치 무대 위에 선 것처럼 놀라움을 표현한다.

"우리 경비대한테만 알리지 않았다는 말이군. 아무것도 모르고 가짜 가마를 나르고 있었다 이거야! 하하, 얼마나 우스꽝스러웠을꼬!"

"토그로니 대장."

보다 못한 쿠퍼가 과감하게 발언해 중년 기사의 적의에 가득 찬 시선을 끌었다.

"전달하지 못한 것은 미안합니다. 우리에겐 전투부대가 필요했습니다."

"습격 가능성이 크면 사전에 말해 줬어야지! 덕분에 우리 부대의 피해는 심대하다! 명예는 땅에 떨어지고, 얻은 것은 아무것도 없어. 완전히 헛수고인 싸움을 한 거라고!"

"어?──잠시만. 포로를 맡고 있으셨을 텐데요?"

대장은 말처럼 코웃음을 치고 자포자기한 심정으로 내뱉었다.

"놈들은 죽었어. 자해했다! 미리 독을 먹은 상태였던 모양이다. 정말이지, 엄청난 충성심이야. 대체 습격자의 정체는 뭐란 말이냐!"

"……불명이라고 할 수밖에 없군요."

"그럴 리는 없다! 뭘 숨기고 있지! 왜 우리한테만 알리지 않은 거냐!"

"쉬크잘 공이 말하길── 적을 속이려면 먼저 아군부터, 라고."

"그래, 보기 좋게 속았다!! 기분 참 좋았겠군? 가짜 왕작!"

입술을 구부리고 토그로니는 몸을 돌렸다. 굴하지 않고 쿠퍼가 불러 세운다.

"기다리십시오, 대장, 어디로……."

"왕작이 그림자 무사라는 사실은 적에게도 노출되고 말았다. 그럼 이제 세르주 쉬크잘 공의 신변이 위험해. 우리 토그로니 부대는 다음 역에서 내려 왕작을 찾겠다. 진짜를 말이야!!"

"자, 자, 자, 잠깐만, 그러는 법이 어딨대!"

뒤통수를 얻어맞은 것은 더비 단장이었다. 손짓 발짓을 섞어 대장을 만류한다.

"이 순례는 연극이 될 거래도! 호위가 도중에 어딘가로 가 버린다니, 개그로도 못 써먹는다구! 이 말도 안 되는 전개를 어떻게 설명하란 건데?!"

토그로니는 어깨 너머로 뒤돌아보고 귀찮다는 듯이 코웃음을 쳤다.

"우리는 처음부터 여기에 없었다! 그 무대에 토그로니의 이름은 내걸지 마라!"

"박정하게 그러는 게 어딨어! 잠깐, 잠깐마안! 내 무대가……!!"

매달리는 목소리를 무시하며 대장은 발길을 돌리고, 여봐란 듯이 소리를 내며 문을 걷어찼다.

울분을 풀 길이 없다는 듯한 구두 소리가 멀어져가고, 호화로운 라운지에는 침울한 공기가 남았다. 정적을 깬 것은 바로 더비 단장의 앙칼진 목소리였다.

"또 액시던트! 이미 내 플랜은 엉망진창이야!"

"죄송합니다, 더비 씨. 이게 다 제가 미력하여…….."

"추가! 좌우간 캐스트가 추가로 필요해! 왕작 일행이 이렇~~~게 초라할 리가 없잖아! 당신, 나를 전 프란돌의 웃음거리로 만들고 싶은 거야?!"

히스테릭하게 야단법석을 떨며 그는 처절한 미모로 쿠퍼에게 다가간다.

"당신, 기병단 기사는 맞지? 부대에다 사람 좀 보내라고 해 봐!"

"……죄송합니다. 이쪽 사정을 설명할 수는 없습니다."

"으아아악! 그러면 저택에서 하인이든 뭐든 끌고 와! 귀족이라면 그 정도는 가능하잖아! 아무튼 머릿수만이라도 맞추지 않으면——."

"그것도…… 불가능합니다. 저는 천애고아라서."

"당신, 진짜로 뭐야?!"

집게손가락을 들이대고 더비는 가감 없이 쏘아붙였다. 쿠퍼의 단정한 표정은 얼음처럼 흔들리지 않지만 속으로 무슨 생각을 하는 건지, 메리다로서는 알 수 없었다.

"도와줄 동료도 없다, 가족도 없다, 그런데 진짜로 귀족이야?!"

"마나 능력자인지라, 입장만 놓고 보면."

"소속부대는 어디야? 세라 님의 그림자 무사를 명받을 정도니까 필시 굉장한 곳이겠는데!"

"무명……이라고 생각하셔도 무방합니다."

"그럼 공기나 다름없는 거잖아!!"

참견할 틈이 없었던 살라샤가 조심조심 손을 들고 발언하려고 했다.

"더, 더비 씨. 그 사람을 모욕하는 건……."

"머리에 피도 안 마른 꼬맹이는 빠져!!"

가차 없는 일갈을 당한 살라샤는 반사적으로 입을 다물고 말았다. 도저히 공작 가문 영애 면전에 대고 할 말은 아니었지만, 더비도 아마 머리끝까지 피가 솟은 것이리라.

몸을 뒤로 젖히고 팔짱을 끼고서 더비는 가진 불만을 모조리 터뜨리듯 입술을 삐죽였다.

"대장만큼은 아니지만 나도 슬슬 당신이 의심스러워지기 시작했어. 우리의 협력이 필요하다면 한 가지라도 좋으니까 증거를 보여 줘. 가문을 밝히든가, 소속부대를 밝히든가, 아는 사람을 데려오든가 말이야!! 자, 할 수 있겠어? 못하겠지!"

"내가!!"

가슴이 찢어지는 듯한 외침이 전원의 주의를 끌었다.

걷어차듯이 소파에서 일어난 것은 메리다였다. 실내의 전원이 저마다 안색을 바꾸고 그녀의 고상한 금발에 시선을 빼앗겼다. 냉정을 관철하고 있었던 청년의 눈동자가 처음으로 가볍게 휘둥그레지는 것을 메리다는 시야 끝에 포착했다.

"아가씨……?"

쿠퍼의 혼잣말이 누군가의 귀에 들어가기보다 먼저 메리다는 소리 높이 발뒤꿈치를 쿵쿵 굴렀다. 부들부들 떨리고 있었던 주먹을 풀어 주듯이 펴고, 납작한 가슴에 손가락을 댄다.

전원의 시선을 받아들이고 단장의 눈길을 매섭게 되받아치며 심홍색 눈동자에 불길을 머금어──.

드높은 목소리로 이렇게 잘라 말했다.

"저는 선생님의── 쿠퍼 님의 메이드입니다! 이분의 가족입니다!"

LESSON : III ~성간의 차창에서~

"아~아. 모처럼의 여행인데 아가씨들하고는 이제 따로 행동해야 하네."

심홍색 장거리 침대 열차를 앞에 두고 플랫폼에 내려선 네 명의 소녀가 있었다. 메리다의 저택에서 일하는 메이드 일동으로 저마다 커다란 여행 가방을 들고 있다.

심한 손상이 눈에 띄는 차체를 바라보며, 분주하게 뛰어다니는 역무원과 기병단 기사들이 내는 떠들썩한 소리를 귀로 담는다. 눈동자에 근심을 머금으면서 리더격인 에이미가 말했다.

"······아가씨들은 역시 기구한 운명의 아래에 있나 봐. 어쩔 수가 없어. 걱정되지만 우리가 해줄 수 있는 일은 적어. ······예전부터 이런 답답한 마음뿐이야."

연상인 그녀의 등을 파앙, 때리고서 그레이스가 의식적으로 밝은 목소리를 냈다.

"도중에 합류할 수 있다니까 우리는 우리대로 느긋하게 관광하면서 성왕구를 향하자! 그리고 생각하기에 따라서는 이거 찬스일지도 몰라. 재회했을 때 아가씨와 쿠퍼 군의 거리가 쭈우욱~! 줄어들어 있거나 하고 막!"

"쿠퍼 씨가 함께라면 아가씨는 괜찮아요."

니체가 간단히 말하고 다른 모두가 쾌활하게 웃는다. 에이미도 옅은 미소로 화답했지만, 그럼에도 도저히 지울 수 없는 예감이 그녀의 눈썹을 찌푸리게 하였다.

"하지만 이번엔 사실 쿠퍼 씨 쪽이 더 걱정이야……. 왜 쿠퍼씨가 왕작님의 의상을 다 입고 있었던 걸까?"

허공에 대고 중얼거리고서 시선을 되돌린다.

제대로 말을 나눌 시간도 없었지만, 서둘러 일반차량에서 메리다와 엘리제를 데리고 나간 그는 전에 없이 궁지에 몰려 있는 분위기를 풍겼다. 저택에서 일하는 그는 유일한 남자 일손이기도 하여, 에이미를 비롯한 메이드 넷은 무심코 그에게 의존하고 했다. 하지만 쿠퍼는 여성들의 막무가내 같은 부탁도 뭐든여유작작하게 처리해버려서, 에이미는 지금까지 그가 약한 소리를 토하는 모습은 한 번도 본 적이 없다.

생각해보면 그도 자신과 나이가 별로 차이가 나지 않는 아직 어린 남자인데, 도움을 받는 것은 늘 이쪽이다. '나도 메이드장으로서 한참 멀었구나…….' 에이미는 이마를 눌렀다.

"아가씨와 함께 쿠퍼 씨가 돌아오면 따뜻한 코코아를 타 줘야겠어."

조촐한 결의를 입에 담는 것과 동시에 심홍색 장거리 침대 열차가 드높은 기적을 울렸다.

에이미 일행을 포함한 일반승객은 물론, 어째선지 왕작의 경비대까지 급거 이 역에서 열차를 내리게 되었다. 왕작과 몇 사람만을 최후부 귀빈차량에 태우고——

　열차가 다시 움직이기 시작한다.

† † †

　덜컹덜컹. 규칙적인 진동이 울리는 객실 하나에서 메리다는 입고 있었던 원피스 드레스를 걷어 올렸다. 되도록 주름이 지지 않게 해달라고 기도하면서 트렁크에 쑤셔 넣는 것과 동시에 드러난 하얀 등에 누군가 말을 걸었다.

　"아까는 미안~ 우리 마더가 좀 그렇지?"

　좁은 실내에 메리다와 엘리제 그리고 옷 갈아입는 것을 도와주는 더비 극단의 루실과 라일라가 함께 있다. 갈색 피부의 쌍둥이는 의상 케이스에서 스커트와 조끼, 헤드 드레스와 퍼프 슬리브 같은 장식품까지 꺼내 숙달된 솜씨로 엔젤 자매에게 입히기 시작한다.

　프릴이 잔뜩 달린 블라우스 소매에 팔을 넣으면서 메리다가 고개를 갸웃거렸다.

　"《마더》?"

　"우리 단장 이야기야. 극단 사람들은 모두 마더라고 불러. 우리 단원은 전부 란칸스로프에게 가족을 잃은 고아거든. 마더가 주워다 키워 줬어."

　옷 갈아입는 것을 척척 도와주면서 대수롭지 않다는 듯이 쌍둥이는 말했다. 열세 살 메리다와 엘리제는 뭐라 대답하면 좋을지 몰라 얼굴을 마주 볼 뿐이다.

대화를 잇기 위해선지 아니면 단장의 명예를 위해선지 라일라가 환하게 웃었다.

"아주 정이 두터운 사람이야. 하지만 그렇기 때문이라고 해야하나. 실은 지금 우리 더비 극단이 꽤 위험한 상황에 몰려 있거든."

"……무슨 뜻인가요?"

"극단의 아이돌이었던 아리아라는 아이가 다치고 말았어. 하층으로 흥행하던 중에 말이야. 당분간 무대에 서지도 못하게 되어서 더비 극단의 인기는 대폭락……. 아리아의 치료비에도 무시할 수 없는 돈이 들고, 머리를 싸매고 있지, 마더."

그래서 말이야, 하고 쌍둥이의 다른 한 사람 루실이 똑같은 목소리와 동작으로 말을 이었다.

"이번 순례는 찬스라는 얘기. 연극을 성공시키면 떠나간 관객들을 불러들일 수 있고, 더비 극단의 명예도 회복할 수 있어. 아리아의 몸을 치료하고 다시 모두 함께 흥행가도를 달릴 수 있어——라고 말했지. 이런 기적은 이전에도 이후에도 다시는 없을 거야. 마더도 천재일우의 찬스다~! 하고 기운 넘쳐 있었는데, 정작 큰맘 먹고 와 보니…… 왕작님의 여행이 가짜였다는 거잖아?"

쌍둥이는 얼굴을 마주 보고 작게 쓴웃음을 지었다.

"사정을 들어도 역시 그냥 넘어가기 힘든 부분이 있나 봐. 그것도 다 우리를 소중하게 생각해줘서 그러는 거지만. 그러니까 절대로! 진심으로 너희의 주인님이 미워서 그러는 건 아니야!

그러니까, 용서해줄 수 없을까?"

"두 분은 단장님을 사랑하고 계시는군요."

"그럼. 마더와 극단 사람들을 위해서라면 뭐든지 할 거야."

쌍둥이가 보여 주는 연기가 아닌 만면의 미소에 메리다는 목을 메었다.

솔직히 말하면 짝사랑하는 사람과 친구인 살라샤를 면전에서 모욕한 것은, 메리다 쪽이야말로 그렇게 간단히는 넘어가 주기 어렵다. 그러나 루실과 라일라 쪽도 표면적인 대답은 바라지 않았는지, 마무리로 스커트 자락을 가볍게 정돈한 다음 환한 표정을 지으며 일어섰다.

"——좋아, 사이즈가 딱 맞네! 역시~ 이것저것 챙겨오길 잘했어!"

메리다와 엘리제는 거울처럼 서로의 모습을 확인하고 시험해 보듯이 빙그르르 한 바퀴 회전했다.

쿠퍼의 하인이라고 신분을 속인 두 소녀는 그 말을 관철하기 위해 메이드 모습으로 분하고 있었다. 그렇다곤 해도 빌릴 수 있는 것은 극단이 마련한 무대용 의상. 스커트는 짧고 가슴팍에도 살색이 드러나, 평소 자택의 메이드들이 착용하는 것보다 훨씬 화려하다.

프릴이 풍성하게 쓰인 스커트를 집고 엘리제가 솔직한 감상을 말한다.

"무거워."

"대박이네, 이거, 귀여운 게 거의 범죄 수준인걸."

"두 사람이 한 세트 같은 게 진짜 대박이야. 전시용 케이스가 필요하겠군, 이거."

"그리고 옵션으로 말이 필요하겠어."

"말이라. 대박이겠네."

"응, 대박."

중얼거리며 묘한 궁리를 하기 시작한 쌍둥이를 곁눈질하고 메리다는 몰래 사촌 자매에게 입술을 가져갔다.

"있잖아, 엘리. 굳이 너까지 신분을 숨기지 않아도 됐잖아?"

"어떻게 설명하게? 우리를 당연히 자매라고 보는데?"

"으윽……."

안 그래도 예쁜 얼굴이 굉장히 닮은 두 사람은 또 워낙 서슴없이 어울리기 때문에 진짜 자매로 오해를 받는 일도 적지 않다. 그게 아니더라도 같은 스타일의 원피스 드레스를 입은 채 아까부터 계속 서로 손을 잡고 있다. 이런데 한쪽은 공작 가문의 딸이고 한쪽은 메이드라고 해봐야 신빙성은 바닥을 칠 것이다.

따라서 어쩔 수 없다는 티를 내며 엘리제는 빈약한 가슴을 폈다.

"리타가 메이드라면 나도 메이드가 될 수밖에 없어. 따로 방법도 없으니 쿠퍼 선생님의 메이드가 되어줄게. 무슨 명령이든지 들어줄게. 어쩔 수 없으니까."

"……왜 조금 기뻐 보이는 건데?"

"그렇지 않아. 어쩔 수 없을 뿐."

끝까지 삐죽거리는 새침한 얼굴로 말하고서 몇 번이고 고개를 끄덕이는 엘리제였다.

"부디 재고해 주실 순 없으십니까…………."

쿠퍼는 라운지 테이블에 앉아 팔꿈치를 괴고 고뇌를 거듭하는 중이었다. 아까부터 기다리는 동안 계속 이러고 있는데, 왕작의 휘황찬란한 예복이 그 공허함을 부각한다.

옆에 있는 뮬은 팔걸이에 힘을 뺀 채 기대고, 손가락으로 요염하게 그의 어깨를 쓰다듬었다.

"포기해요, 쿠퍼 선생님. 내가 보기에도 이게 그나마 나은 배역인 것 같아요."

"아무리 그래도 메리다 아가씨와 엘리제 아가씨를 저보고……. 연기라곤 해도 저보고 하인으로 부리라니……."

"그런 태도로 있다간 금방 탄로 나고 말 거예요? 선생님."

그대로 청년의 귓가에 입술을 가까이 댄 다음 후우, 슬쩍 입김을 분다. 공작 가문 영애가 해서는 아니 될 천박한 짓이지만, 본인은 쿠퍼의 반응이 흥미진진한 모양이다. 순례가 시작된 이래, 남의 눈이 없을 때를 가늠하여 이런 식으로 거리를 좁히곤 했다.

귀빈차량의 호화로운 라운지, 지금은 세 사람의 모습밖에 없다. 그림자 무사인 쿠퍼, 감사역으로 온 뮬 그리고 여전히 미안해하며 어깨를 움츠린 살라샤. 메리다와 엘리제는 극단의 쌍둥이를 따라 옷을 갈아입으러 가 버렸고, 더비 마더는 "주인한테 안성맞춤인 하인이네!"라며 비아냥대는 말을 남긴 후 전망실에 틀어박혀 버렸다.

자신이 아무리 어프로치 해도 재미있는 반응을 보여 주지 않자 뮬은 따분하다는 듯이 상체를 뺐다. 책을 보면 남자는 이성으로부터의 접촉을 좋아한다고 쓰여 있었다. 그런데 무슨 짓을 해도 반응이 도통 없으니, 대체 어찌 된 영문인가? 아무래도 처음이다 보니까 방식이 틀렸나? 아니면 설마—— 자신에게 매력이 없어서?

　말도 안 돼. 뮬은 곧바로 공작 가문의 프라이드를 자각하며 제정신을 차렸다.

　"따지고 보면 메리다하고 엘리제를 이쪽에 끌어들인 건 당신이잖아요."

　"그건…… 정말로 어쩔 수 없는 일이었습니다."

　쿠퍼 또한 정신을 가다듬으려고 하는 것처럼 천천히 얼굴을 든다.

　"아까 있었던 습격 때 제가 아가씨들을 감싸는 장면을 적도 목격했습니다. 저와 아가씨들이 특별한 관계라는 것은 적도 마땅히 예상하겠죠. 하지만 저는 순례에서 빠질 수 없습니다……."

　"두 사람의 안전을 지키기 위해서는 순례에 동행시킬 수밖에 없다, 이런 거군요."

　뮬은 어딘가 탐탁지 못하다는 듯이 말하고 턱을 괴었다.

　——특별한 관계, 란 말이지?

　속으로 그녀가 중얼거렸을 때, 소파에 있는 다른 미소녀 한 명이 고개를 숙였다.

　"아으으…… 뭔가 점점 엄청난 사태로……."

"살라샤 양, 마음을 굳게 먹으시길. 사태는 이미 쉬크잘 가문만의 문제가 아닙니다."

쿠퍼는 정신을 바싹 차리고 말투를 고쳤다. 자신이 맥을 못 추고 있으면 연하의 소녀들은 더욱 불안해할 것이다. 자신이 일행의 기둥이라고, 각오를 새로이 했다.

입술을 우미하게 누그러뜨리고 울상이 된 복숭앗빛 소녀를 온화한 눈길로 다독인다.

"쉬크잘 공 대신에 순례는 이 제가 완벽하게 완수해 보이겠습니다. 메리다 아가씨와 엘리제 아가씨도 협력해 주실 테지요? 그리고 아가씨들 입장에서 보면── 여기서 두 분과 합류하게 된 것은 오히려 행운이었는지도 모릅니다."

"무, 무슨 뜻인지……?"

"아가씨들은──두 분과 여행할 수 있게 되어서 무척 즐거운 것 같습니다."

이때, 철컥하고 라운지 문이 열렸다. 살라샤, 뮬 그리고 동시에 쿠퍼도 뒤돌아보고, 어렵사리 다진 결의가 휘청거리는 것을 자각했다.

"오래 기다리셨습니다아아~~!"

꺅꺅대며 라운지를 찾아온 것은, 사랑스럽기 짝이 없는 열세 살 메이드 자매였다. 팔랑팔랑 흔들리는 스커트와 꼬리처럼 기다란 장식용 리본에 쿠퍼는 물론 동성의 마음도 주르륵 녹는다. 뮬은 눈동자를 반짝이며 소파에서 뛰어내렸다.

"어머어머어머, 어쩜 좋아! 메리다도 엘리제도 정말 잘 어울린다아!"

"에, 에헤헤! 고마워!"

"굉장히 귀여우세요……. 장식도 많고, 정말 화사해요!"

"무거워. 움직일 때마다 팔랑거리고, 흔들거리고. 살라샤도 입어보면 알 거야."

"네에?! 세, 세상에, 저한테는…… 으으으!"

──아가씨들, 하인 의상이 어울린다는 말을 듣고 기뻐하시면 안 됩니다.

간신히 가슴속에 직언을 붙들면서, 쿠퍼는 메이드복을 둘러싸고 꺅꺅거리는 소녀들 쪽으로 조각처럼 무표정한 얼굴을 하고 걸어왔다.

"루실 씨와 라일라 씨는?"

"아, 두 사람은 단장님을 달래러 간다고 전망실 쪽으로 갔어요."

"그렇습니까."

시선으로 문단속을 확인하고 다시 한번 자신들 이외에 아무도 없는 사실에 안도하면서 쿠퍼는 재깍 메이드 소녀들의 발밑에 무릎을 꿇었다.

"부디 재고해 주실 순 없으십니까…………."

"네엣?!"

"쿠퍼 선생님, 원점으로 되돌아왔어요."

"허억! ──내가 무슨."

퍼뜩 정신이 든 쿠퍼는 머리를 흔들며 일어났다. 갈등하는 가정교사의 표정을 메리다는 가슴팍 높이에서 눈을 치켜뜨고 슬쩍 올려다보았다.

"저기, 선생님……. 저 혹시 안 어울리나요……?"

꿀꺽, 숨을 죽인 쿠퍼가 체념한 것처럼 한숨을 쉰다. 천천히 메리다의 두 볼에 손바닥을 뻗은 다음 극상의 마시멜로를 부여잡고, 주무르고, 당기며 감촉을 즐기면서 한껏 가지고 논다.

"어울리니까 곤란한 겁니다, 귀엽고 또 귀여운 아가씨?"

"후햐아아악~~ 뭐 하는 거예요오~~!"

"자자. 그럼 쿠퍼 선생님의 허락도 나왔으니―― 바로 특훈해야겠네."

뮬이 손뼉을 쳐 전원의 시선을 끈다. 그러자 쿠퍼뿐만 아니라 친구인 살라샤조차도 고개를 갸우뚱거렸다.

"미우, 특훈이라니 무슨?"

"당연히 메이드 특훈이지. 지금 메리다랑 엘리제는 그저 옷을 입고 있을 뿐, 하인이 무엇인지를 전혀 모르고 있잖아. 적어도 왕작의 일행으로서 순례에 참가한다면 최소한의 소양 정도는 익혀둬야 하지 않을까?"

"――일리 있군요."

쿠퍼는 찰싹, 자신의 두 볼을 손바닥으로 때렸다. 그답지 않은 동작에 금발 제자의 눈이 휘둥그레진다.

평소의 페이스를 되찾고, 저택 뒤뜰에서 레슨을 할 때와 같은 태도로 왕작의 의상을 입은 쿠퍼가 집게손가락을 세웠다.

"아가씨들, 각오는 되셨습니까? 이제부터 두 분은 귀족의 하인으로서 기초적인 기술과 지식을 배우시겠습니다. 공작 가문의 두 분께는 굴욕으로 느껴지는 부분도 있을지 모릅니다. 그만두시겠다면——지금뿐입니다만?"

"바라는 바예요!"

가정교사의 예상을 조금도 저버리지 않고 금발의 천사는 두 주먹을 꽉 쥐었다.

"저를 누구라고 생각하는 거죠? 매일매일 선생님의 레슨을 클리어하는 일등 제자라구요! 그리고…… 서, 선생님에게 봉사하는 거, 하나도 굴욕 아니에요!"

"나는 굴욕스럽긴 하지만."

끝까지 무뚝뚝한 태도를 무너뜨리지 않은 채 엘리제가 말했다.

"나는 《1대 후작(캐리어 마키스)》의 일등 제자. 여기서 포기하면 로제 선생님의 이름이 아까워."

"좋습니다."

쿠퍼는 쑥 뻗은 콧날에 손가락을 댔다. 미소 안쪽으로부터 뼛속까지 시린 압박감이 흘러나와서, 이 공기에 익숙지 않은 살라샤와 뮬이 흠칫 어깨를 떤다.

이 광경을 직접 처음 보는 그녀들은 곧 통감하게 되리라. 저택에서 쿠퍼가 '귀축교사'라고 불리는 까닭을——.

악마처럼 씨익 웃고서 쿠퍼는 말했다.

"그럼 시작할까요."

† † †

"하, 하인의 업무가 이렇게나 힘들 줄이야……!"

메이드 복장의 아가씨들이 죽는소리하는 데에는 그리 오랜 시간이 걸리지 않았다. 소파 팔걸이에 손을 걸치고 녹초가 된 자매를 향해 쿠퍼가 무정하게 손뼉을 친다.

"누가 쉬어도 된다고 했습니까? 목적지에 도착할 때까지 볼품 있는 모습을 갖춰야 합니다. 자아, 한 번 더!"

"네에~……."

"……악마."

작은 목소리로 악담하면서 엘리제는 20페이지 정도 되는 얇은 그림책을 들었다. 그 책을 머리 위에 얹고 테이블에서 쟁반을 집어 올린다. 쟁반 위에는 유리잔 세 개가 있다.

그 상태에서 등을 쭉 펴고, 자, 전진이다. 라운지 바닥에는 많은 장난감과 인형이 어질러져 있는데, '제발 좀 걸려 넘어 주세요.'라고 염불을 외듯 순수한 우리 은발 메이드를 기다리고 있다.

"발밑이나 유리잔을 봐선 안 됩니다. 책을 떨어뜨리지 않도록 하는 데에도 주의하고요. 이거 봐, 이거 봐, 한 발짝도 앞으로 못 가지 않았잖습니까. ——허리 펴십시오! 자세가 그렇게 엉거주춤해서야 주인에게 비웃음당할 뿐입니다."

"으그그, 음…… 아!"

열차가 덜컹, 크게 흔들리는 바람에 은색의 단발머리에서 그림책이 미끄러져 떨어졌다. 그것이 바닥에 떨어지기 전에 촤악, 쿠퍼의 손이 건져 올린다.

그림책 모퉁이로 어깻죽지를 때리고 당연하다는 듯이 청년은 말했다.

"아직 멀었군요?"

"으으으, 으그으~~……."

"하지만 선생님, 이거 꽤 어렵거든요?"

뮬과 살라샤까지 하나가 되어 머리 위 그림책을 얌전하게 만들려고 애쓰는 중이다. 하지만 번번이 비틀거리다 균형을 잃었고, 그림책은 윤기 있는 머리카락에서 미끄러졌다.

"아으! 으으…… 무심코 머리 위를 자꾸 보게 돼."

"그게 바로 균형감각입니다. ——메리다 아가씨 쪽은 어떤가요?"

테이블 옆에는 견본 사진과 눈싸움을 하는 금발 메이드의 모습이 있었다. 5인분의 식기를 테이블 각각의 위치에 완전히 똑같은 배치로 늘어놓는다. 끝으로 사진과 정성껏 비교한 후에…… 표정을 확 밝히고서 얼굴을 이리로 돌렸다.

"선생님, 다 했어요!"

"어디, 어디……."

자신만만한 메리다에게 다가가 대충 식기의 위치를 확인한다. 불과 몇 초 후. 칭찬을 받고 싶어 근질근질한 표정의 아가씨에게, 쿠퍼는 상냥하게 웃어 주었다.

"말할 가치가 없습니다."

"네에에엣?!"

"늘어놓는 순번만 지킨다고 다가 아닙니다. 견본 사진에도 숫자가 빠짐없이 쓰여 있을 텐데요. 접시와 와인 잔, 포크와 스푼의 거리까지 철저하게……."

쿠퍼의 양팔이 스윽, 스윽, 스윽 하고 마치 기계처럼 막힘없이 식기의 위치를 세세하게 조정한다. 테이블로 뛰어온 뮬이 줄자를 쭉 잡아 늘였다.

"……말이 돼?! 밀리 단위로 완벽해……!!"

"균형감각입니다."

아까부터 뾰로통해 있던 엘리제가 타앙타앙타앙, 바닥에 발을 굴렀다. 늘 차분한 그녀로서는 좀처럼 보여 주지 않는, 떼쟁이 아이 같은 동작이다.

"이런 거 사람이 할 수 있는 일이 아니야. 아무도 못해."

후우, 쿠퍼는 여봐란듯이 한숨을 쉰 다음 천천히 그림책을 머리 위로 올렸다. 그리고 가볍게 몸을 구부리고, 엘리제에게서 쟁반을 건네받고 획 돌아선다. 그림책 모퉁이는 조금도 흔들리지 않았다. 간담이 서늘할 정도다.

발밑뿐만 아니라 손 쪽도 보지 않고 그는 큰 키를 쓱 펴고서 걷기 시작했다. 구두 끝이 인형의 손을 걷어차는 일도 없고, 유리잔의 물은 한 방울도 넘치지 않는다. 열차의 흔들림을 개의치도 않고 끝에서 끝까지 횡단하고서 끼익, 구두 소리를 내며 돌아보았다.

"무슨 문제라도?"

"""굉장하다~~!!"""

메리다와 살라샤와 뮬은 똑같이 눈동자를 반짝이고, 엘리제 혼자만 뚜~웅 하니 볼에 바람을 넣는다.

이것만큼은 스스로도 대견했는지, 약간 자랑스러워 보이는 표정으로 쿠퍼는 머리 위에서 그림책을 내렸다.

"실은 이 쿠퍼, 아가씨의 가정교사를 맡기에 앞서 집사 검정 시험 1급을 취득한 바 있습니다."

"집사 검정시험?!"

"그런 것이……!"

"뭐, 작은 소양입니다."

선생님 대단해요~ 하고 하나같이 홀딱 반한 모습의 소녀들과, 평소와 달리 자신만만한 쿠퍼. 뭔가 영 납득이 가지 않는 듯한 엘리제 혼자 더욱더 미간에 주름을 찌푸리다 이내 느닷없이 청년의 얼굴에 집게손가락을 처억 들이댔다.

"치사해. 우리한테만 설교하고, 정작 선생님은 하나도 공부하지 않았잖아."

"제, 제게 뭔가 부족한 부분이라도……?"

"우리가 메이드답게 행동해야 한다면——."

스윽, 귀기마저 서린 무표정한 얼굴을 내밀며 엘리제는 죽음을 고하는 천사같이 말했다.

"쿠퍼 선생님은 주인님답게 행동해야 할 터."

"으윽……."

"어머, 지당한 의견이네요."

뮬이 뺨에 손바닥을 대고, 메리다도 일리 있다며 몸을 내민다.

"아무리 우리가 열심히 해도 선생님이 평소 같은 태도를 보이면 금방 탄로 나고 말 거예요."

"……그렇게 말씀하셔도 뭘 어떻게 고치면 좋을지."

"우선은 호칭이 아닐까요?"

살라샤가 조심스럽게 의견을 내고, 쿠퍼의 시선에 몸을 더더욱 움츠린다.

"아으, 저기, '아가씨'라고 부르는 것부터가 왕작답지 않다고 생각해요……."

"선생님, 시험 삼아 우리를 그냥 이름으로 불러보세요!"

얼른요, 하고 뺨을 붉히고 기다리는 메리다. 당장에라도 현기증이 날 것 같았지만 이것도 임무를 순조롭게 수행하기 위해, 나아가서는 메리다의 목숨과 자신의 입장을 지키기 위해서다. 가정교사, 지금은 왕작인 쿠퍼는 마음을 먹고 열세 살 금발 소녀를 내려다보았다.

"…………메, 메…… 메, 메리다."

그 순간, 메리다는 핑크빛 전류가 흐른 것처럼 전신이 요동쳤다.

"——네엡, 주인님!!"

"……에, 엘리제."

"왜에? 주인님."

"………………………………."

무쇠 같은 정신력으로 딱 5초만 버티고, 쿠퍼는 털썩 무너져 내렸다.

"절 힐책해 주십시오…………."

"어째서요?!"

"쿠퍼 선생님, 정신 차리세요!"

전에 없이 대미지를 받은 완벽교사의 두 어깨를 금색과 벚꽃색 공주님들이 열심히 흔든다. 뮬은 흑수정 머리칼을 만지작거리면서 가볍게 내뱉었다.

"쿠퍼 선생님한테 부족한 건 《주인님의 사디스트 본능》이군요."

"사디스트 본능……은 또 뭔가요?"

"『너희는 내 소유물이다. 명령에 복종하라. 말대꾸하지 마라, 나를 대체 누구라고 생각하느냐.』──극단적으로 말하면 그러한 《시중을 받는 자의 마음가짐》이에요. 메리다나 엘리제를 부리고, 굴복시키는 입장에 익숙해져야 해요."

어질. 본격적으로 의식이 멀어지기 시작하는 쿠퍼와는 대조적으로 메리다는 더욱더 감격에 몸을 떨고 있다. 대체 무엇이 그렇게 기쁜지, 자진해서 쿠퍼에게 이렇게 호소한다.

"선생님, 전 선생님이 절 부려 줬으면 좋겠어요! 선생님의 것이 되고 싶어요!"

"다시 생각하십시오, 아가씨. 그런 소리를 경솔하게 입 밖에 내선 안 됩니다……!"

"아앗."

쨍그랑, 유리잔 소리가 울려 퍼졌다. 소리가 난 쪽으로 얼굴을 돌리니, 엘리제가 다시 쟁반 옮기기에 도전하고 있다가 손에서 미끄러져 떨어진 유리잔이 카펫에 부딪힌 소리였다.

순간 작은 악마처럼 눈동자를 반짝인 뮬이 샤악, 쿠퍼의 등 뒤로 돌아갔다.

"찬스예요, 쿠퍼 선생님. 실수한 메이드에게 필요한 건 설교가 아니에요. 바로 벌이지요! 얼빠진 메이드에게는 주인님이 따끄~음한 벌을 줄 필요가 있어요!"

"저 보고 엘리제 님에게 벌을 내리라고요⋯⋯?"

"어이구, 이 메이드는 못 써먹겠구만. 카펫을 이렇게 적시면 어떡해."

뮬이 갑자기 중성적인 말투가 되어 성대모사를 하기 시작했다. 몰락한 극단도 어이없어할 조잡한 연기였는데, 더욱 놀라운 점은 엘리제가 이에 호응한 것이겠다. 쿠퍼 앞까지 걸어와 고개를 축 떨군다.

"⋯⋯죄송합니다."

"두 번 다시 같은 실수를 하지 않도록 이 주인님이 벌을 주마. 우선 스커트를 걷어 귀여운 속옷을 나한테 보여 주지 않으련?"

"⋯⋯⋯⋯으."

터무니없는 요구였지만 엘리제는 무대를 내려가지 않았다. 망설이는 연기까지 완벽하다. 얼굴을 붉히고 시선을 딴 데로 돌리면서 손가락 끝이 스커트 자락을 걷어 올린다. 빛이 나는 허벅지와 줄무늬 팬티가 드러나고, 아슬아슬하게 파고든 가랑이가 꽈악 움츠러들었다.

"⋯⋯변태."

약간의 원망이 담긴, 눈물을 머금은 눈이 쿠퍼의 심장을 꿰뚫

는다. 선정적인 그 모습으로부터 눈을 딴 데로 돌리자, 청년의 예쁜 눈썹에 갑자기 고급스러운 깃털 펜이 쑥 다가왔다.

"자, 선생님. 벌을 줄 시간이에요. 이 깃털 펜으로 메이드의 민감한 곳을 근질근질 간지럽혀주는 거예요. 저 애처로운 몸뚱이에 충성심이 박힐 때까지……."

"겨, 결코 따를 수 없습니다."

"진짜아아! 그러면 제가 본보기를 보여드릴게요!"

답답하다는 듯이 쿠퍼의 등 뒤에서 튀쳐나온 뮬은 스커트를 걷어 올린 메이드 앞에 무릎을 꿇었다. 그리고 매끄러운 깃털 펜의 끝을 들고 날름, 입맛을 다시고서 허벅지 안쪽에서부터 위쪽으로 펜을 천천히 놀린다. 엘리제는 격심한 반응을 보였다.

"히익……?!"

무릎에 힘이 덜컥 빠진 엘리제는 카펫에 벌러덩 넘어졌다. 그 기회를 놓치지 않고 뮬은 그녀를 덮친 다음 다리를 억지로 벌리고 깃털 펜의 끄트머리를 찔러 넣었다. 허벅지 안쪽부터 가랑이까지, 심지어 아슬아슬한 팬티와의 틈바구니를 라인을 따라 섬세하게 강약을 조절하며 마구 간지럽힌다. 엘리제는 움찔, 움찔 하고 등줄기를 튕겨 올리면서 새빨간 얼굴로 교성을 질렀다.

"흐아아아!! 요, 용서해줘, 주인님…… 히이익, 거, 거기…… 아앙!"

"어허, 하나도 교육이 안 돼 있는 메이드로군. 주인에 대한 말버릇도 배우지 않은 게냐?"

오른손을 궁정화가처럼 놀리면서 왼손에 깃털 펜을 하나 더 꺼내든 뮬은 그것을 메이드복 가슴팍에 미끄러뜨렸다. 피부에 직접 민감한 자극을 받은 엘리제는, 뒤로 젖혀진 목구멍에서 "히익!" 하고 신음을 흘렸다. 블라우스가 안쪽에서 거듭 모양을 바꾸고, 그녀의 톡 불거진 체리가 부드러운 털의 물결에 농락당하는 광경이 쿠퍼의 뇌리에 환영처럼 재생됐다.

"히이, 히아아아아아아앙!! ……웅, 응응!!"

전류가 흐른 것처럼 발끝이 튀어 오른다. 그 끝에 걸려 있었던 가죽 구두가 툭, 바닥에 낙하하고 동시에 메이드의 온몸에서도 힘이 빠졌다. 힘없이 양팔을 뻗는 엘리제 곁으로 금색 사촌 자매가 비통하게 뛰어간다.

"에, 엘리, 정신 차려! 메, 메이드의 길이 이렇게나 험난한 것이었다니……!"

"어머, 이제 시작인데? 저 귀축 선생님이 이 정도로 용서해 주실까 몰라."

이도류로 든 깃털 펜을 거두고, 뮬은 펜 끝에 "후우." 하고 입김을 불었다.

엘리제는 거친 숨을 쉬면서 상반신을 일으키고 흐트러진 메이드복을 바지런히 눌렀다.

"쿠퍼 선생님—— 귀축 선생님이라면 이걸로 끝날 리가 없어. 우리가 정신을 잃을 만큼 창피해져도 저 귀축 스마일로 귀축 레슨을 계속할 게 틀림없다고."

"하으으으, 세상에! 아까 같은 일을 매일 당하면 선생님의 것이 되고 말 거야!"

"그렇게 조금씩 몸과 마음을 바쳐가는 것이 일류 메이드의 길이겠지……. 감개무량해."

"……여러분, 즐기고 계시는군요?"

"""'움찔!'"""

뒤늦게나마 겨우 쿠퍼가 정신을 차리자, 소녀들은 알기 쉽게 어깨를 들썩거렸다. 저도 모르게 소녀들의 페이스에 휩쓸릴 뻔했던 쿠퍼는 "크흠." 하고 커다란 헛기침을 몇 번 하고서야 가까스로 가정교사의 체면을 되찾았다.

그리고 집게손가락을 척 세운 다음 위엄 있는 연출을 가득 의식한 목소리를 냈다.

"아무래도 진지함이 부족한 것 같으므로, 이쯤에서 아가씨들에게 하인으로서 가장 중요한 마음가짐에 관해서 일러드리도록 하죠. 거기에 일렬로 정렬해 주십시오. ——살라샤 님도요."

"네에? 저, 저는 아무 잘못도 안 한 것 같은데——."

"말대답은 용납하지 않습니다."

"네, 네엡!"

쿠퍼가 오늘 중 으뜸가는 사디스트의 아우라를 발휘하자, 울상이 된 살라샤는 어깨를 움찔거렸다. 장난이 지나쳤던 다른 소녀들도 얌전히 가정교사의 뜻에 따른다. 엘리제는 조금 흐트러진 가슴팍과 스커트 자락을 팡팡 두드려 깔끔하게 바로잡았다.

만족스럽게 고개를 끄덕이고, 쿠퍼는 양손의 집게손가락을 입술 양 끝에 댔다.

"오늘의 레슨 중, 아가씨들이 잊고 계셨던 것이 하나 있습니다.

"——미소."

"미소?"

"하인이라면 늘 여유를 가져라. 예를 들면 시중을 들어 주는 자가 미간을 찌푸리고 있거나, 차분하지 않은 동작으로 우왕좌왕하고 있으면 주인도 불안해지겠죠. 『내가 지금 환영받지 못하는 건가?』『뭔가 예상외의 해프닝이 일어난 게 아닐까?』 같은 생각을 하게 만들면 하인 실격입니다."

"그래서, 미소……."

소녀들은 자신 없이 중얼거리고 서로의 얼굴을 마주 보았다. 마치 상대를 거울로 쓰는 것처럼 자신의 볼을 집고, 입꼬리를 올리고, 부자연스럽기 짝이 없는 미소를 만든다.

"시, 싱긋~…….""에헤헤.""우후후.""씨익!"

"그럴 줄 알았지만, 그것과는 다릅니다."

쿠퍼는 딱 잘라 말해서 천사들의 눈싸움 대회를 중지시켰다.

"그런 게 아니라 이렇게—— 릴랙스한 분위기로."

말하면서 쿠퍼는 지극히 자연스러운 동작으로 살짝 뺨을 누그러뜨렸다. 네 아가씨의 눈동자가 순간 주르륵하고 녹는다. 그 와중에 뮬 혼자 당황한 것처럼 머리를 붕붕 흔들었다.

태연자약이라는 말을 몸으로 구현하는 양, 청년이 가슴팍에 손바닥을 댄다.

"『저한테는 여유가 있습니다. 지금 하는 일을 즐기고 있습니다. 그러니 당신도 안심하고 편히 쉬십시오.』——말하자면 이건 《봉사의 마음》이라는 정신이 되겠군요."

"봉사의 마음······."

"그리고 또 한 가지 잊어선 안 되는 마음가짐이, 하인은 결코 스스로를 소홀히 하면 안 된다는 것."

쿠퍼는 한 발자국 앞으로 걸어 나와 메리다의 옷깃에 손을 뻗었다. 구부러져 있었던 리본 위치를 조정하고, 머리카락을 정성껏 빗는다. 의상은 완전 정반대지만, 평소 어린 공작 가문 영애를 섬기는 만능 가정교사의 모습 그 자체다.

"이를테면 아무리 호사스럽게 차려입은 귀부인이 있다고 해도 그 옆에 대기하는 집사가 낡은 싸구려 슈트를 입고 있으면 망신당하는 것은 주인 쪽이겠죠. 하인은 주인이 돋보일 수 있도록 자신을 높이는 일을 소홀히 하면 안 됩니다. 그리고 하인이 우수하면 우수할수록 주인은 《시중을 받을 자격이 있는 존재》가 되기 위해 스스로를 갈고닦습니다······. 그렇게 서로가 서로의 좋은 거울이 되는 것이, 이상적인 주종관계라 할 수 있습니다."

"시중 받기에 걸맞은 자신으로······."

뭔가 마음에 와닿는 교훈이 있었던 것인지 메리다는 희미한 목소리로 불쑥 중얼거렸다. 눈에 부신 쿠퍼의 얼굴을 쳐다보고서 열세 살 아가씨는 되새기듯이 말했다.

"그건 아주 잘 알겠습니다······."

"그렇습니까?"

이렇게 말하는 자신도 아직 나무랄 데가 없는 공작 가문의 사용인이라고는 말하기 어렵다. 그녀를 섬긴 요 1년, 자신의 출신을 의문시하는 목소리도 간간이 들렸다. 메리다가 공작 가문의 핏줄이 되고자 하는 것처럼 쿠퍼 또한 배우지 않으면 안 되는 것이 많다.

──콩콩, 후방의 문을 누군가 노크했다.

"편지랍니다요, 왕작님."

종이 다발을 손에 들고 찾아온 사람은 바로 자신에게 부정적인 극단의 주인, 더비 마더였다. 테이블 위에 우르르 봉투를 놓은 다음 용건은 끝났다는 듯이 발길을 돌린다.

도중 바닥에 널려 있었던 장난감을 걷어차고, 한심스럽게 실내를 둘러본다.

"……메이드랑 깨소금 뿌리고 있었다고는 각본에 안 쓸 거야."

진절머리가 난다는 듯이 그렇게 쏘아붙이고 그는 재빨리 라운지를 나갔다.

일행은 레슨을 마치기로 하고, 식기와 장난감 등의 도구를 주워 모았다. 양손 가득 인형을 안은 채 메리다가 작은 머리를 갸웃거렸다.

"선생님, 그 많은 편지는 뭐예요?"

여러 장이 쌓인 편지 위에서 한 통을 집어 들고 쿠퍼는 이렇게 대답했다.

"초대장입니다."

† † †

"애초에 아가씨들은 《성석》이라는 것이 무엇인지 알고 계십니까?"

아가씨들은 현재 테이블에 티 세트를 완벽히 갖추고 쿠퍼가 달인 차를 즐기는 중이시다. 소파 한쪽에는 쿠퍼와 살라샤가, 다른 한쪽에는 나머지 세 사람이 비좁게 앉아 있다. 기이하게도 순례의 주역인 《쉬크잘》과 마주 보는 형태다.

옆에 있는 뮬과 어깨를 꼭 붙인 채 메리다가 티 컵을 집어 들었다.

"왕작님이 순례에서 모아야 한다는 네 개의 돌 말이죠?"

"맞습니다. 하지만 성석이란 이름이 붙은 만큼 당연히 그냥 돌은 아닙니다. ──《소재》라는 말을 지금까지 몇 번인가 들은 적이 있을 겁니다."

소녀들이 얼굴을 마주 본다. 쿠퍼는 매끄러운 말투로 설명을 계속했다.

"약이나 독의 재료가 되는 페블롯 잎에 홍마접 가루. 아주아주 희귀한 천옥조의 깃털. 엘리제 님이 작년 서클렛 나이트 때 입으셨던 퍼레이드 의상에도 플레임 버드의 직물과 염정의 발화석이 쓰였었죠."

"보고 싶었어!"

뮬의 목소리에는 생기가 돌았고, 반면 미세스 오셀로의 폭주를 떠올린 엘리제는 씁쓸한 듯이 얼굴을 일그러뜨린다. 추억처럼 이야기할 수 있다는 사실에 감회를 품으면서 쿠퍼는 입술을 누그러뜨린다.

"제각기 특별한 효과를 품은 이 물건들은 당연히 자연 그대로의 것은 아닙니다. 그럼 왜 이와 같은 마력을 띤 물건이 프란돌 주변에 존재하는 것인가……. 누군가 대답할 수 있는 분 계십니까?"

거기서 휙 하고 학원의 수업처럼 손을 든 것이, 공부에 열심인 메리다였다.

"예를 들면 란칸스로프처럼, 밤의 어둠이 동물·식물·광물 등 자연계의 모든 것에 악영향을 주는 것과 마찬가지로 넥타르의 빛 역시 극히 드물게 좋은 영향을 주는 일이 있습니다. 그렇게 생긴 신성을 띤 물건들이 《소재》입니다. 소재에는 제각기 다양한 효과가 있어, 현 프란돌의 일상생활에 없어서는 안 되는 존재가 되어 있습니다."

"훌륭합니다."

쿠퍼는 싱긋 입꼬리를 올리고서 강의를 재개했다.

"보다 엄밀히 말하면 밤의 독기, 태양의 인자 중 어느 한쪽의 영향을 받고 있고, 동시에 인간의 일상생활에 도움이 되는 물품은 전부 소재로 분류됩니다만—— 뭐어, 그건 제쳐놓겠습니다. 자, 여기까지 말했으니 성석이 어떤 것인지도 이해되시겠죠?"

사촌 자매에게 지지 않으려고 엘리제가 몸을 내밀고 우수함을 어필한다.

"넥타르의 영향을 받은 돌…… 보석?"

"명답이십니다. 소유자의 운명을 바꿀 정도로 무시무시한 주술의 힘을 내포한 보석. 하지만 무엇보다 먼저 이야기해야 할 것은, 바로 그 아름다움이지요……! 실은 이번 임무를 맡으면서 성석 중 하나인 《유구의 에메랄드》를 쉬크잘 공으로부터 받았답니다."

눈짓하자, 미리 짠 것처럼 살라샤가 짐 보따리를 테이블 위에 놓았다.

보따리를 풀자 램프보다도 밝은 녹색 빛이 온 방 안에 퍼진다. 보석이 안쪽에서 빛을 발하고 있다. 덧붙여 크기도 크다. 쿠퍼가 한 손으로 간신히 잡을 수 있을 정도.

욕심 많은 까마귀라면 눈이 멀지도 모르는 명품이나 다행히도 아직 허울보단 실속을 차리는 아가씨들이다. 각자 요란하게 얼굴을 가리고서 연극을 보는 듯한 비명을 지른다.

"눈부셔~. 빛으로 샤워하는 것 같아~!"

"슬쩍하려고 해도 저만하면 주머니에 안 들어가겠다……."

"집어넣어, 사라! 이러다 어둠의 권속인 내 힘이 폭주하게 생겼어!"

"아와와, 큰일 났다!"

"……아가씨 여러분, 즐거워하고 계시는군요?"

쿠퍼는 고개를 도리도리하며 탄식하고, 다시 천에 싸인 《유구의 에메랄드》를 자물쇠가 달린 보물 상자에 조심스럽게 집어넣었다.

"남은 세 개는——《심연의 오닉스》《불멸의 루비》《고결의 사파이어》입니다. 대관식까지는 앞으로 일주일……. 다음 주까지 모든 성석을 모아 성왕구로 귀환하는 것이 우리의 임무지요. 식전에 필요한 성검 쪽은 쉬크잘 공이 직접 준비하겠다고 하셨으므로."

"……쿠퍼 선생님은 세 개의 돌을 찾아 프란돌 전역을 여행하지 않으면 안 되는데, 살라샤네 오라버니는 검을 한 자루 준비하는 게 다야?"

엘리제가 퉁한 표정으로 한마디 하자 살라샤가 민망해하며 어깨를 움츠린다. 쿠퍼는 애써 수습하고자 별것 아니라는 쓴웃음을 지었다.

"성검을 만드는 데에는 여러 가지로 품이 드니까 말입니다. 그리고 돌을 찾는다고 해도 힌트가 없는 건 아닙니다. 벌써 세계 각지로부터 이렇게나 초대장이 와 있거든요."

여기서 이제야 화제에 오른 것이 바로 더비 마더가 가져온 갖가지 편지였다. 쿠퍼가 가방에서 꺼낸 편지들과 합치니 테이블 한구석에 수북이 쌓인다.

하나같이 공들여 만든 봉투들을 찬찬히 바라보고서 메리다가 물었다.

"선생님, 이 편지에는 뭐라고 쓰여 있는 거예요? 발송인은 또 누구고요?"

"하층 거주구에 있는 광산 마을 대표자들한테서 온 겁니다. 내용은 전부 같아요. 『왕작님, 부디 대관식 때 수행원에게 저희 마을의 성석을 지니게 해 주십시오.』"

"준다는 얘기야? 성석을? 그냥?"

엘리제가 연달아 묻자, 쿠퍼는 저도 모르게 깊은 미소를 지으면서 아예 솔직하게 대답한다.

"그렇게 함으로써 마을의 이익이 되기 때문입니다."

““거저 주는데 이익이 된다고……??””

엔젤 자매가 어리둥절하며 물음표를 뿌리고, 이미 이면을 아는 뮬과 살라샤는 얼굴을 마주 보고 웃는다. 쿠퍼는 우아하게 미소를 지으며 가르쳐주었다.

“간단하게 말하면, 왕작이 지나간 장소에는 사람들이 모여 터무니없는 경제효과를 낳기 때문입니다.”

“그게 무슨 말이죠……?”

“예를 들면 이 티 컵.”

손 부근의 컵을 시선 높이로 들어, 그려져 있는 고귀한 파란 무늬를 모두에게 보인다.

“대관식을 마친 후, 이 티 컵은 이렇게 선전되겠죠. 『이것은 왕작이 한창 순례 중에 애용하셨던 티 컵이다!』라고. 아마 다시는 식탁에 놓이는 일도 없이 박물관 같은 데에 기증되어 많은 손님을 부를 겁니다. 다들, 이 컵을 한 번이라도 보기 위해서 하나같이 입장 티켓을 찾아 헤맬 겁니다. 부자는 똑같은 상표의 똑같은 무늬의 컵을 갖추려고 할지도 모르고요. 그렇게 되면 메이커의 가치도 계속 올라갑니다. ──뭐, 애초에 ‘초’가 붙는 고급 브랜드이긴 합니다만.”

망설임 없이 입술을 대고 홍차를 한 모금. 메리다는 압도된 듯 숨을 죽이고 있었다.

“왕작은── 뭔가── 재채기도 함부로 못 하겠는데요!”

“지당하신 말씀입니다. 그럼 이제 편지 발송인들의 의도도 아시겠죠. 그들은 요컨대 이렇게 선전하고 싶은 겁니다. 『저 성검에 쓰이는 돌은 우리 마을 거다!」 왕작이 방문한 마을이 어떠한 곳인지를 보러, 상층의 프란돌로부터도 관광객들이 밀려들겠죠. 큰길에는 왕작과 연관된 상품이 불티나게 팔려나갈 거고요."

남의 일처럼 매듭짓고 쿠퍼는 또 한 모금 홍차를 머금었다.

그때, 마침 열차가 한 캠벨에 다다랐다. 전혀 속도를 낮추지 않고 낯선 시가지를 횡단해 그대로 역을 그냥 통과한다. 캠벨의 끝에서 다시 고가선로로 튀어나가고, 창 바깥을 내려다보면서 살라샤가 물었다.

"쿠퍼 선생님. 우리, 전 역부터 한 번도 열차를 갈아타지 않았는데, 대체 어디로 향하는 건가요?"

"안심하십시오, 살라샤 양. 일반승객들이 내려준 시점에서 이 열차는 우리가 대절한 것이 됐습니다. 행선지도 이미 차장에게 전한 상태입니다."

"성석을 받으러 가는 거야?"

"마음대로 골라잡을 수 있는 입장이잖아요, 우리."

편지 다발을 앞에 두고 엔젤 자매는 자랑스럽게 말했다. 쿠퍼는 옅은 미소를 지으면서, 그러나 새카만 창 바깥으로 시선을 옮기고 이렇게 덧붙였다.

"……네, 본래의 순례라면 전혀 품이 들 일은 없을 겁니다. 하지만 아가씨 여러분, 각오해 주십시오. 어쩌면 순순히 풀리지 않을지도 모릅니다."

메리다와 엘리제가 얼굴을 마주 보고 고개를 갸웃거린다. 쿠퍼는 예복의 품에서 입이 열린 봉투 한 통을 꺼냈다.

"열차의 목적지는 하층 거주구에서도 더 가야 나오는 변두리. 프란돌 영지의 변방 중의 변방……. 그 이름도, 광산도시 디오 데 코르테."

하늘을 나는 심홍색 뱀이 쿠퍼의 말이 끝나기가 무섭게 드높은 기적을 울렸다.

† † †

프란돌에서 열차에 흔들리길 꼬박 3일. 랜턴처럼 생긴 거대도시를 나와 하층 거주구를 횡단해 새카만 대지를 낮이고 밤이고 쉬지 않고 기어 나아간 심홍색 뱀은, 마침내 세계의 끝에 남겨진 것처럼 우두커니 서 있는 역에 도착했다.

플랫폼에서 나온 왕작 일행을 기다리고 있었던 것은 디오 데 코르테 주민들의 대성원——이 아니라 덮개 하나 없는 커다란 짐 마차 한 대뿐이었다.

디오 데 코르테의 심부름꾼으로 온 마부와 간단한 인사를 나누고, 지친 네 마리의 말이 끄는 마차에 올라타고서 출발. 짐칸은 충분하고도 남을 만큼 널찍했지만, 유감스럽게도 의자가 딱딱하다. 심지어 길도 변변히 정비되어 있지 않아서 목제 수레바퀴가 커다란 돌을 지날 때마다 차체가 덜컹덜컹 마구 흔들린다.

몇 번인가 의자에 엉덩이를 부딪치고 맨 먼저 인내의 한계를 맞이한 건 더비였다.

"완전 깡촌이잖아!!"

메아리를 부르는 게 아닐까 싶을 만큼 큰 비명이 멀리 울려 퍼진다.

그럴 만도 하다. 마차 바깥에는 실로 웅대한 삼림이 펼쳐져 있었다. 디오 데 코르테를 포함하는 이 주변 지역은 대부분이 사람의 손이 미치지 않은 산악지대였다. 너무나도 조악한 길 상태를 견디지 못한 극단의 쌍둥이는 의자에서 일어나 난간을 붙잡았고, 엘리제 같은 경우에는 아주 당연하다는 얼굴로 쿠퍼의 무릎 위에 앉았다. 덜컹, 덜컹, 위아래로 크게 흔들리지만 그럼에도 왕작의 모자를 쓴 청년은 차분한 표정으로 더비의 불평에 응답했다.

"말씀대로 프란돌의 가장 끝이라서 찾아오는 자가 전무합니다. 또 아무리 길이 나빠도 운반되는 것은 인간보다 돌이나 넥타르 쪽이 많아서요."

"그것참 신나는 말이네요! 근데 왕작님, 쓸어 버려야 할 만큼 초대장이 많이 와 있는데 왜 하필이면 이런 외진 장소를 선택하셨는지?!"

"몇 가지 이유가 있습니다. ──당신도 충분히 이해하실 텐데요?"

쿠퍼가 태연하게 대꾸하자 단장이 침묵을 지킨다. 소녀들은 얼굴을 마주 볼 뿐이다.

극단의 쌍둥이 루실과 라일라가 입술에 손가락을 대고 거울을 마주 본 것처럼 고개를 갸웃거렸다.

"애초에 여기는~." "뭐 하는 곳이야?"

"간단히 설명하자면——."

서론을 말하면서 쿠퍼는 멀리 우뚝 솟은 험준한 산들로 시선을 돌렸다.

"이 산악지대는 과거 풍부한 넥타르와 소재의 보고로 주목받았던 장소입니다. 프란돌에서는 제법 먼 거리에 있지만, 자원을 찾아 개척의 손길을 뻗는 건 이상한 일이 아니죠. 단 한 가지 오산이었던 것은 채굴량이 기대에 미치지 못했다는 점으로…….
육로를 정비하기 전에 자금이 바닥나고, 개척된 전 지역에 선로를 가설할 여유는 도무지 나지 않았다고 합니다."

"그래서 이런 어중간한 숲속에 역을 두고…….''

"각각의 시가지까지는 이렇게 마차로 오간다는 얘기군요."

말뜻을 이해한 성 도트리슈 여학원의 영애들에게 쿠퍼는 고개를 천천히 끄덕여 주었다.

옆에 앉은 메리다가 이쪽을 올려다보고, 여전히 가시지 않은 의문을 던진다.

"그런데 선새—— 주인님. 대관식까지 이제 시간이 별로 없는데 일부러 이런 먼 곳을 선택한 이유는 뭔가요?"

엔젤 자매 말고 이미 내막을 아는 다른 사람들이 약간 어두운 표정을 지었다. 쿠퍼는 힐끔 마부 쪽을 살피면서 메이드들 사이로 얼굴을 가져가 나직이 말했다.

"……실은 우리가 순례를 시작하고 나서 가는 곳마다 성석의 소유자가 의문사를 당하는 사건이 잇따르고 있습니다."

"“네에?!”"

"수집가, 교회 관계자, 보석상…… 모두 우리와 교섭하고, 성석을 양도할 가능성이 있었던 분들입니다. 그들이 소유하고 있었던 성석 역시 누군가에게 파괴되거나 도난당했으며…… 어떤 저택에서는 우리가 체류하는 중에 거짓말처럼 성석을 도둑맞은 케이스도 있었습니다."

쿠퍼가 짐칸에 있는 사람들을 둘러본다. 소녀들은 꿀꺽 침을 삼켰고, 더비 마더는 시시하다는 듯이 마차 바깥으로 얼굴을 돌린 채 "흥." 하고 코웃음을 쳤다.

말문이 막혔던 메리다가 조심조심 말을 되찾았다.

"그거 혹시, 전에 우릴 습격했던, 검은 박쥐들의 소행……?"

"틀림없겠죠. 거기에 제가 저지른 오산이 또 하나 있습니다. 그 정도로 놈들이 대놓고 덤벼들 거라곤 생각하지 않았거든요……. 그렇게 어찌할 도리도 없던 사이, 어느덧 대관식까지는 일주일이 남았습니다. 이 이상은 여정을 늦출 수 없어요. 아마 이 다음이 성석을 갖출 마지막 찬스가 될 겁니다."

"그래서 이런 먼 곳을 선택한 거군요. 적도 아마 손을 대지 못할 테니까."

말끝에 약간 힘을 넣은 제자로부터 쿠퍼는 시선을 스윽 움직였다.

"그러기를 바랄 뿐입니다."

길의 끝을 향한 그의 눈동자에, 갈색 지붕과 석조로 된 건물들이 조그맣게 비치기 시작했다.

짐칸에 있는 전원이 얼굴을 돌린다. 화상 자국처럼 붉은 특이한 산을 배경으로, 디오 데 코르테의 시가지가 점점 다가온다. 정문 부근에 뭔가 검은 덩어리가 꿈틀거리고 있는데, 좀 더 마차가 나아가고서야 무엇인지를 판별할 수 있었다. ——짙은 갈색 로브를 입은 대량의 사람들이었다.

전원이 후드를 뒤집어써 전신을 푹 가린 탓에 개개인의 연령이나 성별조차 분명치 않다. 마치 명계의 문지기처럼 문을 둘러싸는 모습을 보고서 메리다와 엘리제가 견디지 못하고 쿠퍼의 양팔에 꽈악 매달렸다.

모자 아래로 입을 다물면서도 쿠퍼는 그녀들의 어깨를 살짝 쓰다듬어 주었다.

"안심하십시오, 두 분 다. 저들이 특별한 건 아닙니다. 하층 거주구의 주민은 바깥을 돌아다닐 때는 모두 저 방호 로브를 애용하니까요."

"방호 로브? ——그렇구나, 저걸 입으면 밤의 독기를 막을 수 있다는 거군요!"

"아니요."

쿠퍼는 모순임을 빤히 알면서도 단호히 부정하여, 한층 더 소녀들의 눈살을 찌푸리게 하였다.

"저 천 조각에 그런 힘은 없습니다. 그저 위안일 뿐입니다."

메리다가 입을 떡 벌렸을 때, 마차가 마침내 정문 앞에 개방된 빈터로 접어들었다. 선두의 말이 아치를 빠져나가는 것과 동시에, 광장에 대기하고 있었던 수백 명의 로브를 입은 사람들이 일제히 대폭발했다.

""""세르주 쉬크잘 왕작님!! 만세에~~~~~~~~~!!""""

 방문객의 고막에 원한이라도 있는 건가 싶을 정도로 커다란 음성에, 불구대천의 원수에게 던지기라도 하는 듯한 꽃잎 세례. 형형색색의 색채가 순식간에 돌바닥을 깡그리 메워버려서 마차를 끌고 있었던 말 네 마리는 불편해하며 걸음을 멈췄다.
 딱딱한 의자에 앉아 난감해하던 왕작 일행은 서둘러 짐칸에 작별을 고한다. 전 방위를 향해 가식적인 웃음을 뿌리면서 기다리는 것도 잠시, 로브 무리로부터 두 명의 인간이 걸어 나왔다.
 "왕작── 세르주 쉬크잘 공!!"
 무척이나 큰 소리로 그렇게 외친 첫 번째 사람은 20대 후반쯤 되는 남성이었다. 로브 차림이 아니라 약간 유행에 뒤처진 슈트 스타일. 기세로 보아 그대로 포옹할 줄 알았건만 직전에 그만두어 주었다. 대신 서둘러 발밑을 본 다음 인사를 한다. 왕작과의 거리를 잰 것이다. 아무래도 지금 이 장면의 연습을 수차례 한 모양이다.
 그렇다 해도 너무 거창하다. 소녀들은 그저 눈을 동그랗게 뜰 뿐이다.
 "내방을 진심으로 기다리고 있었습니다!! 전 디오 데 코르테 촌장의 아들 사이마스 디오르크라고 합니다! 마을 사람 모두, 왕작님의 도착을 기대하고 있었습니다! 아무쪼록 느긋하게…… 며칠이든!! 체류하고 가주십시오!!"

"아, 그래……. 고맙다."

쿠퍼의 대응이 모호한 것은 왕작으로서의 입장에 얼떨떨해하고 있기 때문일까. 아니면 청년 사이마스의 열기가 부담스러워서일까. 더비 마더는 누구에게도 들리지 않도록 나직이 중얼거렸다. "전형적인 시골 귀족이군."

그때, 뒤따라 온 두 번째 남성이 사이마스의 어깨를 두드렸다.

"그만두거라, 사이마스. 쉬크잘 공은 긴 여행으로 피곤하시다."

사이마스와 달리 간소한 복장, 그러나 콧수염과 관록을 가득 머금은 중년 신사였다. 이쪽은 그래도 귀족을 대하는 방법에 익숙한 듯 가볍게 왕작에게 악수를 청한다.

"오랜만입니다, 쉬크잘 공. 각하가 15세일 때 뵌 후 처음이군요. 베르디 디오르크의 이름을 기억하고 계신지요? 지금은 디오 데 코르테를 다스리면서 이 애송이 아들에게 촌장이 무엇인가를 철저히 가르치고 있습니다."

"네, 네에. 오랜만입니다."

"……아니?"

쿠퍼가 이번에도 말을 더듬거려서, 베르디는 의아한 듯이 모자 안을 들여다본다.

하지만 얼굴을 보기 전에 흥분한 아들이 끼어들었다.

"그만해, 왕작님이 아버지 같은 사람을 기억하고 있을 리가 없잖아! ──자자, 쉬크잘 공. 저희가 환영 준비를 다 해 놓았습니다! 이쪽 마차로 드시죠!"

자아, 하고 보여 준 곳에 따그닥, 따그닥, 말 여섯 마리가 걸어
나왔다. 또 말이냐 하고 더비 일행의 얼굴이 험악해지긴 했지
만, 이번 마차는 쌍두마차로 각각 훌륭한 마구를 달고 있다. 세
대의 마차 중 하나에 일행 모두의 눈길이 자동으로 쏟아졌다.

중앙에 있는 한 대만 명백하게 굉장히 호사스럽고, 유달리 힘
이 들어가 있다. 폭신하게 솟아오른 의자는 황금색이고, 편안
해 보이는 좌석은 깃털을 연상케 한다. 천장 대신 차양이 달려 있
고, 양 끝에는 부채 같은 잎이 바람에 살랑거리고 있었다. ──
《가마》라는 단어가 뇌리를 가로지른다.

사이마스의 기대에 가득 찬 눈길로 미루어, 이것을 타고 여러
사람이 보는 가운데를 행진해야 하나 보다. 벌써 결의가 시들해
지기 시작한 쿠퍼는 동승자에게 도움을 구하기로 했다. 다행히
도 마차에는 두세 명 정도 더 탈 여유가 있다.

그러나 더비 극단의 세 명은 시선이 마주치자마자 튕겨 나가
듯이 얼굴을 돌렸다. 한사코 시선을 마주치지 않으려고 한다.
그래서 이번에는 뮬을 찾았다. 하지만 흑수정의 요정은 이미 약
삭빠르게 다른 마차에 진을 치고 있었다. 스마트하지 않은 것은
오기로라도 피한다는, 라 모르 가문의 높은 긍지가 엿보이는 대
목이다.

이렇게 된 이상 살라샤에게 부탁할 수는 없을까. 소극적인 그
녀에게는 가혹할지도 모르지만, 쉬크잘 가문의 오빠와 여동생
이라는 구도가 옆에서 보기에도 자연스러울지 모른다. 하지만

그렇게 생각해 손을 뻗치려고 한 참에 시야에 무언가가 반짝. 쿠퍼를 부르는 금색 빛이 있었다.

"……읏."

어딘가 답답한 듯 스커트를 움켜쥔, 메리다였다. 메이드라는 입장 때문에 직접 발언하지 못하는 것이다. 하지만 그녀의 가정교사에게라면 그 속내야 일목요연.

쿠퍼는 내렸던 손바닥을 다시, 고개 숙인 소녀를 향해 내밀었다.

"오…… 오너라, 메리다. 같이 타자꾸나."

순간, 화아아아악 소리가 들려올 정도로 미소가 활짝 꽃피었다. 메리다는 새끼 강아지나 이럴까 하는 기쁜 모습으로 달려온 다음, 쿠퍼가 내민 오른손을 꼬오오옥 품었다.

"왔어요, 주인님!"

너무나도 눈부셔서 뇌가 어질어질했을 때 또 한 명의 메이드의 모습이 눈에 들어왔다. 엘리제는 홀로 남겨진 것처럼 커다란 말에 둘러싸인 채 우두커니 고개를 숙이고 있다.

"에, 엘리제도 오너라."

쿠퍼의 부름과 동시에 은백색 미모가 홱 위쪽을 보았다. 탁탁탁, 엘리제는 뛰어와서 쿠퍼가 내민 오른팔에 볼을 비빈다.

"어쩔 수 없이 온 거야."

흥, 그래도 만족한 듯이 코웃음을 치면서 엘리제는 솔선해 쿠퍼를 마차로 끌고 간다. 이 해프닝을 지켜본 더비 마더가 한숨과 함께 펜을 꺼낸다.

"이 흐름도 편집하는 걸로."

호사스러운 의자에 나란히 앉는 왕작과 메이드들의 모습에 또 한 명, 묘한 반응을 보이는 자가 있었다. 마차를 준비한 장본인, 바로 촌장의 아들 사이마스 디오르크다.

"조, 조조, 종자를 태우고 가시는 겁니까……?"

　사이마스의 뺨이 실룩거리고, 눈썹이 떨린다. 밤을 새운 좀비 같은 표정이다.

"이, 이런 쇠퇴한 땅에서는, 격식 차릴 필요가 없다는 말씀이십니까……?"

"저 왕작님은 여러 가지로 얼간이야. 일일이 신경 쓰다간 몸만 상해."

"…………윽!"

　더비 마더의 목소리조차 귀에 들어갔는지 어떤지 분명치 않다. 극단의 세 사람과, 뮬과 살라샤 두 사람이 각자의 마차에 올라탔지만 좀처럼 사이마스는 회복하지 못했다. 보다 못한 아버지 베르디가 직접 왕작의 마부석에 발을 올렸다.

"자, 출발합시다! 다들 학수고대하고 있습니다!"

　환영 준비를—— 마을 사람 전부—— 학수고대하고——.

　그 말들이 하나도 과장되지 않았음을 일행은 일찌감치 깨닫게 되었다.

"자, 이쪽으로! 다음은 이쪽으로! 주민이 총출동해서 마중 나와 있습니다!!"

　촌장의 아들 사이마스 디오르크는 억지로 기분을 전환하고 마을을 안내한다.

쿠퍼 일행은 당초 다른 것은 차치하고라도 우선 호텔로 안내 받을 거라 생각하고 있었다. 3일 내내 철의 상자 속에서 흔들린 일행의 피로는 이미 임계점에 다가가 있었고, 이 대자연에 둘러싸인 토지에 사는 현지인이라면 더욱더, 역에서 마을로 가는 거리만으로도 여행자들의 인내력이 소모됨을 마땅히 추측했어야 했다.

그러나 철야로 환영 플랜을 궁리한 촌장의 아들은 내방자의 컨디션에 관해서는 아예 고려도 하지 않은 모양이다. 검은 벽이 된 주민들에게 에워싸여 마차 짐칸에 쑤셔 넣어진 일행은 도망칠 방법도 없이 말을 타고 선두를 걷는 사이마스의 관광 가이드를 오른쪽 귀로 듣고, 왼쪽 귀로 흘리고 있었다. 광산 입구를 지키는 드래곤 동상, 산들을 한눈에 볼 수 있는 《보물의 언덕》, 개척시대에 세워진 역사 있는 교회……. 확실히 전부 다 멋지다. 실로 훌륭하다. 그러나 유감스럽게도 지금은 전혀 흥미가 솟지 않는다. 더비의 강경한 태도가 웅변이 되어 말해 주고 있었다. "이런 건 됐고 빨리 침대랑 밥!"

쉬지도 않고 줄줄 나오는 가이드의 빠른 말은 이제 귀에 들어오지도 않고,

"엘리제 님, 아무래도 실례니까 일어나주십시오."

"음냐……."

쿠퍼는 가슴에 기대는 잠자는 공주의 뺨을 몇 번이고 꼬집어야 했다.

디오 데 코르테 시가지는 고저차가 있고, 비탈길이 많다. 사이마스가 시가지 구석부터 구석까지 끌고 돌아다녀서 일행이 신물이 난 표정을 숨길 수 없게 됐을 무렵, 아들과 왕작 일행의 얼굴을 교차로 살피고 있었던 촌장 베르디 디오르크가 이제야 마부석에서 목소리를 높였다.

"사이마스, 적당히 하거라. 왕작님 일행은 피곤하셔. 이러다가 나중에 이 마을을 떠올려주실 때, 승차감 나쁜 마차만 기억에 남으시겠다."

"아, 그, 그것도 그렇겠네……."

내내 신났던 아들도 드디어 제정신이 돌아왔나 보다. 아이고, 이제야 호텔인가 하고 안도의 한숨을 흘리기 시작한 일행을 미안한 듯한 표정으로 사이마스가 돌아본다.

그리고 아이처럼 쾌활하게 말했다.

"여러분 많이 기다리셨죠? 이제 저희 마을의 《보석당》으로 안내하겠습니다!!"

"상식이라는 게 없나 봐!"

겨우 마차에서 해방된 더비가 아픈 엉덩이를 문지르면서 악담을 했다. 그와 성격이 반대인 쿠퍼도 지금만큼은 아무래도 내심 동의하지 않을 수 없었다. 지방공연 때문에 말에 익숙한 극단의 세 사람이 힘들어하는 지경이니, 뮬이나 살라샤 역시 피로를 숨기지 못하는 모습이었다.

엘리제는 "후아아암." 하고 큰 하품을 하고 있고, 메리다에 이

르러서는,

"선생님과의 마차 데이트……. 허니문으로 향하는 웨딩카 같 아…… 에헤헤."

예외적으로 행복해 보여서 지금은 그냥 두기로 했다.

그래서 《보석당》이란 그 이름대로 디오 데 코르테 광산에서 채굴한 돌을 보관하는 장소인 것 같았다. 높이가 낮은 탑 같이 생겼는데, 입구로는 튼튼해 보이는 문이 하나.

내부는 창문 하나 없고, 좁았으며 등은 없다. 그럴 필요가 없 기 때문이다.

선반에 비좁게 나란히 놓인 일곱 색의 보석이 내부에서 빛을 발하고 있다. 신성을 띤, 일종의 주문 같은 빛. 모두가 순간 피 로를 잊어버리자, 촌장 부자도 기고만장해하는 모습이었다.

"자, 일동 여러분! 이쪽을 봐주십시오……."

방의 가장 깊숙한 곳에, 가는 기둥이 떠받치는 받침대가 준비 되어 있었다. 왕작 일행이 그 주위에 모이자, 덮여 있었던 천이 절묘한 타이밍에 힘차게 걷혔다.

그 안에서 흘러나온 것은 《어둠색의 빛》이라고나 표현해야 할 법한 환상적인 빛이었다. 그것을 발하는, 받침대 위에 놓인 것은 지독히도 아름다운 타원을 그리는 칠흑의 보석. 모든 색을 거둬들여서는 돌의 내부에서 반사시켜, 가장자리 부분만 각도 에 따라 색을 바꾼다.

무엇보다 크다. 진짜 쉬크잘 공으로부터 맡은 《유구의 에메 랄드》에도 뒤떨어지지 않겠다. 사이마스는 자랑이라도 하듯이 가슴을 펴고서 마을의 자랑을 소개했다.

"이쪽이 서신으로 전해드린 《심연의 오닉스》입니다. 색, 투명도 그리고 사이즈 모두 왕작님의 성검을 장식하기에 그만이지 않을까 싶은데……."

"어머, 멋지기도 하지."

""예쁘다~!""

더비 마더는 수첩에 술술 펜을 놀리고, 극단의 쌍둥이는 똑같이 눈동자를 반짝인다. 뮬과 살라샤는 무심한 척 얼굴을 마주 보고서 안도한 것처럼 고개를 끄덕였다. 드디어 하나! 라는 그녀들의 회심의 외침이 들려오는 것 같다. 그런데——

"…………."

천이 걷힌 순간부터 쿠퍼는 말없이 아래턱에 손끝을 대고 있다. 모자로 민얼굴이 거의 가려져 있어서 아무도 그의 표정을 알아챌 수 없다.

충분히 여운에 잠긴 시간을 가진 사이마스가 몸을 내밀며 묻는다.

"왕작님, 저희 마을의 돌은 어떠십니까! 훌륭하다고 생각하시죠?!"

"——어? 네."

"그렇죠!!"

당근에 덤벼드는 말처럼 사이마스는 콧김을 쉭쉭 분다. 품에서 수첩을 꺼낸 다음, 엄청난 속도로 펜을 놀린다. 페이지가 찢어질 정도의 필압으로 『왕작, 우리 마을의 돌을 칭찬하시다.』

라고 쓰고 있다.

신이 난 사이마스는 쭉쭉 거리를 더 좁혀왔다.

"와, 왕작님! 심연의 오닉스와 함께 꼭 이쪽의 반지를 지녀주 십시오! 그리고 대관식 때 손가락에 끼워주신다면 좋겠습니다! 이 반지는 디오 데 코르테의 것이라고, 네, 똑똑히 그렇게 말씀 해 주신다면 좋겠습니다!"

"저, 저기, 사이마스 님……?"

"이어서 지역 신문사의 인터뷰도 예정되어 있습니다! 받으실 수 있겠습니까?! 이미 기자도 대기하고 있습니다! 뭐, 시간은 오래 걸리지 않을 겁니다. 아주 간단히, 저희 마을의 인상을 말 씀해 주시기만 하면 되니까요!!"

"체, 체류 중이면 어렵지는 않을 것 같습니다만——."

"그렇습니까!! 그럼, 괜찮으시다면 이쪽 종이에 사인을!"

대답을 마치기도 전에 두꺼운 종이와 만년필이 쑥 날아왔다. 좌우 양손에 하나씩 억지로 받아들고, 노련한 쿠퍼도 어안이 병 병해 말문이 막힌다. 반비례해 사이마스의 열의는 멈출 줄을 모 른다.

"전에 잡지에서 쉬크잘 공의 사인을 본 적이 있습니다. 그것 과 완전 똑같은 것을! 네, 액자에 넣어 디오 데 코르테 기념비 앞 에 장식하겠습니다!!"

"사, 사이마스 님. 그…… 으음."

만년필 뚜껑을 열지도 못하고, 사태가 여기에 이르러 쿠퍼는 결국 대꾸할 말을 잃어버렸다. 도망치는 것처럼 보석당을 돌아다보고 이 장소에는 한정된 몇 명밖에—— 즉, 촌장 부자인 사이마스와 베르디 외에 디오 데 코르테 사람이 없음을 확인한다.

"……베르디 님."

그리고 쿠퍼는 체념 섞인 시선을 그에게 던졌다. 쭉 입을 다물고 있었던 중년의 신사도 하릴없이 고개를 끄덕이고, 앞으로 넘어질 뻔한 아들에게 얼굴을 가까이 대고 무언가 귓속말을 한다.

"어, 왜 그래, 아버지——…………. 뭐?"

이야기를 다 들은 사이마스가 얼빠진 목소리를 내고, 멍하니 눈앞의 인간에게 얼굴을 돌린다.

예복을 입은 장신을 위에서 아래까지 훑어보고, 민얼굴을 가리는 커다란 모자에 시선을 멈추고——

생기가 빠진 목소리로 중얼거렸다.

"왕작이 아니라고…………?"

† † †

"이런 모욕이 세상에 어딨어!!"

무시무시한 호통이 일동의 고막을 찔렀다.

보석당에 들어올 때까지와는 전혀 다른, 마치 장례식 같은 분위기 속에서 촌장의 저택까지 안내받은 왕작 일행은 그길로 응접실로 직행했다.

소파 한쪽에 모인 왕작 일행과, 쿠퍼 바로 뒤에 대기 중인 메리다와 엘리제. 더비 마더는 초연하지만 그 밖의 소녀들의 얼굴은 침울하다.

그럴 만도 하다. 여기까지 숨 막힐 정도로 우호적이었던 촌장의 아들이 험악한 얼굴을 하고 고래고래 소리를 지르고 있으니. 환영하는 목소리가 컸던 만큼 매도하는 목소리도 크다. 귀를 덮으면 좋겠지만, 쿠퍼는 성의 있게 모자를 벗고 사이마스의 시선을 정면으로 받아들이고 있었다.

그런다고 해서 그의 분기가 사그라질 것 같지는 않지만.

"가짜라니 대체 뭐야……! 우리 《두더지》는 필사적으로 프란돌을 위해서 구멍을 파고 있는데, 왕작은 이런 중요한 때조차 얼굴을 보여 주러 오지도 않는 거야?!"

옆자리에 앉은 아버지 베르디는 그래도 냉정함을 지키고 있었다.

"그만해라, 사이마스. 쉬크잘 공은 바쁘신 분이야."

"바빠?! 그럼 우리 하층의 《두더지》는 한가하기라도 하단 말이야?!"

"그런 뜻이 아니다. ……너는 좀 너무 몰입했어."

"아버지는 위기감이 너무 없어!!"

흙탕물 같은 말싸움을 시작해 버린 촌장 부자를 앞에 두고 공작 가문의 네 아가씨는 볼을 살며시 맞대고 있었다. 엘리제가 무표정인 채 불쑥 의문을 표한다.

"《두더지》?"

"그게…… 광산도시에서 일하는 사람들이 자신의 형편을 비하해서 그렇게 부르는 거예요."

"아하. 쿠퍼 선생님이 이 마을을 선택한 이유 하나를 알겠어."

살라샤에 이은 뮬의 발언이 "뭔데?" 하고 메리다의 관심을 끌었다.

"성석을 양도받기 위해서는 직접 교섭해야 해. 정체를 밝히지 않고는 완수할 수 없다는 말이지. 그리고 만약 그림자 무사 건이 스캔들로 비화될 조짐이 생기면, 프란돌로부터 가능한 한 떨어져 있는 편이 정보조작에 용이하다는 말이야."

흐에에, 메리다는 새삼 가정교사의 주도면밀함에 혀를 내둘렀다. 확실히 이만큼 외진 장소에 있는 마을이라면, 설령 주민 중 누군가가 아무리 퍼프려도 외부에 전해질 리스크는 최소한으로 막을 수 있을지도 모른다.

그리고 실제로, 이 마을의 영주는 그림자 무사의 일건을 순순히 받아들여 주지 않았다. 사이마스는 딱할 정도로 얼굴이 하얘져서는 단정했던 머리카락을 쥐어뜯었다.

"젠장, 젠장, 이런 망할!! 모처럼 생긴 천재일우의 찬스라고 생각했는데! 희망이 날아갔어! 계획이 모조리 깨졌어! 제기랄!!"

눈썹을 꿈틀거리지도 않고 쿠퍼는 품에서 서신 한 통을 꺼내 책상에 놓았다.

"쉬크잘 공께서 보낸 전언입니다. 『지역 활성화를 위해서 자신의 이름은 마음대로 써도 상관없다.』는 말씀입니다."

"……윽!!"

사이마스는 순간 마음이 흔들렸으나 곧 열화와 같은 감정으로 그것을 억눌렀다.

"웃기지 마!! 그걸로 우리가 납득할 거라 생각한 거냐?!"

"왕작의 대리인으로서, 여동생인 살라샤 쉬크잘 님께서 오셨습니다만……."

쿠퍼가 힐끔 눈짓을 주자, 살라샤는 흠칫하고 긴장하며 허리를 폈다.

살라샤 쪽을 한 번 보기는 했으나, 당연히 사이마스의 화는 그 정도로 가라앉지 않았다.

"그게 어쨌다고! 여동생은 와 봐야 하나도 안 고마워!"

"사이마스! 적당히 해라. 무례한 짓에도 정도가 있다."

살라샤는 무안해하며 고개를 숙이고, 뮬은 모르는 일이라는 척 아무 말도 하지 않는다. 그리고 메리다와 엘리제는 얼굴을 마주 보고 마음속으로 고개를 갸웃거리지 않을 수 없었다.

——이 사이마스라는 청년은 왕작의 이름을 빌리는 데에 너무 필사적인 것 같은데?

그 의문이 풀리기 전에 계속 냉담한 표정으로 쿠퍼가 끼어들었다.

"그럼 사이마스 님, 한 가지 확인하고 싶은 것이 있습니다만."

"뭐…… 뭔데!"

"조금 전의 성석——《심연의 오닉스》를 저희에게 양도해 주실 생각은 없다는 것으로 알면 되겠습니까?"

워낙 충격적인 선언이라, 소파의 다른 사람들도 깜짝 놀라 눈을 부릅떴다. "잠깐만, 당신 무슨 말을 하는 거야." 하고 더비가 따지고 들었지만, 쿠퍼는 그쪽을 보지도 않는다.

예상 밖의 부분에서 잽을 맞은 사이마스는, 뒤로 물러설 수 없다는 듯이 고개를 끄덕였다.

"······아, 암, 그렇고말고! 가짜 따위한테 마을의 보물은 줄 수 없어! 필요하면 직접 캐서 가져가!!"

"그럼 그렇게 하죠."

일어나면서 쿠퍼는 기어이 전원의 귀를 의심하게 만들었다.

말하면서 쿠퍼는 일어나 결국 전원의 귀를 의심하게 하였다.

물고기처럼 입을 떠는 아들과 심각하게 눈썹을 찌푸리는 부친을 향해——

당연하다는 듯이 손바닥을 내밀고 이렇게 물은 것이다.

"성석은 이 손으로 채굴해 오겠습니다. 허가를 받을 수 있을는지요, 촌장님?"

디오 데 코르테

땅끝의 산들에 둘러싸인 광산 마을

■ 교통 / Access
  프란돌에서 열차로 약 3일. 포르트푸후 중계역에서 마차로 5시간.

■ 안내 / Commentary
  예전부터 풍부한 넥타르를 산출했던 광산 도시. 개척 당시에는 세계 3대 광맥으로
  꼽힐 수도 있지 않을까 기대되었지만, 주축이 되는 디오 데 코르테 광산의 채굴량에
  일찌감치 어두운 그림자가 드리우기 시작했고 그길로 산악 개척단의 고난이 시작되
  었다.
  해발 2천 미터에 존재하는 석조 시가지는 꼭 봐둘 만한 가치가 있다. 단 가파른 비탈
  길이 많고, 고지인 까닭도 있어서 도보로 이동하면 금방 숨이 차고 만다. 관광하기에
  는 지독한 환경이라고 말하지 않을 수 없겠다.

가 볼 만한 곳
Tourist spot

만약 당신이 이 세상의 끝을 방문할 일이 있다면, 높은
마을의 정점에 우뚝 솟은 벨로니코 탑을 올라보는 것을
추천한다. 그 옥상에서는 붉은 지붕이 줄지어 있는 디오
데 코르테의 거리와 일찍이 《보물의 산》으로 주목받은
광산을 한눈에 볼 수 있을 것이다.
광맥의 고갈과 함께 발전의 꿈도 깨진 땅끝 마을. 어쩌면 《텅 빈 보석함》을 연상
케 하는 이 풍경이야말로 자연의 보물이라며 시적인 감상에 젖어보는 것도 하나의
여흥일지 모른다.

LESSON : Ⅳ ～가짜 왕작의 싸움

"하나에서 열까지 트러블 연속! 진짜 최고의 순례네!"

여성 말투의 남자 목소리가 갱도 구석구석까지 울려 퍼졌다.

풍부한 넥타르 광맥을 품은 디오 데 코르테 광산. 숨 돌릴 틈도 없이 마을을 떠난 왕작 일행은, 쿠퍼의 선언대로 두더지가 다니는 길 같은 갱도로 발을 들였다.

길에는 램프 빛 하나 없고, 일행 역시 조명기구류를 휴대하지 않았다. 그러나 전혀 문제가 되지 않는 것은 갱도의 벽 그 자체가 어슴푸레 일곱 색으로 빛나고 있기 때문이다. 이 같은 광경 또한 넥타르 광산에서는 그다지 희귀하지 않다.

사박사박 선두를 걸어가는 예복의 등을 향해 더비 단장의 날카로운 목소리가 잇따랐다.

"당신 어쩔 셈이야?! 직접 돌을 캐러 가는 왕작이라니, 들은 적도 없어!"

"저쪽에 양도해 줄 마음이 없다면 어쩔 수 없습니다."

"조……좀 더 괜찮은 방법이 있었을지도 모르잖아! 그 사람 좋아 보이는 촌장님에게 설득해 달라고 하지 그랬어!"

"…………."

쿠퍼는 말없이 눈부시게 화려한 구두가 더러워지는 것도 마다치 않고 나아간다. 불평 한마디 없이 따라오는 루실과 라일라 그리고 공작 가문의 네 아가씨 중 메이드복을 입은 금발이 총총 걸어와 옆에 나란히 섰다.

"저기, 선생님…… 괜찮으세요?"

"무슨 일이십니까? 아가씨."

같이 작은 소리로 속삭임을 주고받는다. 손바닥을 꼬옥 쥐면서 메리다는 계속했다.

"선생님, 그 검은 박쥐들을 쫓아 버린 뒤로 잠시도 쉬지 못했잖아요. 안 피곤하세요? 무리하는 거 아니에요?"

"걱정해 주셔서 감사합니다, 아가씨. 문제없습니다."

"그래도……."

메리다는 힐끔, 뒤를 돌아보았다. 여전히 투덜투덜 불평하는 더비를 극단의 쌍둥이가 달래고 있고, 친구 세 명은 눈치 있게 거리를 두고 있다. 그리고 당연하다면 당연하지만, 디오르크 부자를 비롯한 마을 사람은 한 명도 따라오지 않았다.

메리다는 슬쩍 팔을 감아, 짝사랑하는 사람의 온기에 더욱 달라붙었다.

"이, 있잖아요, 선생님, 저……."

"왜 그러시죠?"

"저, 저는, 선생님의 검은 머리카락, 아주 좋아해요!"

피부에 직접 진동을 전하는 것같이, 메리다는 예복에 입술을 바싹 대고 계속해서 말한다.

"선생님의 반듯한 얼굴도, 말랐지만 늠름한 몸도, 낮은 목소리도 전부 멋지다고 생각해요! 다들 『가짜』라고 말하지만, 저는── 쿠퍼 선생님은 진짜 왕작님일지라도 전혀 부끄럽지 않은, 훌륭한 분이라고 생각해요……!"

"아가씨……."

쿠퍼는 가슴 높이에 있는 고귀한 금색을 내려다보았다. 그리고 후우, 안도한 것처럼 미소 짓고 반대쪽 손바닥으로 메리다의 뺨을 말랑말랑 가지고 논다.

"저도 아가씨의 금발을 무척 좋아한답니다."

"꺄아아악?! 나, 난 몰라……."

"머리카락끼리 서로 사랑하는 사이군요?"

"하으으으으~……으으으!!"

그렇게 쿠퍼가 부끄럼쟁이의 마시멜로로 지친 마음을 치유 받고 있는데, 기다리다 지친 것 같은 더비 마더의 질책이 날아왔다.

"이봐, 듣긴 한 거야?! 메이드가 나오는 장면은 전부 편집이라고 말했는데!!"

"그만 진상을 밝히자면──."

기분 탓인지 가벼운 어조로 쿠퍼가 말했다.

"아까 보신 《심연의 오닉스》는 진짜가 아닙니다."

"허억?! ……무슨 소리야?"

"정확히는 질이 나쁘다고 해야 할까요. 성석이라고 부르기엔 약간 순도가 떨어집니다. 어차피 그것을 가지고 돌아가면 쉬크잘 공이 창피를 당하고 말 겁니다."

쉬이 믿기 어렵다는 듯한 사람들 가운데, 뮬과 살라샤가 얼굴을 마주 보았다.

　"확실히 《유구의 에메랄드》와 비교해서 어딘지 모르게 위화감이 있었지만……."

　"기분 탓이 아니었던 거네요."

　"극히 미세한 열화입니다만, 다른 곳도 아닌 대관식에 쓰일 성석으로는 치명적입니다. 그렇다곤 해도 그 차이는 프로 감정사라 할지라도 식별이 힘들겠습니다만—— 제 눈으론 알 수 있습니다."

　수수께끼 같은 말을 하고 눈꺼풀에 손가락을 댄다. 메리다는 더욱더 그의 진의에 파고들었다.

　"돌이 그렇게 되어 버린 원인에 짚이는 데가 있는 건가요?"

　"네. 전부터 이 지역에서 수출하는 넥타르나 돌의 질이 나빠지고 있다고 보고로는 듣고 있었습니다만, 보석당에 발을 들여놓고 확신했습니다. ——여러분, 십분 주의하십시오. 아마 이 갱도에는 란칸스로프가 살고 있을 겁니다."

　"""뭐어?!"""

　일반인인 더비 극단 사람들이 깜짝 놀라 눈을 부릅뜨고, 뮬과 살라샤는 반사적으로 애용하는 모의검과 모의창에 손을 가져 갔다. 무기를 지니지 않은 메이드 자매는 한층 더 주인님에게 몸을 의지해왔다.

　"잠깐, 잠깐만! 우리 같은 극단에게 싸움은 완전히 전공 밖이라고?!"

"안심하십시오.──아가씨들도요. 제가 있는 한 여러분에게 손대진 못합니다."

쿠퍼는 흔들리지 않는 어조로 보증하고, 자신도 허리의 검은 칼에 왼손을 댔다.

"순례에서 이 마을을 선택한 시점에서 각오하고 있었던 바입니다. 실상을 확인하고 광맥 오염의 수수께끼를 조사해 원인을 근절한다── 이것 역시 이번에 제가 상정하고 있었던 임무인지라."

조용히 이야기를 듣고 있었던 메리다는 대각선 아래에서 짝사랑하는 사람의 마음에 파고들었다.

"선생님…… 주인님은 사이마스 씨한테 그렇게 심한 말을 들었는데, 그럼에도 남몰래 마을을 위해서 싸우는 건가요?"

"그것이 우리, 기병단의 사명입니다. 그리고, 그렇게 하는 것이 궁극적으론 프란돌의── 우리의 생활을 위하는 일도 됩니다."

"…………."

감정과 논리 사이에서 흔들리는 열세 살의 머리카락을 쿠퍼는 다정하게 쓰다듬었다.

대답은, 좀 더 기다리자. 우리가 함께 있을 수 있는 시간은 아직 2년이나 있으니까.

"──그런데, 그것과는 별개로 마음에 걸리는 일이 하나."

쿠퍼는 어조를 바꾸고 가볍게 후방을 돌아보았다.

"더비 씨, 디오 데 코르테 마을을 어떻게 생각하셨습니까?"

"엥? ……바보같이 떠들썩해! 어~째서 그렇게 파워풀하대?"

"맞습니다, 이상한 일입니다."

비아냥 섞인 마더의 대답에 쿠퍼는 즉각 수긍해 주었다.

"마을 사람 모두가 일치단결하고 있고, 대단한 차이가 없습니다. 마을 구석구석까지 돌아다녔지만 극단적으로 빈곤한 모습도 눈에 띄지 않습니다. ——그렇다면 사이마스 님이 그렇게까지 필사적인 이유는 뭘까요?"

모두 궁금한 부분이었는지 쿠퍼에게로 시선이 모인다. 그는 시선을 의식하지 않고 이렇게 덧붙였다.

"아무래도 그에게는 지역 활성화 이상의 특별한 동기가 있는 것처럼 보입니다."

직후였다. 전방의 굽은 모퉁이에 순간 거대한 무언가가 주르륵 꿈틀거렸다.

쿠퍼가 집게손가락을 홱 세워 모두를 제지한다. 극단 일행은 물론 공작 가문의 네 아가씨조차 좀처럼 없는 란칸스로프와의 실전에 표정이 굳어져 있었다.

일행을 신중하게 뒤로 모아 놓고 쿠퍼는 모퉁이부터 들여다보았다.

저 안쪽 통로에—— 빙고. 예상대로 자연의 생물로서는 있을 수 없는 이형의 괴물이 주인이라도 되는 양 설치고 있었다.

실루엣은 도마뱀에 가까울까. 긴 목과 꼬리에 짧은 손발. 하지만 그 끝에는 예리한 발톱이 나 있다. 머리는 언밸런스 할 정도로 거대하고, 흉악한 볏이 천장을 찌른다. 꼬리 끝은 톱처럼 생겼는데, 보랏빛에 매끈한 액체를 아까부터 계속 갱도에 흘리고 있다.

――저거다. 저 꼬리에서 번지는 독이 디오 데 코르테 광산을 오염시키는 범인.

그렇게 확신하면서도 섣불리 손을 대는 게 망설여질 만큼 거대하다. 몸길이가 족히 5미터는 넘어 보인다. 거기다 표면을 빽빽이 덮는 다이아몬드 모양의 비늘 역시 장해였고, 최대의 위협은 신선한 혈액을 가득 쏟아부은 것 같은 파충류의 눈동자였다.

세로로 찢어진 동공이 번뜩이며 이쪽을 향하기 직전, 쿠퍼는 재빨리 몸을 숨겼다. 벽에 등을 붙이면서 숨을 죽이고 있는 일행을 향해 재밌다는 것처럼 말한다.

"깜짝이야. 터무니없는 거물이 나왔군요―― 바실리스크입니다."

"바실리스크라고요……?!"

가장 먼저 반응한, 지식량이 많은 뮬에게 전원의 시선이 집중된다.

뮬은 손짓 발짓 섞어 목소리를 낮추면서도 절박해 보이는 기색으로 말했다.

"내가 하는 한 터무니없는 고위 란칸스로프야. 넥타르 광맥에 기생해 보석을 먹고 사는 마물이지. 뱃속에는 지금까지 집어삼킨 돌이 축적되어 있어 몸의 표면을 다이아몬드 못지않은 경도로 변질시킨다고 해. 체격에서 나오는 엄청난 내구력(HP)도 성가시지만, 무엇보다 무서운 것은―― 일격필살의 아니마를 지녔다는 것."

"이, 일격필살?"

"저 《눈》이야."

뮬은 자신의 눈에 손가락을 대고서 모두에게 주의할 것을 호소했다.

"저 검붉은 안구가 쏘는 빛에는 대상을 마비시키는 힘이 있어. 심장이나 호흡까지 정지되어서 아무런 저항력도 없는 일반인의 경우 불과 몇 초 만에 죽음에 이른다고 들었어. ――원래라면 두 개에서 세 개의 부대(레기온)로 대응해야 할 상대야. 쿠퍼 님, 일단 되돌아가시나요?"

"농담도 참."

대수롭지 않게 대답하고 쿠퍼는 검은 칼을 칼집에서 쑥 뽑았다.

"여기서 손을 놓으면 대관식에 맞출 수 없어서 말입니다."

그대로 전진하려고 하기 직전, 그는 메이드복 자매에게 살짝 말을 남기고 갔다.

"아가씨 여러분, 제 싸움을 잘 보아두십시오. 바실리스크는 난적으로 보일 겁니다. 그런 적을 상대로 제가 어떻게 공략의 실마리를 잡는지…… 《보면서 함께 싸운다》, 아시겠죠?"

앗, 하고 메리다가 목소리를 높일 무렵 쿠퍼는 이미 안전지대에서 뛰쳐나간 상태였다. 뒤에서 함께 지켜보고 있었던 뮬이 감탄한 것처럼 말한다. "선생님은 정말 교육에 열심이네."

바실리스크는 간식 시간이라도 즐기는 것인지 희미하게 발광하는 갱도 벽에 으드득, 으드득 이빨을 찌르고 있다. 그 덕에 주위는 전투하기에 더할 나위 없이 적당한 넓이로 뜯겨 있었다. 지금까지 디오 데 코르테 주민에게 발견되지 않았던 것, 희생자가 나오지 않았던 것은 기적일까? ——물론 이 주변은 갱도의 가장 깊숙한 곳에 가깝고, 이미 채굴이 다 끝나 오랫동안 사람의 손이 미치지 않은 모습이었지만.

쿠퍼는 뽑은 칼로 일부러 지면을 도려내 소리를 내면서 걸었다. 마나의 푸른 불길을 화아악! 해방하자, 바실리스크의 머리가 순간적으로 튕겨 오른다.

"항상 그렇듯 도망쳐 숨지그래? 겁쟁아."

인사 대신에 날린 도발에 장대한 도마뱀은 바라던 바라고 하는 듯이 달려들었다. 굉음을 내면서 몸을 반전시키고, 침을 뿌리면서 포효를 지른다. 초음파와 비슷한 돌풍이 갱도를 달리며 쿠퍼의 흑발을 농락했다.

후방의 갤러리가 "아얏!" 하고 비명을 지르는 게 들렸다. 바실리스크가 꼬리를 구부린 다음, 머리 위로 뾰족한 톱을 내려친 것이다. 군더더기 없는 속공. 거구에 어울리지 않게 민첩하다.

유일한 오산은 상대하는 사냥감이 그 이상의 속도를 갖추고 있었다는 것일까. 흐릿하게 보일 정도로 빠르게, 눈 깜짝할 사이에 품으로 파고든 그림자가 스치듯 지나가면서 그대로 바실리스크를 일섬. 허공에 검은 칼의 궤적을 남기면서 빠져나간다.

그러나 마나를 입힌 명검의 칼끝은 다이아몬드 비늘에 튕겼다. 흠집 하나 남지 않았다. 더욱더 놀랍게도, 바실리스크는 그 순간에 적의 위치를 파악한 다음, 이쪽을 보지도 않고 발톱을 수평으로 휘둘렀다. 쿠퍼는 아크로배틱하게 몸을 비틀어 발톱과 발톱 사이, 몇 센티의 오차도 허용되지 않는 공간을 기어 나간다.

지체 없이 터엉, 지면을 차 거리를 두고 처음부터 다시.

지금의 얼마 안 되는 공방으로 서로의 역량을 깨달은 것이리라. 쿠퍼는 양팔로 격투술 같은 자세를 취하고 검은 칼을 거꾸로 쥐었다. 바실리스크 역시 단 하나의 자그마한 사냥감을 대하는 거라곤 생각되지 않을 정도로 위압감을 발하며, 천천히 그리고 신중하게 거리를 재고 있다.

"뭐야, 뭐야! 하나도 안 통하잖아!"

더비 단장의 야유를 귀 끝으로 인식하면서 쿠퍼는 궁리했다. 확실히 평판대로 무척 단단하다. 눈대중이지만 방어력은 850에서 900정도……! 안정적으로 토벌할 생각이라면 아닌 게 아니라, 복수의 레기온을 끌고 와 펜서 클래스로 벽을 만들면서 사무라이 클래스로 시야를 교란하고, 글래디에이터 클래스의 일제공격으로 대미지를 착실히 주는 전술을 써야 한다.

그러나 여기―― 쿠퍼의 부대 《백야》의 전투는 언제나 고독하다. 무기에 마나를 집중시키면 통할까……? 하지만 그러면 방어 리스크가 증가하니 썩 스마트한 방법은 아니다.

제자에게 '보고 있어라.' 라고 지도한 이상 쿠퍼에게는 본보기가 되기에 걸맞은 전투가 요구되기 때문이다.

직후, 기다림에 지친 건 바실리스크 쪽이었다. 시위를 떠난 화살처럼 머리끝이 무시무시한 속도로 밀어닥쳐 갱도를 갉아먹는다. 명중 직전에 옆으로 회전한 쿠퍼는, 빈틈을 발견했지만 반격으로 전환하지는 않았다. 통상공격이 통하지 않는 것은 이미 증명됐기 때문이다.

바실리스크는 곧바로 두 번, 세 번, 물 흐르는 듯이 공격해 왔다. 발톱으로 쓸어 버리기, 독 꼬리로 꿰찌르기, 흉악한 이빨로 과감한 물기. 그 전부를 쿠퍼는 종이 한 장 차이로 거듭 회피한다. 옆에서 보기에는 방어 일변도로 생각될 것이다. 바람 가르는 소리 때문에 닿지는 않지만 때때로 더비 마더의 날카로운 목소리가 갱도 벽에 메아리쳤다.

쿠퍼는 호시탐탐 반격의 찬스를 기다리고 있었다. 어쩌냐, 이렇게까지 민첩력에 차이가 있는데 사용하지 않을 수 없을 테지.

──덤벼라!!

그 생각이 서로 통한 건지 어떤지, 바실리스크는 순간 맹공의 손을 늦췄다. 안구가 더욱더 빨갛게 충혈되고, 직후, 파악!! 하고 소리가 울려 퍼질 듯한 기세로 격렬한 섬광이 뿜어져 나왔다.

그 절묘한 타이밍이었다. 쿠퍼의 손이 음속으로 튀어 올라 자신의 눈앞을 도신으로 방어했다. 죽음의 시선은 거울처럼 잘 갈린 도신에 반사되어 완벽한 각도로 바실리스크의 안구를 역으로 덮친다. 갸아악!! 절규를 지르고 장대한 몸뚱이가 젖혔다.

벼락을 맞은 것처럼 머리를 들어 올리고, 전신을 실룩거린다. 죽음에 이를 정도로 엄청난 자기 자신의 마비력을, 자신의 아니마로 필사적으로 상쇄한 것이다. 몸속에서 이루어지는 무시무시한 갈등을 나타내는 양, 전신의 피부가 정신없이 위축과 팽창을 반복한다.

강적 앞에서 드러내기에는 치명적인 빈틈. 쿠퍼는 즉시 검은 칼을 들고, 공간을 뒤흔들며 지면을 박찼다. 맹렬한 바람이 바실리스크 옆을 통과하고, 이번에야말로 공중에 한 줄기 피가 솟구쳤다.

""자, 잡았다!""

더비 극단의 루실과 라일라가 서로 끌어안으면서 환호성을 질렀다. 하긴 그녀들에겐 전투의 디테일까지 보이진 않았을 것이다. 기사 공작 가문의 소녀들조차 쿠퍼 같은 톱클래스 전사의 전투는, 지금은 아직 잔상밖에 파악하지 못한다.

쿠퍼는 빽빽하게 늘어선 비늘의 빈틈을 겨냥한 다음, 신축하는 순간을 가늠하고 칼끝을 찔러 넣었다. 비늘 아래 피부를 가차 없이 도려내고, 찢어발기면서 질주한다. 물 흐르듯이 칼을 당기며 두 번 베고, 그 위에 한 칼, 또 한 칼――.

그의 전투를 직접 볼 때마다 실감했던 일이지만 강적끼리의 전투에서는 잠깐이라도 드러난 빈틈이 그대로 치명상으로 이어져 승패를 결정한다. 바실리스크가 먼저 《몰렸음》은 공작 가문 네 아가씨의 눈에도 명백했다. 적이 마비에서 회복하는 데 필요한 몇 초는, 쿠퍼가 적의 생명력(HP)을 다 깎기에 충분한 시간이었다.

메리다는 무의식적으로 허리에 손을 대고, 거기에 애용하는 모의검이 없는 것을 안타깝게 생각했다. 가정교사의 깊이를 알 수 없는 실력을 실감할 때마다 자랑스러운 기분과 더불어 스스로가 한심해진다. 자신은 아직 짝사랑하는 사람에게 크게 뒤지는 아득한 후방을 달리고 있구나, 하는 좌절감에.

빨리 그를 따라잡고 싶다. 그의 등을 지탱하고 싶다. 옆에 나란히 서서 신뢰받는 전사가 되고 싶다. ……겨우 2년으로 자신에게 그것이 가능해질까?

아니다, 설령 얼마가 걸리더라도 언젠가는 그가 기다리는——

아득히 높은 곳으로!!

참격음이 한층 더 소리 높이 울리고, 다이아몬드 비늘을 한 장 도려내 버렸다. 바실리스크의 목구멍에서 절규가 솟구치고, 분수 같은 피를 연신 토해낸다. 전신에 칼자국이 새겨진 적은 누가 봐도 한계다. 정말 잠깐이면 몸의 자유를 되찾을 테지만, 이미 늦어도 너무 늦었다.

"《극지발도(極地拔刀)…….》"

일단 칼을 거둔 쿠퍼는 업화와 같은 푸른 불길을 내뿜었다. 필살의 어썰트 스킬을 준비하는 것이다. 승부의 행방을 여섯 명의 소녀는 뚜렷하게 확신했다.

그런데 그가 칼자루에 손바닥을 댄 순간.

"커어~~~~~~~~~~~엇!!"

엄청나게 큰 목소리가 전장에 끼어들어 쿠퍼의 움직임을 꿈틀하고 멈추게 했다. 푸른 불길이 사방으로 흩어지고, 쿠퍼는 순간적으로 지면을 차 뒤로 물러났다.

동시에 겨우 속박을 뿌리친 바실리스크가 온몸을 몸부림치며 뒹굴었다. 선혈을 튀기고 한계까지 충혈된 안구로 증오의 시선을 날린다.

쿠퍼는 방심하지 않고 칼을 뽑을 자세를 취하면서도 눈을 돌리고 물어보지 않을 수 없었다.

"더비 씨, 왜 막은 겁니까?"

일방적인 전황에 조금 안심했는지 더비 마더가 안전한 방향에서 몸을 드러내고 있었다. 수첩을 펼치면서 백지 페이지를 툭툭, 펜 뒤쪽으로 두드린다.

"인스피레이션이 솟질 않아……."

"네?"

"세라 님은 당신 같은 스타일로 싸우지 않아! 쩨쩨하게 지면을 사방팔방 뛰어다니며 상대의 능력을 역으로 이용하는 비겁한 싸움은 안 한다고!"

"비, 비겁하다고요?!"

메리다가 뒤집히는 비명을 질렀지만, 더비 단장은 쳐다보지도 않았다. 바실리스크가 내뿜는 적의에 움찔움찔 신경을 태우면서도 쿠퍼는 신중하게 되묻는다.

"요컨대 제가 어떡하면 좋겠습니까?"

"전투 스타일을 바꿔줘. 우선 공중전을 넉넉히 말이지, 지금 당신의 배역은 《쉬크잘》이니까. 그리고 비늘의 틈을 노리는 재미없는 짓은 하지 마. 정면에서 적의 방어를 돌파해서! 비늘을 박살내! 그래야 《무인》, 쉬크잘 가문의 세라 님이라구!!"

"……그 정도 전개는 상상으로 채우면 되지 않을는지?"

"너 브아보 아니니?!"

신분 차를 의식의 저편에 두고서 깜빡하고 온 단장이 소름 끼치는 얼굴로 뮬에게 반론했다.

　"어차피 이번 연극은 가짜야! 감사한 마음으로 보러 오는 관객들도 다 진짜 순례에는 못 미치는 것을 알아! 더구나 우리의 경우, 창작을 상당히 포함하지 않으면 안 되고 말이지. ——하지만! 오히려 그렇기에! 각본가로서 타협할 수는 없는 거야!! 가짜이기 때문에 진짜를 웃도는 퀄리티가 필요한 거라구!!"

　"아가씨 여러분, 괜찮습니다. 걱정해 주셔서 고맙습니다."

　그의 흥분이 바실리스크의 주의를 끌기 전에 쿠퍼는 눈썹 하나 움직이지 않고 응했다.

　"더비 씨 의향에 따르죠. 쉬크잘 공으로부터도 되도록 당신들에 협력하도록 분부받았습니다."

　"흐흥, 잘 알고 있네."

　"…………으!!"

　이 흐름에 아직 납득하지 못한 이가 있었으니, 바로 쿠퍼의 진짜 주인인 메리다다. 입 밖에 내지 못하는 지금의 처지를 답답하게 생각하면서 주먹을 부들부들 떤다.

　——단장이든 쉬크잘 공이든 왜 선생님한테 함부로 명령하는 거야.

　선생님은 《나의 선생님》인데!!

　그런 메리다의 격정이 촉발한 것처럼, 바실리스크가 날카로운 포효를 질렀다. 몸이 오그라들 정도의 압박감을 정면으로 견디면서 쿠퍼는 생각한다.

이제 놈은 섣불리 마안(魔眼)을 쏘거나 하진 않을 것이다. 조금 전 찬스 때 숨통을 끊지 못한 것은 솔직히 말해서 뼈아프다. 여기서부터는 잔꾀가 통용되지 않는 정면승부. 인간의 영역을 넘은 스테이터스를 갖춘 괴물을 상대로 쿠퍼는 이 시점에서 상당히 불리한 입장에 처해 있었다.

　예를 들면 저 바실리스크가 이빨로 돌격해왔을 경우, 각 클래스의 표준적인 대응은 이하와 같다. 펜서 클래스라면 방어, 글래디에이터 클래스라면 공격 그리고 쿠퍼와 같은 사무라이 클래스라면 회피다. 그러나 더비 마더 입장에서 보면 회피 중심의 전투방법은 영 탐탁지 않은 모양이다. 그렇다고 사무라이 클래스 적성을 생각하면 저 격렬한 돌진력을 우직하게 받아내는 것은 논외.

　그렇다면 선택지는 하나――.

　쿠퍼가 각오를 굳히는 것과 동시였다. 머릿속 예상과 조금도 다르지 않은 속도로 바실리스크의 머리가 덤벼들었다. 커다란 턱과 흉악한 이빨이 발하는 압박감은 대포에 비할 바가 아니다. 반사적으로 회피할 뻔한 다리를 쿠퍼는 굳은 의지로 억눌렀다.

　"――아아앗!!"

　좀처럼 내지 않는 기세를 내뿜으며 검은 칼을 전력으로 한 차례 휘두른다. 거슬리는 금속음이 갱도 전체에 울려 퍼지고, 지나칠 정도로 푸른 불길이 허공을 확 태운다.

　혼신의 공격력과 마나 압력은 바실리스크의 돌진력을 아주 조금 상회했다. 거대한 머리가 몇십 센티 정도 뒤로 젖혀지고, 청년의 뼈와 근육과 힘줄에 우두둑! 통증이 달리는 감각이.

"세에……!!"

육체의 비명을 억누르며 쿠퍼는 연이어 칼을 놀렸다. 적의 거구에 원심력과 관성까지 더해지면 조금 전과 같은 돌진을 그렇게 몇 번이고 막아낼 수 없을 거라 판단했기 때문이다. 피해선 안 된다. 그러나 공격을 받을 순 없다. 그렇다면 쉴 새 없이 공격할 뿐! 이것이 결론이다.

검은 칼이 허공에 몇 줄기나 되는 궤적을 남기고 딱딱한 금속음이 끊임없이 울려 퍼졌다. 조금 전과는 양상이 완전히 바뀌어 쿠퍼가 일방적인 공세를 펼치고 있다. 그렇지만 지금도 조금 전과 마찬가지로, 방어 측에는 전혀라고 해도 될 만큼 유효타가 들어가지 않고 있다.

주위를 뛰어다니는 적의 속도와 무기에 실린 마나 압력에 압도되면서도 바실리스크의 비늘에는 이렇다 할 상처가 생기지 않았다. 게다가 순각적인 판단으로 발톱을 지면에 내려치고, 도려내면서 힘껏 휘두른다. 원래라면 발을 디뎌야 할 바닥이 성대하게 융기해, 신속의 적에게 제동을 걸었다.

안전한 곳에서 대담하게 몸을 드러낸 화려한 남자가 양팔을 흔들면서 크게 소리친다.

"점프! 저어어어어~~~엄프!!"

"……윽!!"

쿠퍼는 얼굴을 찡그리면서도 소매 끝에서 와이어를 꺼냈다. 천장에 집어 던지면서 단장의 바람대로 지면을 차고 날았다. 바실리스크의 장대한 몸뚱이를 훑는 궤도를 더듬으면서, 검은 칼의 끄트머리에 마나를 한군데로 모아 창처럼 찔러 넣는다.

뚜둑, 둔탁한 소리를 내면서 마침내 비늘 한 장이 갈라져 부서졌다. 순간 칼끝에 모인 모든 마나가 폭발. 불똥과 함께 선혈과 비늘 파편이 날아간다.

쿠퍼는 그대로 피부에 꽂은 칼에 모든 마나를 집중시키면서 허공을 달려 나갔다. 바실리스크의 몸통에서부터 꼬리에 걸쳐 일직선으로 칼자국이 새겨진다. 비늘이 떨어져 나가지만, 동시에 억지로 칼을 휘두르는 쿠퍼의 오른팔도 근육이 만신창이다.

그 순간이었다. 노리고 있었던 것처럼 바실리스크의 꼬리가 휘어져, 꼬리 끝의 톱이 공중에 있는 쿠퍼를 강습했다. 회피가 늦었다. 간신히 몸을 비튼 그의 옆구리를 칼날이 스쳤다. 인간에게 새겨지기에는 너무나도 깊은 상처와 대량의 선혈이 튀었다.

와이어를 놓쳐 한 번 지면에 바운드된 그는, 두 번째 타이밍에 낙법을 쳤다. 옆구리에서 떨어지는 피는 개의치도 않고, 왼손으로 쥐는 칼에 오른손 손바닥을 댄다.

따분한 듯이 공방을 바라보던 더비가 수첩에 술술 메모를 적었다.

"뭐야, 지고 있잖아. 약하네. ——지금 장면은 빼는 걸로."

거기서 메리다는 결국 격분했다. 이미 화가 머리끝까지 치민 상태다.

"그거야!! 선생님은 원래 저렇게 안 싸우니까 그런 거죠!!"

"뭐어? 이쪽은 전투에 대해 하나도 모르니까 어려운 소리 해봐야 모른대도."

발을 동동 구르는 메리다 뒤에서 살라샤가 입술을 세게 깨물었다. 힐끔 친구 쪽을 살피지만, 뮬은 완전히 방관하기로 작정한 모양이다. 엔젤 자매는 쿠퍼의 하인 행세 중이라, 싸울 기개는 있지만 애초에 무기가 없다.

여기서 손을 빌려줄 수 있는 사람은 자신뿐이다. 살라샤는 모의검을 꽈악 쥐고 전투가 벌어지는 쪽으로 뛰쳐나가려고 했다. 하지만 직전에 재빨리 돌아본 더비가 한쪽 손을 들었다.

"아가씨는 빠져! 『세라 님은 여동생에게 도움을 받았습니다』라고 쓸 수는 없잖아!"

"하지만……!!"

"아가씨가 뭘 할 수 있다 그래?! 어린애가 무대를 빨빨거리고 다니면 완전 민폐라고요!!"

살라샤가 몸을 움츠리고, 손가락이 하얘질 만큼 창을 세게 쥔다. 그 직후였다.

"히이…… 히이이이이이이이익?!"

갑자기 남자의 비명이 울려 퍼져, 허를 찔린 전원이 목소리가 난 방향을 돌아보았다.

바실리스크를 사이에 두고 쿠퍼의 반대 측. 통로 맞은편에 한 남성이 털썩 주저앉아 있었다. 하층 주민치고는 근사한 의복에, 《두더지》라며 스스로를 비하하는 짙은 갈색 로브. 정돈된 머리카락은 거듭되는 충격과 경악으로 이미 부스스하다.

"어, 어째서 엑스트라가 이런 데 있는 거야?! 냉큼 프레임에서 사라져!"

더비 단장이 저도 모르게 몸을 내밀었지만, 극단의 쌍둥이가 바로 위험함을 알렸다.

"안 돼요, 안 돼! 그보다 저 사람, 촌장님 아들이잖아!"

"가만, 위험한데, 저거!"

바실리스크가 표적을 바꾸기에는 고개만 돌리면 충분했다. 무방비 상태의 일반인에게 카악!! 괴이한 시선을 퍼붓는다. 사이마스는 눈을 감을 틈도 없었다.

"히익! ……아, 아아…………아……………………!"

순간, 돌처럼 몸이 경직된 사이마스는 공기를 찾아 입술을 경련시켰다. 눈이 충혈되고, 손가락이 떨리고, 움직일 수 없는 온몸이 픽, 픽 펄떡인다.

바실리스크의 찢어진 입가가 히죽거리며 악의를 드러냈다. 산 채로 본보기 삼아 죽일 셈인지, 거구로 뭉개버리려는 듯이 그를 뒤덮었다.

그때였다. 부상을 아랑곳하지 않는 검은 질풍이 사이마스 앞에 끼어들었다.

다른 사람들에게는 사각이 되는 위치. 따라서 누구 하나 그가 뭘 했는지 명확히 확인하는 일은 없었다.

다만 살짝 보이는 그의 머리칼이 순간 하얗게 나부낀 듯한 기분이 들었다. 이어서 바실리스크의 거구의 몸뚱이로부터 화악!! 하고 보랏빛 섬광이 솟구친다. 직후에 밀려오는, 메리다와 같은 마나 능력자들의 몸이 부들부들 떨릴 정도로 압도적인 프레셔.

"네놈만 마안을 지녔다고 생각 마라."

쉰 것처럼 일그러진 목소리는 과연 그의 것이었을까. 하지만 그 의문을 날려버릴 정도로 바실리스크의 반응은 엄청났다. 빨간 안구를 한계까지 부릅뜨고 그 거구를 바들바들 떤다. 솟구치고 있었던 선혈조차도 위축되고, 비늘 몇 장이 멋대로 벗겨져 떨어진다.

"《환도십이절(幻刀十二節)——……….》"

메리다 귀에 익은 그의 목소리와 함께 폭발적인 푸른 불길이 휘몰아쳤다. 예리하고 시퍼렇게 날이 선 열두 개의 작은 칼이 일직선으로 연결되어 장대한 검을 이룬다. 쿠퍼의 검은 칼과 연동하여 몇 미터를 넘는 길이가 된 마나의 장도(長刀)는, 채찍처럼 휘어지면서 초스피드로 궤적을 그렸다.

"《사도멸천(蛇道滅天)》!!"

쿠퍼의 팔이 흐릿해지고 한 박자 늦게 움직이기 시작한 마나의 장도가 종횡무진 적을 난도질한다. 적의 비늘을 막힘없이 갈기갈기 찢고, 두꺼운 몸뚱이조차 퍽퍽 토막 친다. 보기에도 끔찍한 토막이 될 때까지 적을 유린하고, 최후의 일격을 적의 몸에서 힘차게 뽑는 것과 동시에 대량의 피가 허공에 흩날린다.

갱도 벽과 지면을 새빨갛게 물들이면서 바실리스크의 거구는 쓰러졌다. 천장이 붕괴하지 않을까 걱정이 될 정도로 큰 굉음과 진동을 내면서, 지면에 몸을 부딪친 바실리스크는 더 이상 움직이지 않았다.

"…………괴, 굉장하다."

일반인인 루실과 라일라는 물론 소녀들조차 그의 뛰어난 전투 기술, 퍼포먼스에는 거듭 혀를 내두를 수밖에 없었다. 무엇보다 어썰트 스킬을 시전한 순간, 적의 비늘은 휴지 조각과 같은 수준의 방어력으로까지 감쇠했었다. 쿠퍼가 무언가 예비 동작을 취했던 것처럼 보이긴 했으나, 과연……?

채앵, 칼이 칼집으로 돌아가는 소리 덕에 갤러리들도 정신을 차렸다.

"서……선생님!!"

옆구리에서 피를 흘리는 그의 모습에 메리다는 주종을 연기해야 하는 것도 잊고 뛰어갔다. 하지만 쿠퍼는 "괜찮아."라는 듯이 한쪽 손을 든 다음, 뒤로 돌았다.

"다치신 데는 없습니까? 사이마스 님."

그곳에는 무릎을 떨구고 거친 숨을 반복하는 로브 차림의 남성이 있었다. 공기를 찾아 필사적으로 헐떡이면서 아직 초점이 맞지 않는 눈으로 주위를 둘러본다.

"도, 도대체 무슨 일이 일어난 거야……? 엄청 큰 용 괴물이 있었고, 그리고……?"

"의식이 혼탁해서 그런 거예요. 천천히 심호흡을 반복해보십시오."

시키는 대로 사이마스는 어깨를 들썩여 폐 속의 공기를 몇 번이고 바꿔 넣었다.

가까스로 안정을 되찾기 시작한 표정으로 그는 시선을 올렸다.

"설마 이 광산에 란칸스로프가 자리를 펴고 살고 있었던 건가? 요즘 돌의 질이 떨어진 게 기분 탓이 아니었단 말인가. 당신이…… 그 녀석을 퇴치해 줬고?"

"저희는 저희의 사정 때문에 했을 따름입니다. 마음에 두지 마십시오."

무뚝뚝하게 대답하고 발길을 돌린 다음, 쿠퍼는 지면에서 주먹만 한 크기의 무언가를 주웠다.

바로 쿠퍼가 벤 바실리스크의 비늘 한 장이었다. 표면의 먼지를 턴 순간, 신비한 《어둠색의 빛》이 갱도를 가득 채운다. 몰라볼 정도로 세찬 빛을 발하기 시작한 그것에 공작 가문 소녀들의 눈이 하나같이 휘둥그레졌다.

"심연의 오닉스!"

"바실리스크가 축적해 두었던 돌 중에 성석이 섞여 있었군요. 보아하니 순도도 나무랄 데 없습니다. ──계약대로 이쪽을 순례에 가져가도록 하겠습니다."

──이제야 하나.

쿠퍼가 품에 돌을 넣자, 사이마스는 그 모습을 보고 전율하듯이 눈동자를 부릅떴다.

"내, 내가 양도를 거부해서……? 그래서 당신, 그런 큰 부상까지 입고……."

"그렇지는……. 당신이야말로 왜 이런 장소에 다 온 겁니까?"

"…………개, 갱도는."

망설이듯이 시선을 돌리면서 사이마스는 작은 소리로 대답한다.

"갱도라는 건 무너지기 쉬워. 초짜가 발을 막 들여도 되는 장소가 아니야. 그, 그래서…… 가짜라곤 해도 왕작 일행인 당신들한테 무슨 일이 생기면 어쩌나 싶어서……."

"걱정해 주셨던 거군요. 송구스럽습니다."

"그, 그런 게 아니야! 이쪽도 디오 데 코르테를 위해서야!"

반쯤 진짜로 달려들 것 같은 기세로 사이마스는 몸을 내밀었다.

얼마 안 있어 힘이 빠진 듯 지면에 털썩 주저앉더니 띄엄띄엄 고백하기 시작한다.

"이 이상 마을을 궁지에 몰아넣을 수는 없어……. 우리는 물러설 데가 없다고……!"

"……무슨 말입니까? 그렇게까지 곤궁하게는 보이지 않았습니다만."

사이마스는 얼굴을 홱 들었다. 한참 연상인 남성이 발하는 적의에 메이드 차림의 자매가 저도 모르게 쿠퍼의 소매에 매달린다. 디오 데 코르테의 영주는 짐승처럼 짖었다.

"마을이야 그렇지! 하지만 주위를 보라고! 산이랑 숲밖에 없고 변변한 길도 없어. 역으로 내려가는 것조차 말을 타고 몇 시간이나 걸어가야 한다고. 이게 무슨 말인지 알아?!"

"사실상 섬이나 마찬가지……."

"바로 그거야! ……이 산악지대에는 마을이 몇 개 있어. 하지만 제각기 거의 고립되어 있지. 다른 마을로 가기 위해서는 위험한 산길을 며칠이나 걸쳐 크게 돌아가야 해. ──그런데 그러면 늦는단 말이야!"

사이마스는 천천히 품에서 작은 병 두 개를 꺼냈다. 하나에는 하얗고 탁한 액체가, 다른 하나에는 이상한 빨간 꽃이 넣어져 있다. 꽃가루가 반짝반짝 빛나고 있어, 흡사 천사의 모래알 같다.

"알고 있나, 가짜 왕작? 하층 거주구 마을에는 밤의 독기에 당해 건강을 해치는 사람이 끊이지 않는다는 걸. 올랑이라는 마을에 사는 내 오랜 친구도 그중 한 명이지……."

빨간 꽃이 담긴 작은 병을, 부서지기 직전의 유리 세공품처럼 양 손바닥으로 감싼다.

"이건 밤의 독을 씻어내는 몇 안 되는 특효약이야. 디오 데 코르테 광산에서 나는 아우로라라고 하는 꽃이지……! 근데 만병에 잘 듣기는 하는데, 정작 꽃 자체는 병들기 쉬운 걸로도 유명해. 꽃잎은 금방 시들어 떨어지고, 약은 이틀만 지나면 부패해 버리지. 약을 오랜 친구에게 보내주려면…… 돈! 돈이 더 많이, 더 많이 필요해!"

사이마스는 소름 끼치는 표정으로 지껄여대고, 그 모습을 쿠퍼는 냉담하게 내려다본다.

"지금만 있다면! 선로를 산 구석구석까지 설치할 수 있어! 약을 오랜 친구에게 보내줄 수 있다고! 그 녀석을 구해줄 수 있단 말이다!! 이번 순례는 디오 데 코르테에 돈을 불러들일 다시없는 찬스였어……. 그랬어야 했는데……!"

손바닥에서 작은 병을 떨어뜨리고, 짙은 갈색 로브를 입은 남자는 지면에 무너져 내렸다. 흙으로 이마를 더럽히면서 괴로움의 눈물을 뚝뚝 흘린다.

"젠장, 제기랄……. 왜 하필 이번인 거야……. 이대로면 그 녀석이 죽고 말아……. 다시는 만날 수 없게 돼……. 그건 싫어…… 싫다고……!!"

갱도에 침울한 공기가 가득 찼다. 얼버무리지도 않고 우는 남자의 울음소리가 울리는 가운데, 공작 가문 소녀들도 극단의 루실과 라일라도 딱하다는 듯이 얼굴을 마주 보기만 할 뿐 아무 말도 하지 못한다.

그런 가운데, 쿠퍼는 표정 하나 바꾸지 않고 무릎을 꿇은 다음, 품에 손을 넣었다.

꺼낸 것은 기이하게도 사이마스가 가진 것과 비슷한 액체가 채워진 작은 병이었다.

"이것을."

"……뭐, 뭐야, 이거."

"어떤 나뭇진을 가공해서 산화시킨 것으로 안락향이라고 불리는 보존료입니다. 나중에 조제법을 건네드리겠습니다만…… 이걸 약에 섞으면 당분간은 보존할 수 있게 될 겁니다."

사이마스는 상체를 벌떡 일으켰다. 그러나 쿠퍼는 일단 작은 병을 뒤로 뺐다.

"단, 과다한 사용에 주의하십시오. 중독성이 있으므로 자칫하면 밤의 독기에 해를 입는 것보다 더욱 비참한 상태가 될 우려가 있습니다."

"중독이라는 건…… 다시 말해 독약을 마시는 거란 얘기야?!"

뒤에서 듣고 있었던 소녀들도 깜짝 놀라 어깨를 움츠린다. 그러나 쿠퍼의 태도는 변함없다. 그가 걸어온 지옥의 가혹함을, 흔들림 없는 어조가 이야기한다.

"그렇습니다. ——소재라고 불리는 것에는 태양의 인자에 영향을 받은 선한 성질의 것, 밤의 독기에 영향을 받은 악한 성질의 것이 있는 것을 알고 계십니까? 안락향은 후자. 하지만 때때로 그러한 것조차 이용하지 않으면 하층에서 살아갈 순 없습니다."

사이마스의 눈동자가 무언가를 깨달은 것처럼 천천히 커졌다.

"서, 설마 당신도, 하층 거주구의……————?"

"어떻게 하시겠습니까? 사이마스 님. 상대방의 주소와 이름을 가르쳐주신다면 첫 번째 약은 제가 전달하죠——. 겸사겸사 해서입니다."

"…………으."

사이마스가 갈등한 것은 고작 몇 초뿐이었다.

이내 떨어뜨렸던 작은 병 두 개를 모아, 머리를 깊숙이 숙이면서 내민다.

"부탁한다……!! 안락향이라는 것의 제조법도 부디 가르쳐 줘……!!"

"알겠습니다. 괜찮다면 가능한 한 인근 마을에도 퍼뜨려 주세요."

"자, 잠깐만! 그거랑 또 하나……."

사이마스는 황급히 품을 더듬더니 구겨진 봉투를 꺼냈다.

"내 오랜 친구인—— 세럼에게 보내는 편지야. 이걸 가지고 가면 틀림없이 내가 보내는 사람임을 알아볼 거야. 당신들, 아직 다른 성석을 더 찾아야 하지?"

"네, 그렇습니다만……. 혹시 짚이는 데가 있습니까?"

"있어! ──아, 아니, 확신은 없지만. 이전에 세럼이 보낸 편지에서, 올랑 마을에서 성석이라고 생각되는 것이 발견됐다고, 지역에선 뉴스가 됐던 모양이야. 내 평생의 소원이라고 전하고, 세럼에게 협력해달라고 해……!"

쿠퍼는 일행을 돌아보고서, 저마다 기대에 가득 찬 눈빛을 하고 있음을 확인한 후에 고개를 끄덕였다.

"솔직히 다음으로 짚이는 바가 전혀 없었기 때문에 살았습니다. 힘을 빌려도 되겠습니까?"

"물론이지. ……다만, 그 대신이라고 하기엔 뭐하지만."

떨리는 손으로 봉투를 내밀면서 사이마스는 깊숙이 머리를 숙이고 일심으로 바랐다.

"진짜 왕작님에게…… 세르주 쉬크잘 공에게 전해줘. 우리 같은 하층의 인간이 안심하고 살 수 있는 세상을 만들어달라고…………."

쿠퍼는 팔을 뻗어 겉보기 이상으로 두껍고 무거운 종이 꾸러미를 받았다.

"반드시."

침묵이 내려앉고, 쿠퍼는 반대 측 팔도 뻗어 사이마스의 손목을 잡고 일으켜 세웠다. 그리고 쿠퍼는 일행을 한 바퀴 둘러본 뒤, 아까의 격렬한 전투가 느껴지지 않을 만큼 명랑하게 말했다.

"자, 일단 마을로 철수합시다. 바실리스크 시체는 바로 기병단을 불러 처리해달라고 하세요.”

“쿠퍼 선생님, 당장 상처를 치료하지 않으면⋯⋯.”

살라샤가 총총 뛰어왔지만 쿠퍼는 대답 대신 씨익 웃었다.

“걱정 마십시오, 살라샤 양. 체질적으로 부상은 그다지 신경 쓰지 않아도 괜찮습니다.”

“네? 으음, 신경 쓰지 않는다는 건 좀, 아으으⋯⋯.”

일행이 각자 출구로 향하는 가운데, 최후미에 우두커니 서 있었던 메리다가 뮬에게 말을 걸었다.

“⋯⋯저기, 뮬 양. 조금 전 나왔던《안락향》이라는 약에 대해 알고 있었어?”

“처음 들었어. 하층 마을에는 여러 가지 지혜가 있구나.”

“나도 전혀 몰랐어.”

가볍게 대답한 뮬과는 대조적으로 메리다는 금발을 떨군다.

“나, 선생님이 살아온 세계에 대해, 정말로 아무것도 모르는구나⋯⋯.”

어렴풋이 들리는 그 혼잣말에 뮬이 눈썹을 찌푸린다. 하지만 그때, 갱도 벽에 메아리치는 외침이 그녀들의 고막을 찔렀다.

“와아~~~~~~~~!! 마, 마더!”

“어, 어느 틈엔가 모습이 안 보인다 싶었더니, 어떻게 된 거야, 이게?!”

극단의 루실과 라일라의 목소리가 뒤집혔다. 메리다와 뮬이 얼굴을 마주 보고 그쪽으로 뛰어가자, 다른 이들은 바실리스크와의 전장의 흔적에 모여든 상태였다.

쿠퍼의 왼팔에 달려들다 말고, 메리다도 눈으로 보았다.

화려하게 차려입은 수척한 남자가 눈을 부라리고 자빠져서 게 거품을 문 것을…….

"정신 차려, 마더! 마더어어————————!!"

"안 돼에에에! 마더, 제발 눈 좀 떠어어어어어어!!"

"도대체 왜 이렇게…….'

어수선한 가운데 딱 한 사람, 진상에 도달한 자가 있었다.

바로 쿠퍼다. 언뜻 봐서는 알기 어렵지만, 더비의 뺨에는 식은 땀이 한 줄기 흐르고 있었다.

"……아, 아무래도 바실리스크에게 과하게 접근한 탓에 마안의 영향을 받아 버린 게 아닐까 싶습니다만…….'

"마더 바보! 그러니까 돌격취재는 적당히 좀 하라고 했잖아!"

"…………."

청년은 그다음 가능성을 입에 담을 수 없었다.

더비가 영향을 받은 것은 바실리스크가 아니라 뱀파이어의 마안이었을지도 모른다고는 차마…….

왼팔에서 느껴지는 천사의 온기를 의지하면서, 쿠퍼는 애써 침착하게 말을 덧붙였다.

"뭐어, 란칸스로프는 이제 없어졌으니 안정을 취하면 금방 쾌차하실 겁니다…………………… 아마."

""마더————————!!""

쌍둥이의 비통한 외침이 한층 더 소리 높이 갱도 안에 울려 퍼졌다.

올랑

귀족의 자녀도 힐링을 위해 찾는 비경의 온천

■ 교통 / Access

포르트푸후 중계역에서 도보, 마차로 6시간~2일.
길의 상태에 따라 심하게 바뀐다.

■ 안내 / Commentary

산의 표면에서 피어오르는 연기의 존재가 없었다면 이 자연의 보물은 영원토록 그
누구에게도 발견되지 않았을지 모른다. 그러나 오늘날, 지역주민과 프란돌 부유층에
모르는 자가 없는 요양지로 알려진 곳이 이 올랑이라는 마을이다.

프란돌에서 열차로 3일이라는 거리는 물론이거니와 산길 상태나 날씨에 의해 교통
수단이 크게 좌우되는 지리적 여건까지 맞물려, 빈말이라도 관광지에 적합하다고는
말하기 어려운 곳이다. 그러나 일단 이 땅을 찾은 여행자는 모두 한결같이 '고생에
상응하는 보물이 있었다.'라고 입을 모으게 된다고 한다. 당신도 실력 있는 가이드를
고용해 한 번은 이 골짜기 마을에 찾아와볼 것을 추천한다. 일상의 피로도 메마른
마음도 즉시 씻겨 내려갈 것을 보증한다.

가 볼 만한 곳
Tourist spot

올랑으로 가는 교통난은 기이하게도 하나의 명소를 만들어
내게 되었다. 그것이 프란돌에서 가장 호화로운 공동저택이
라고 불리는 《초승달 관》이다. 부유층이 이 마을에 머물기
위해서 공동으로 토지를 사들여, 좁은 부지 내에 각자의 별장
을 인접시키기 시작한 것이 그 유래이다. 현재는 지상 3층이나 되는 건물들이 커브
를 이루며 옆으로 이어져 있어서, 《초승달》의 이름에 걸맞은 외관을 하고 있다.

대범하게도 취향이 응축된 앞마당까지는 일반에도 공개되어 있으나, 관광객 여러분,
관 안에서는 프란돌의 명사가 휴양 중일 가능성도 있음을 모쪼록 잊지 마시기를.

LESSON : V ～온천은 남몰래 웃는다～

광산 마을 디오 데 코르테의 격전으로부터 벌써 이틀——.

일행은 현재 디오 데 코르테에서 험준한 산을 여럿 넘은 곳에 있는 골짜기 마을 올랑을 방문하는 중이다. 일단 역까지 마차로 내려가고, 거기서 다시 마중을 기다리기의 반복이다. 확실히 멀다. 디오 데 코르테에서 오려면 아무리 서둘러도 며칠은 걸릴 것이다.

사이마스가 몹시 걱정했었던 아우로라의 약은 쿠퍼가 가져온 안락향의 효용 덕분에 문제없이 신선도를 유지한 채 그의 오랜 친구에게 도착했다. 병상에 있었던 그 여성은 소꿉친구가 보낸 선물에 무척 놀랐고, 동봉된 편지를 훑어보고는 눈물을 글썽였다.

그녀의 이름은 세럼 올랑. 공교롭게도 사이마스와 마찬가지로 영주의 후계자란다. 편지의 내용을 통해 왕작 일행의 사정을 이해한 그녀는, 바로 지역에서 화제가 됐다는 그 성석 같은 것을 병실로 가져오게 했다.

엄중하게 잠겨 있었던 상자를 다 함께 둘러싸고, 세럼의 하얗고 가느다란 손가락이 정성스럽게 뚜껑을 여는 것을 지켜본다. 네

아가씨 모두 그 안쪽에서 흘러넘치는 눈부신 빛을 상상하고──

드러난 《알맹이》에 모두 떠억 하고 입을 반쯤 벌렸다.

"이, 이게 진짜로 성석인가요……?"

전원의 생각을 대변하듯 메리다가 중얼거린다.

이것이 대강 한 시간 전의 일──.

영주 저택을 떠난 일행은 지금, 깊은 골짜기 사이에 세워진 《낙원》을 방문하는 중이었다.

† † †

"욕실 한번 크다아────!"

해맑은 소녀들의 환호성이 새카만 하늘에 빨려 들어간다. 대리석 위로 콸콸 쏟아지는 천연온천이, 땅을 기는 수증기를 뿜어 공작 가문 영애의 고귀한 맨살을 감춘다.

올랑이라고 하면, 프란돌의 부유층 사이에서 일종의 은둔처로서 인기가 높은 온천 마을이다. 무언가의 이유로 지하에 열원이 존재해 바위 밭 도처에서 윤택한 천연온천이 솟아 나오는데, 애초에 이 도시부터가 지열의 정체를 조사하기 위해 모인 사람들이 꾸린 공동체가 기원이라 한다.

널찍한 욕조와 높은 곳에서 내려다보는 절경. 이 사치스러운 공간을 열세 살짜리 공작 가문 영애 넷이 독점하고 있다…….

손바닥으로 한 움큼 물을 뜨고서 흑수정의 요정은 감개무량하게 말했다.

"여기도 별로 안 바뀌었네. 이것도 다 세럼 씨 덕분인가?"

"미우는 전에도 이 호텔에 묵은 적이 있다고 했지?"

"응. 어머니와 함께 지열의 조사──라는 명목으로 보양하러 왔을 때 묵었어."

추억에 파문을 일으키듯이, 뮬은 욕조에 손바닥에 가득 든 물을 쪼르르 흘린다.

순례도 벌써 반환점을 지났다. 열차 여행을 거듭한 일행에게도 피로가 쌓였을 시기. 그러나 들인 수고에 비해서 손에 넣은 성석은 《유구의 에메랄드》와 《심연의 오닉스》 두 개뿐……. 왕작의 대관을 저지하고자 하는 세력・쉬크잘 분가 일파의 위협도 제거되지 않았다. 얼마 남지 않은 순례 동안 절반 남은 성석을 구해야 하는 일행에게, 원래대로라면 느긋하게 쉬고 있을 여유 따위 있을 턱이 없다.

그런데도 지금 소녀들이 이렇게 우아하게 힐링을 하는 데에는 이유가 있었으니.

발단은 물론 영주 저택의 침실에서 열어본, 뜻밖의 진귀한 《알맹이》였다.

"이, 이게 진짜로 성석인가요……?"

자기도 모르게 뱉은 메리다의 감상도 수긍이 간다. 영주의 딸 세럼 올랑이 보관하고 있었던 상자 안에 든 것은 칙칙한 빨간색의 볼품없는 돌이었기 때문이다. 검댕 같은 얼룩이 눈에 띄는 그 외관은 마치 다 타 버린 후의 재, 정열을 잃은 심장을 연상시켰다.

소녀들이 얼굴을 마주 보는 가운데, 쿠퍼만이 그 그을린 돌의 가치를 깨달았다.

"과연, 그래서 생각되는, 같은 것이라고……. 이건 《불멸의 루비》의 원석 아닙니까!"

"잘 보셨어요, 왕작님."

쿠퍼의 정체를 알면서도 세럼은 침대 위에서 상반신을 일으켜 깊숙이 고개를 끄덕였다.

"땅속에서 발굴한 이 돌에는 분명히 성석의 자질이 잠들어 있어요. 하지만 동시에 밤의 저주의 힘이 녹처럼 표면을 덮고 있죠. 유감스럽게도 저희는 이 돌을 활용할 방도를 모른답니다. ──실망하셨을지도 모르지만, 이 원석이라도 괜찮으시다면 부디 약에 대한 보답으로 생각하고 가져가 주십시오."

쿠퍼는 정중하게 예를 표한 다음 빨간 돌을 집어 들고 천장의 랜턴에 비추어 보인다. 표면에 빼곡하게 낀 검댕은 탁했으며 대부분 빛을 거부했다. 여기서 순조롭게 《두 번째》가 손에 들어온다면 참으로 손쉬웠겠으나, 역시 그렇게 편하게는 풀리지 않는 모양이다.

뮬은 난제에 도전하듯이 눈썹을 찌푸리고 아래턱에 손가락을 댔다.

"원석을 성석으로 승화시키기 위해서는 돌의 종류에 맞는 특별한 방법을 써야 한다고 들은 적이 있어. 불멸의 루비는 아마 ──."

기억의 샘에서 해답을 건져 올리기 전에 쿠퍼가 솔선해서 말을 이어나갔다.

"저도 애매한 정보라면 주워들은 것이 있습니다. 시도해볼 수 밖에 없겠군요. 다행히도 이곳 올랑은 불멸의 루비를 연마하기에 안성맞춤인 곳 같습니다."

네 아가씨뿐만 아니라 영주인 세렘까지 관찰하듯이 쿠퍼를 올려다본다. 청년은 재차 말을 덧붙였다.

"제가 들은 바에 의하면 능력자의 마나로 원석의 표면을 갈면서 광천수로 씻어내면 된다고 합니다. ——마침 이곳 올랑은 온천 마을이니 안성맞춤이군요."

검댕투성이 원석을 손가락으로 이리저리 만지다가 덥썩, 소리를 내며 손바닥 안에 가둔다. 그 순간, 그 중심에 희미한 빛이 켜지는 것을 메리다는 보았다.

"아가씨들, 저는 천천히 돌과 대화해볼 테니 그동안 여행의 피로를 해소하고 계십시오. 세렘 씨, 온천여관을 수배해 주실 수 있을까요?"

"맡겨 주세요. 되도록 여러분만 느긋하게 사용할 수 있는 장소가 좋겠군요."

바로 그녀는 시종을 불러 무언가를 지시한다. 쿠퍼는 다시금 돌을 살피고, 메이드복 자매는 기대에 차 뺨을 붉게 물들였다. "온천이래!" "……재밌겠다."

"…………."

그런 가운데, 여전히 못마땅한 표정으로 아래턱에 손가락을 대고 있는 소녀가 있었으니, 바로 뮬이다. 그 미묘한 감정을 포

착한 그녀의 친구가 다른 사람들을 살피면서 넌지시 복숭앗빛
머리칼을 가까이 댄다.

"왜 그래? 미우."

"……불멸의 루비를 승화시키는 방법 말인데, 내가 들었던 해
석하고 달라."

"어?"

"이 마을이 온천 마을인 게, 어쩌면 다른 의미로《안성맞춤》인
지도 모르겠어. ……우리, 여러 가지로 각오 좀 해야 할 것 같아."

친구가 더욱더 고개를 갸우뚱거려도 어린 디아볼로스는 홀로
이리저리 사색을 계속할 뿐이었다.

아무튼 그리하여 세럼이 잡아준 장소가 바로 이곳, 올랑에서 가
장 높은 골짜기에 세워진 고급여관이었다. 프란돌에서도 최상위
의 부호들이 애용한다는 이《낙원》에는 현재 다른 숙박객은 없
어, 분에 넘치게도 쿠퍼 일행이 전세 낸 상태나 마찬가지다.

이 호텔의 스위트룸이 얼마나 특별한가 하면, 우선 각 객실에
전용 노천온천이 딸려 있다는 점을 들 수 있겠다. 극단의 루실과
라일라는 별실에서 아직 정상이 아닌 더비 마더의 간병 중이어
서 이 시간, 땅의 은혜를 받은 천연온천은 메리다, 엘리제, 살라
샤, 뮬 네 사람이 독차지하고 있었다.

새하얀 허벅지를 찰싹찰싹 때리고, 엘리제가 여전히 무표정하
게 말한다.

"그래도 옷을 입은 채 욕탕에 있으니 뭔가 이상한 느낌이야."

"이 풍습도 전에 왔을 때랑 하나도 안 바뀌었어."

소녀들은 욕탕임에도 불구하고 아주 얇은 흰옷을 입고 있었다. '유아미기'라고 하는 옷인데, 형식적인 것인지 천은 극도로 얇고, 기장은 의미를 알 수 없을 만큼 짧다. 물에 젖으면 어이없을 정도로 비쳐서, 알몸과 그리 다르지 않은 수준이다.

"여기 온천은 지열의 원인을 알 수 없는 까닭도 있어서 발견 당시부터 신성시됐어. 요컨대 이곳에서의 입욕은 종교적인 이유가 강했다는 거지. 지금도 여전히 유아미기를 입지 않으면 안 된다고 하는 규칙은, 남녀가 혼욕할 수 있었던 시절의 흔적 같아."

공기같이 가벼운 옷자락을 나풀나풀 젖히며 뮬이 웃는다.

"그런데 이렇게 무방비면 알몸을 노출하는 거랑 다르지 않잖아?"

"미, 미우, 상스럽게!"

"어머? 사라야말로 우리 중에서 제일 상스러운 몸을 가졌으면서."

뮬의 시선 끝에서 과실 두 개가 출렁하고 흔들린다. 엘리제가 사냥꾼처럼 눈동자를 시퍼렇게 뜬다. "히이익?!" 가슴을 가린 살라샤는 황급히 몸을 씻는 곳으로 향했다.

후훗. 뮬은 새 장난감을 찾는 아이처럼 얼굴을 이리저리 돌렸다.

그리고, 시선을 가차 없이 끌어당기는 존재를 깨닫는다.

"…………."

그것은 바로, 욕조 가장자리에 걸터앉아 온천에 다리를 담근 금발의 반라 천사. 성인의 키 높이 정도 되는 담 옆, 요컨대 노천 온천의 구석에서 수다에도 끼지 않고 멍하니 욕탕을 바라보고 있는데, 어째 분위기가 울적하다.

흡사 한 폭의 그림 같다. 이미 완전히 눈을 뗄 수 없게 된 뮬은 꽃에 이끌리는 나비처럼 살며시 다가가, 촉촉이 젖은 그녀의 어깨에 쪼옥, 입술을 맞추었다.

"꺄아앙?!"

순간 정신을 차린 메리다는 친구의 장난스러운 웃음에 눈을 깜빡였다.

"뮤, 뮬 양! 갑자기 놀래키고 그러지 마!"

"우후후, 미안? 너무 좋은 냄새가 나길래 얼마나 맛있을까 싶어서~."

"지, 진짜, 정말이지⋯⋯!"

전혀 미안해하는 기색도 없이 뮬이 옆에 앉자, 메리다는 어째선지 무심코 가슴을 가렸다. 이 유아미기라는 옷은 입어도 의미가 거의 없고, 보디라인이 또렷하게 드러나기 때문에 조금 창피하다. ⋯⋯어쩌면 기껏 피부를 숨기는데도 속살이 다 보인다는 점에서, 알몸일 때 이상으로 수치심을 자극하는 게 아닐까.

메리다와는 반대로 뮬은 당당하다. 어떻게 보면 메리다보다도 가슴이 없는 주제에 이상하게 분위기가 어른스럽다. 마치 같은 인간 여자가 아닌 듯한, 가냘프고 위태로우면서도 요염한 매혹을 간직한 육체미.

그녀와 단둘이라는 것을 의식하면 메리다는 번번이 뺨이 뜨거워지곤 한다. 환상적인 검은 머리칼도 그렇고, 어른스러운 몸짓도 그렇고, 자신은 아무리 애를 써도 손에 들어오지 않는 것을 아주 자연스럽게 풍기는 그녀로부터 눈을 뗄 수 없게 되는 것이다. 초조하게 다른 두 사람의 모습을 찾으니, 엘리제도 살라샤도 지금은 몸을 한창 씻는 중이었다.

"왜 감추는 거니? 메리다."

재미있어하는 듯한 말투와 함께 접근한 뮬은 메리다의 팔을 몸에서 떼려고 했다. 감추는 게 이상하다고는 생각하면서도 메리다도 무의식중에 헛된 저항을 하지 않고는 있을 수 없었다.

"그, 그건 그…… 왠지 창피해서……."

"아, 알겠다. 쿠퍼 선생님 생각하고 있었지? 『지금 당장 선생님과 만나고 싶어~』 얼굴에 그렇게 쓰여 있던걸."

"그, 그건 그렇지만! 뮬 양 덕분에 다 틀렸어."

"선생님 등 밀어 주고 싶다~ 이렇게."

"거기까지는 생각하지 않았어!"

"그럼 내 몸을 씻겨 줬으면 좋겠다~ 이렇게."

"나, 그런 엉큼한 애 아니거든!"

키득키득 웃으며 뮬이 물러나자, 그제야 메리다는 뮬이 자신을 놀리고 있었음을 깨달았다. 이런 대화도 노상 있는 일. 꽁해진 메리다는 볼에 바람을 넣는다.

다만 이번만큼은, 메리다도 약간 비난하는 듯한 눈길을 그녀에게 돌렸다.

"그보다 뮬 양, 왜 중요한 순간에 계속 아무것도 안 한 거야?"

"무슨 말이야?"

"바실리스크가 나와도 싸우려고 하지 않았고, 무엇보다 살라샤 양이 모욕당했을 때도 모른 척했었어! 딱히 컨디션이 나쁜 건 아니잖아?"

"나야 이번에는 그냥 감사역이니까."

변함없이 새침한 얼굴로 머리카락을 쓸어 올리고 요염하게 다리를 꼰다.

"내 일은 직접 보고 보고하는 것뿐이야. 순례는 어디까지나 왕작의 사명이니까."

"그러면서 나한테 왜 이렇게 집적거리는데!"

"왜긴, 메리다가 귀여워서 그렇지."

뮬은 제멋대로인 고양이처럼 끝까지 꼬리를 붙잡히지 않았다. "무슨 말인지 모르겠어!" 하고 머리에서 김을 쉭쉭 내뿜는 메리다에게 그녀는 어깨를 찰싹 붙여 왔다.

"그런 건 됐고 나, 메리다가 마음에 걸려서 못 견디겠거든? 그렇게 슬픈 듯이 눈을 내리깔고 대체 무슨 고민을 하고 있었던 거야?"

대강 상상은 간다고는 말하지 않고 뮬은 상대의 반응을 기다린다.

메리다는 입술이 근질거렸다. 욕조에 시선을 떨구었다가, 울컥했는지 뺨이 순식간에 빨개진다.

"……시, 실은 나, 선생님이 너무너무 신경 쓰여서 견딜 수가 없어."

"계~속 눈으로 좇고 있었지. 그런데, 그래서 뭐가 문젠데?"

"……새삼 깨달았거든. 내가 선생님에 대해 아무것도 모른다는 걸. 나랑 선생님은, 사실 꽹장히 떨어진 장소에 서 있는 게 아닐까 하는 생각이 들어."

흐으음, 뮬은 아래턱에 손가락을 대고 생각을 가다듬은 후에 손뼉을 탁 쳤다.

"──아주 좋은 거잖아!"

"뭐어? 내, 내가 하는 말 들었어? 뮬 양."

"당연히 다 들었지. 있잖아, 메리다, 이런 이야기 알아……─────?"

집게손가락을 지휘봉처럼 움직여 온천 수증기에 공상의 광경을 그리기 시작하는 뮬.

"이건 실화를 토대로 한 어떤 비극이야. 이 이야기 속 남녀는 피투성이 항쟁을 일삼는 두 집안에 태어나 서로의 입장을 모르는 채 사랑에 빠져. 서로의 가족이 둘의 사이를 갈라놓으려 하지만, 놀랍게도 두 사람은 집안을 버리고 도피를 해서 몰래 두 사람만의 결혼식을 올리지. 하지만 결국 운명으로부터 도망칠 수 없음을 깨달은 두 사람은 천국에서 영원히 함께하겠다는 사랑을 맹세하고 독을 마셔. 이게 겨우 5일 사이의 이야기야."

"5일?!"

얼빠진 목소리를 낸 메리다에게 뮬은 가벼운 미소로 대답한다.

"그래, 5일. 만나고 겨우 5일 만에 영원한 사랑으로 맺어진 두 사람은 과연 서로에 대해 전부 샅샅이 알았을 거라 생각해?"

"그, 그건……."

"요점은 말이야? 예를 들면 상대의 이름조차 모른다 해도 사랑은 할 수 있다는 거야."

아늑하게 눈을 감고 뮬은 노래하는 것처럼 이야기한다.

"설령 어떤 이름으로 부른들 꽃의 향기는 변치 않아── 그 이야기의 유명한 대사야. 있잖아, 메리다, 만약 쿠퍼 선생님의 이름이 가명이라면, 어때? 선생님한테 흥미가 없어져?"

"어? 그럴 리 없어!"

"물론 그렇겠지. 너희는 선생님의 직함에 끌린 게 아니니까."

메리다의 가냘픈 어깨가 움찔, 과민하게 반응했다.

"너, 너희라니……?"

뮬은 힐끔, 몸을 씻는 장소 쪽을 보았다. 시선 끝에, 은색 머리카락에 거품을 내는 천사의 모습이 있다. 메리다와 빼닮은 나신을 가진 사촌 자매다.

눈앞의 친구에게 시선을 돌리고 뮬은 조용한 미소를 지었다.

"쿠퍼 선생님과 맺어지려면 여러 가지로 장해가 많을 거라는 이야기. 하지만 그건 생각하기에 따라서는 전혀 나쁜 게 아니야."

"무슨 뜻이야?"

"이를테면 메리다의 저택에 미세스 오셀로 같은 사람이 교육 담당으로 와서 『쿠퍼 선생과 말을 하면 안 됩니다.』 같은 규칙을 만들면 어떡할래?"

"뭐어!? 무조건 싫어!"

"어떻게든 해서 이야기하려고 하겠지? 하지만 낮엔 오셀로 씨가 눈을 번뜩이고 있으니까 만날 수 있는 시간은 밤밖에 없어. 더구나 순찰 중인 그녀에게 잡히지 않도록 몰래 선생님의 방에 가야 해. 『만약 들키면 어떡하지?』『이제야 선생님과 만날 수 있어!』『그나저나 이런 늦은 시간에, 상스럽게 내가 뭐하는 짓이람.』──분명 심장은 쿵쾅쿵쾅 온종일 뛸 테지."

메리다의 풋풋한 가슴에 뮬이 슬쩍 손바닥을 대고 몸을 붙여 왔다. 심장의 고동을 뮬이 듣고 있다고 생각하자, 메리다의 얼굴이 다짜고짜 달아오른다.

"소리가 밖으로 새지 않도록 이렇게 얼굴을 가까이 대고 이야기를 나누는 거야. 시간도 아주 잠깐밖에 없고, 메리다도 선생님의 온기를 느끼고 싶잖아?"

"으, 응…… 떨어지기 싫어."

"분명 그 사람도 같은 마음이겠지. 함께 있는 시간 내내 메리다를 끌어안고, 얼마나 너를 연모하는지를 귓가에 속삭여 줄 거야. 그리고 헤어질 때 메리다가 『아직 떨어지기 싫어.』라고 고집을 부리면 선생님은 다정하게 입맞춤을 해 주고 하루분의 용기를 주시는 거지……."

"하으으으으……!!!"

견딜 수 없다는 듯이 신음하고 메리다는 탱탱하게 삶아진 뺨을 눌렀다.

"생각만 해도 머리가 이상해질 것 같아……. 으으으!"

"어때? 나쁘지 않은 시추에이션이지? 장해물이 있다고 해서 연인들은 포기하거나 그러지 않아. 오히려 장해물을 극복하기 위해서 보다 격렬하게 불타오르지!"

"하, 하지만 그건, 선생님이 날 연모해줄 때의 이야기잖아!"

얼굴을 확 쳐들고 메리다는 오기를 부리는 것처럼 가슴에 손바닥을 댄다.

"분하지만 나, 선생님 입장에서 보면 아직 어린애야. 눈곱만큼도 나를 여자로 취급해 주는 기분이 안 들어. 장해물이고 뭐고 애초에 선생님이 날 봐주지 않으면——."

"그 부분은 본인에게 확인해볼 수밖에 없겠지."

"뭐?"

"——저기요! 쿠퍼 선생님, 어떻게 생각하세요?"

느닷없이 뮬이 담을 향해 소리를 질러서 메리다는 눈을 끔뻑였다.

그리고 한층 더 놀라웠던 것은, 건너편에서 그의 목소리가 돌아왔다는 것이다.

『죄송합니다, 뮬 양. 갑자기 그것만 물어봐도 대답하기가 난감합니다.』

"서, 선생님?!"

메리다는 의미도 없이 양팔로 속살을 재빨리 덮어 가렸다. 청년의 목소리에 놀란 건 엘리제와 살라샤도 마찬가지여서, 마침 욕조에 잠겨 있었던 그녀들은 꿈틀하고 얼굴만 든다.

여탕에서 유일하게 여유 있고, 전혀 기죽지도 않은 사람은 뮬이었다.

"어머, 내가 말 안 했었나? 이 호텔 원래는 가족 온천이야. 혼욕이 금지되고 칸막이가 만들어지긴 했지만, 어차피 가족이 묵는 방이니까 엄중하게 나뉘어 있지는 않아. 그래도 저쪽엔 쿠퍼 선생님밖에 없으니, 딱히 상관없잖아?"

"······미우, 일부러 그랬지?"

살라사는 뮬을 원망스러워하며 유아미기를 착 두르고 탕에 목까지 몸을 담근다.

원래는 네 아가씨가 개인별로 쓸 수 있었던 욕탕을 굳이 세럼에게 부탁해, 쿠퍼와 함께 쓰는 혼탕이 되도록 고쳐달라고 한 것은 당연히 뮬이다. 누구도 진의를 알아채지 못했지만, 애초에 쿠퍼와 똑같은 타이밍에 입욕하자고 제안한 것도 그녀였다.

그렇다곤 해도 이번만은 친구들에게 치는 장난도, 저 철면피에 대한 도전도 아니지만——.

유아미기를 가볍게 걸치기만 한 엘리제가 첨벙첨벙 탕을 헤치고 들어왔다.

"······혹시 이쪽에서 나는 소리에 계속 귀를 기울이고 있었던 거야?"

『나, 남부끄러운 말씀을. 오해입니다. 조금 욕조에 몸을 담그고 쉴까 생각했더니 뮬 님의 목소리가 들려온 거라서——.』

메리다는 안도의 한숨을 쉬고 가슴을 쓸어내리면서 새삼 자신의 알몸을 내려다보고 얼굴을 붉혔다. 칸막이는 그렇게 높지 않고, 아무리 봐도 철저하게 만들어져 있지 않았다. 자칫 잘못하면, 쿠퍼가 일어나기만 해도 이쪽 모습이 훤히 보일지도 모른다.

"서, 선생님. 저희 지금 엄청난 꼴을 하고 있으니까 엿보면 안 돼요?!"

『알고 있으니 안심하십시오. 단 아가씨들도 주의하십시오. 정말로 칸막이를 대충 설치했는지, 이곳저곳이 그쪽 탕과 이어져 있습니다.』

"녜에에에엣?!"

"미, 미우우우~~…… 부글부글부글…….”

얼빠진 소리를 내며 입가까지 탕에 가라앉는 친구로부터 뮬은 깔끔하게 눈을 뗐다.

"쿠퍼 선생님. 그나저나 불멸의 루비의 승화는 순조롭게 되고 있어요?"

『……솔직히 그다지 좋지는 않습니다.』

욕조에서 일어서는 듯한 물소리에 이어서, 칸막이 위로 늠름한 팔이 살짝 보인다.

섬세하고도 거친 손가락 끝에는 생기 없는 심장 같은 검붉은 돌이 쥐어져 있었다.

『이래저래 20분 가까이 계속 갈았습니다만, 좀처럼 생각대로 그을음이 빠지지 않습니다. 이 페이스대로면 며칠 단위의 시간이 걸릴 것만 같은데…….』

"그럴 줄 알았어. ──다들, 이리 좀 모여 줄래?"

파앙파앙, 손뼉을 쳐서 뮬은 여탕에 있는 친구 셋을 불러들였다. 담으로부터 충분히 거리를 둔 채 물음표를 띄운 눈동자를 하나씩 둘러본다.

"쿠퍼 선생님이 시도하고 있는 《연마》라는 건, 원석의 승화법으로선 정석이긴 하지만 시간이 아주 오래 걸리는 방법이야. 그저 부지런하게 더러워진 표면을 깨끗이 닦는 것만으로는, 성석으로 만드는 데 정말로 며칠은 걸릴 거야."

"그러다 대관식이 다 끝날 텐데!"

메리다가 작은 비명을 지르고 뮬도 긴박한 표정으로 고개를 끄덕인다.

"따라서 우리는 또 하나의 승화법을 쓸 수밖에 없어. 바로 《정련》이지."

"정련?"

"바깥쪽에서 저주의 힘을 깎아서 지우는 대신 돌 안쪽에서 신성력을 폭발시켜 부정을 쫓아내는 방식이야. 그렇게 하면, 잘하면 한 시간으로 성석을 손에 넣을 수 있어. 다만, 《불멸의 루비》로 만드는 방법이라는 게, 조금 문제라……."

뮬이 그녀답지 않게 말끝을 움츠리자 친구들은 눈썹을 찌푸렸다.

신비한 미모를 수치심으로 물들이고, 흑수정의 요정은 자포자기한 것처럼 이렇게 털어놓았다.

"거, 거리감이 가까운 남녀의 마나를 포갬으로써 발생시킨 정렬적인 의사(意思) 에너지를 불멸의 루비와 공명시키는 거야. 그렇게 하는 수밖에 없어."

"어? 으~음, 요컨대……?"

"우리 중의 누군가가 쿠퍼 선생님과 러브러브해야 한다는 소리야!"

느닷없는 스트레이트에 얻어맞은 친구들은 허를 찔린 것처럼 정신이 멍해졌다.

평온은 잠깐뿐이었다.

"──서서, 서서서선생님이랑 러브러브……?!"

유아미기를 입은 소녀들이 일제히 퍼엉! 하고 빛깔이 선명한 머리카락에서 핑크빛 수증기를 폭발시킨다. 의미도 없이 반들반들하게 젖은 자신의 알몸을 꼭 껴안는다.

"여여, 여긴 온천이거든?! 우리가 지금, 얼마나 부끄러운 꼴을 하고 있는데?!"

"하다못해 온천에서 나간 다음에 하자아, 미우!!"

"안 돼. 말했잖아?『여러 가지로 각오해야 한다.』고. 저 불멸의 루비를 승화시키는 건 쿠퍼 선생님의 일이 아니야. 《우리의 시련》이지."

단호한 어조로 그렇게 말한 뮬은 솔선해서 담 쪽으로 몸을 돌린다. 들은 대로 군데군데 칸막이가 끊겨져 있어 수치심의 경계를 밟고 넘을 마음만 있다면 쿠퍼를 바로 볼 수 있다.

여유 있는 척하는 태도로 옷자락을 걷어 올려, 위험한 라인을 그리는 허벅지를 과시한다.

"그리고, 이런 시추에이션이 더 정열적이잖니."

그로부터 약 5분 후──.

"……아가씨들, 이 눈가리개는 대체 무슨 벌 게임입니까?"

쿠퍼는 현재 타월로 눈을 가린 채 여탕에 끌려와 있다.

씻는 곳에 비치된 의자에 앉은 그는, 남성용 유아미기를 착용하긴 했지만 강철같이 단단한 상반신은 실오라기 하나 걸치지 않은 나신이다. 청년 앞에 무릎을 꿇고 메리다는 손바닥을 팔랑팔랑 흔들었다. 얼굴 앞을 왕복하는 손을 쿠퍼는 어렵지 않게 움켜쥐었다.

"허억! 보보, 보이세요……?"

"기척으로 예측한 것뿐입니다. ……아무리 그래도 앞이 보인다면 이렇게 냉정하게는 있을 수 없습니다."

쿠퍼가 중얼거리는 말을 듣고 메리다는 뺨을 확 붉히면서 유아미기의 가슴팍을 누른다. 쿠퍼는 도움을 바라는 것처럼 얼굴을 이리저리 돌려보았다. 엘리제를 포함한 다른 소녀들은 약간 떨어진 장소에서 이쪽을 지켜보는데, 완전히 관전 모드다. ……살라샤의 경우는 얼굴을 손바닥으로 가리면서도 펼쳐진 손가락 틈을 통해 쿠퍼의 가슴팍을 뚫어져라 쳐다보고 있다.

"그래서, 대체 제게 어떤 용건이신지요?"

연모하는 사람의 섹시한 음성이 귓전을 때려 메리다는 깜짝 놀라 다시 눈을 치켜뜨고 그의 잘생긴 얼굴을 올려다보았다.

"으, 으으음, 그…… 실은 선생님한테, 마, 마사지를 부탁하고 싶어서요……!"

"마사지…… 말입니까?"

"호, 호텔 팸플릿에서 읽었어요. 온천에 들어가면서 마사지를 받으면 효과가 굉장해진다고. 선생님, 뭐든지 잘하시잖아요. 제 가정교사로서 협력해 주셨으면 해요……!"

이것이 바로 열세 살 공작 가문 영애들이 짜낸 회심의 대책이다.

전제로서, 행위가 너무 과하면 소녀들의 존엄에 흠집이 나므로 눈가리개를 시켰다. 쿠퍼 또한 '보이지 않으면 괜찮을지도' 같은 생각으로 별 저항 없이 여탕까지 따라와 주었다. 운 좋게도.

그리고 쿠퍼가 목적을 눈치채선 안 된다. 만약 이것이 불멸의 루비의 정련에 필요한 것임을 알아채면, 성석을 위해 공작 가문 영애들이 희생하는 것을 신사인 그는 단호히 기각할 것이다. 가슴을 설레게 하기는커녕 역효과를 낳을 가능성이 크다──.

따라서 메리다와 소녀들이 내린 답은 《가정교사로서의 책무》였다.

어디까지나 레슨의 일환으로서 제자의 피부를 만지게 하는 것이다. 이렇게 하면 교육에 열심인 그는 적극적으로 손을 대줄 가능성이 크고, 메리다로서도 스스로에게 변명이 선다. ── 아무리 그래도 알몸에 가까운 지금의 모습은 소녀의 수치심을 한계까지 몰아붙이고 있다.

"이, 있잖아, 역시 지금 꼭, 해야 해……?"

작전개시 직전. 좀체 마지막 결단을 내리지 못하고 메리다는 끈질기게 물었다. 그러나 퇴로를 막은 친구 세 사람은 무정하게 고개를 저을 뿐. 충분하고도 남을 만큼 의논하여 내린 결론이기 때문이다.

"그 선생님을 가장 두근거리게 만들 수 있는 건 리타. 옆에서 보아온 나는 알 수 있어."

사촌 자매가 그렇게 단정하자, 메리다도 꼭 싫지는 않은 기분이 들었다. 다만 그런 기분과는 관계없이 계속 꾸물거리고 있으니, 이어서 뮬이 비장의 보도를 슬쩍 꺼냈다.

"뭐, 사라의 다이너마이트로 강제로 폭발시켜도 된다고 생각하지만."

그러면서 친구의 볼록한 과실을 밑에서부터 위로 쓰다듬는다. 출러어엉, 큰 파도처럼 약동하는 그것을 본 메리다의 눈빛은 급속히 식고, 그녀는 즉각 결단했다.

"나, 할게."

이상이 지금까지의 흐름이다. 이러니저러니 해도 연모하는 사람의 커다란 손바닥이 자신을 만지는 것을 아주 좋아하는 메리다가 올려다보자, 예상대로 망설이고 있었던 것처럼 보이는 그는 작게 고개를 끄덕였다.

"그런 이유라면《맨틀 마사지》를 시험해봐도 괜찮겠습니까?"

"매, 맨틀 마사지라고요?!"

고함은 씻는 곳의 끝자락. 관전석에 있는 뮬에게서 났다. 엘리제가 옆에 얼굴을 돌린다.

"알아?"

"간단히 말하면 마나를 정돈하고 가다듬는 거야. 마나 기관인 맨틀과 베이퍼라이저를 피시술자의 마나로 교정하는 거지. 하지만 제대로 시술할 줄 아는 사람은 10년에 하나 나올까 말까 한다고 하는데!"

"박식하군요, 뮬 양. 그렇습니다, 오래전부터 해드릴 수 있으면 좋겠다 생각은 하고 있었습니다만, 아무래도 삼가고 있었습니다. 한데 아가씨의 간곡한 희망이 그러시다니 마침 잘됐군요. 성장기에 이것을 습관적으로 받으면 마나가 효율 있게 증강된답니다."

"마나가 증강……?!"

무릎을 세우고 앉은 살라샤가 몸을 내밀었다. 엘리제의 얼굴도 용수철처럼 쿠퍼 쪽으로 홱 돌아본다. 노력가인 메리다도 마찬가지로 갑자기 흥미가 돈 것처럼 자신의 스승을 올려다보았다.

"그, 그런데 그걸 받으려면, 그…… 용기가 필요할까요……?"

"안심하십시오. 하려고만 하면 온몸 구석구석 할 수도 있습니다만, 초보적인 시술이라면 목덜미와 겨드랑이, 오금 쪽을 터치하는 정도입니다."

"그 정도로 되는 거면 더 빨리해 주지 그랬어요!!"

"나, 나도 해달라고 할까……."

"나도 흥미 있어. 살라샤 다음은 나."

소녀들은 그새 순번을 정하기 시작했다.

그러나 단 한 명. 총명한 디아볼로스만이 좌우의 두 사람을 제지했다.

"기, 기다려!! 우선은 메리다야! 메리다의 건투를 지켜보자……!"

평소와 다른 소름 끼치는 표정. 저도 모르게 그 기세에 눌린 친구들이 주뼛주뼛 좌우의 관전 스페이스로 돌아온다. 그녀의 반응에 위화감을 느끼면서도 메리다는 이미 솔깃하다.

"선생님, 제가 어떡하면 되나요?"

"일단 위를 보고 누워주십시오. 팔은 걸리적거리지 않도록 머리 위로 부탁드립니다."

고분고분한 제자는 시키는 대로 했다. 욕탕 바닥에 천을 깔고, 거의 입은 의미가 없는 유아미기 차림으로 메리다는 청년 앞에서 단정치 못하게 몸을 내던진다. 네글리제 차림이라면 또 모를까, 연모하는 사람이 눈을 타월로 가리고 있지 않다면 이런 대담한 포즈는 결코 드러낼 수 없을 것이다.

시각 이외의 감각을 의지해 쿠퍼는 무난하게 제자의 다리에 올라탔다. 일류 도예가같이 양팔을 들자, 그 손끝에 푸른 불길이 파앗 켜지고 아롱거린다.

마치 연인처럼 몸을 포개는 주종을, 뮬은 손톱을 깨물며 지켜보고 있었다.

"미우, 대체 뭘 걱정하는 거야?"

"……나도 이 눈으로 맨틀 마사지를 보는 건 처음이긴 하지만, 아마 쿠퍼 선생님, 모를 거야. 여자가 저걸 당하면 어찌 되는지."

살라샤와 엘리제는 더욱더 고개를 갸우뚱할 뿐이고, 뮬은 많은 것을 말로 나타내지 않았다.

대신 자신의 눈으로 직접 확인하라고 하듯, 드디어 움직이기 시작한 눈을 가린 청년을 응시한다.

"그럼 시작하겠습니다. 앞이 거의 보이지 않으므로 손이 묘한 곳에 닿으면 용서해 주시길."

"에헤헤, 괜찮아요. 조, 조금이라면, 일부러 만져도 되고요……?"

"후후, 농담도."

위험한 구도와는 정반대로, 실로 훈훈하고 친밀한 주종이다.

──그러나 열세 살 소녀가 그나마 여유를 보일 수 있었던 것
은 여기까지였다.

"아가씨, 괜찮으시면 목덜미까지 손을── 네, 죄송합니다.
그럼 시작하겠습니다."

메리다의 천진난만한 손이, 청년의 손끝을 작게 팬 천사의 홈
으로 인도한다. 검지부터 약지까지의 세 손가락. 좌우의 손바
닥이 쇄골을 부드럽게 쓰다듬듯이 움직였다.

──직후, 이변은 즉각 소녀의 중추를 가로질렀다.

"꺄아악……?!"

움찔, 몸이 튀어 올랐다. 메리다는 거의 감겼던 눈을 부릅떴
다. 청년의 손가락은 멈추지 않는다. 깃털로 살며시 쓰다듬는
듯한 페더 터치가 움푹 팬 곳을 안팎으로 유린한다.

"하으윽! 꺄아악, 아으, 아아, 아야……?!"

비음 섞인 달콤한 목소리가 새어 나와 메리다는 얼굴을 새빨
갛게 붉히고 입가를 막았다. 그러나 여전히 파도처럼 밀려오는
충동이 손가락 틈새로 교성을 밀어낸다.

"흐으읍……! 흐으윽, 히이이익……!!"

"압니다, 아가씨, 아프죠? 그래도 다 성장을 위해서니까 견디
는 겁니다."

제자를 지도할 때의 가정교사는 《귀축》이라 불리기에 손색이

없을 만큼 자비심이 없다. 좌우 여섯 손가락이 스펀지처럼 보드라운 귓속을 만지작거린다. 크림을 바르듯이 목덜미를 여기저기 어루만진다. 결국 참지 못하고 메리다의 입가에서 양손이 튕겨 나왔다.

"――으아아아앙!! 거기, 거긴 안 돼에에……!!"

"미미, 미우, 저거, 어떻게 된 거야……?!"

옆에서 보고 있는 살라샤 쪽이야말로 얼굴이 새빨갛다. 의문을 던지자, 평소 냉정하고 침착한 친구 역시 입가를 손바닥으로 덮어 수치심이 드러난 뺨을 감추려 하고 있었다.

"……아파하는 것처럼은 안 보이지? 당연해. 남성분은 어떤지 모르지만, 여자에게 있어 맨틀 마사지를 받는다는 건――《포상》이거든."

"포, 포상……? 하지만 메리다 양은 지금 쿠퍼 선생님이 얼굴을 만져주는 것뿐인데……?!"

"베이퍼라이저는 마나가 다니는 길―― 다시 말해 전신에 이어져 있어. 게다가 쿠퍼 선생님은 굉장히…… 능숙한 것 같아. 아마도 메리다는 지금, 몸 구석구석 민감한 부분을 좋아하는 사람의 마나가 자극해 줘서, 커다란 쓰나미가 덮친 듯한 기분일 거야……."

"――히아아아아아악!!"

망측한 교성이 뮬의 예상을 뒷받침했다. 눈을 가린 마사지사가 교묘하게 겨드랑이 밑을 주무르기 시작한 것이다. 원래대로라면 약간 간지러운 정도일 것이다. 그러나 지금은 연모하는 청년이 숙련된 손놀림으로 마나를 문질러 바르고 있다.

이미 소리를 참네 마네 할 경황도 없다. 열세 살의 미모는 그렇게 경망스레 녹아내렸다.

"뭐, 뭐야, 이거! 이게 뭐냐구우우!!"

쿠퍼가 얼굴을 만졌을 때와 비할 바가 아니다. 메리다는 돌바닥 위에 누워 몸부림쳤다. 유아미기 가슴 부분이 내려가고, 아주 살짝 부푼 두 언덕에서 탱 하고 튄 물방울이 청년의 팔에 묻었다.

아주 좋지 않은 것을 봐 버린 기분이 든 살라샤는 저도 모르게 얼굴을 휙 돌렸다.

"쿠, 쿠퍼 선생님, 눈치 못 챈 거야?!"

"눈치챘다면 도저히 계속할 수 없을 거야. 아마 여자에게 하는 건 처음이겠지. 자기가 받았을 때 무척 아팠으니 비슷한 감각이라고 생각하고 있을 거야."

"──저, 저거 봐, 둘 다!"

잡아먹을 듯이 사촌 자매의 분투를 응시하고 있었던 엘리제가 집게손가락을 내밀었다.

주종 옆에는 천에 싸인 《불멸의 루비》 원석이 나무통 안에 들어 있는데, 그것이 서서히 안쪽에서부터 빛을 발하고 녹을 벗기 시작한 것이다. 살라샤도 뮬도 깜짝 놀라 눈이 휘둥그레진다.

"성석이 되기 시작했어요!"

"능력자 두 명의…… 메리다와 선생님 사이에서 정열이 고조되고 있는 거야!"

"……쿠퍼 선생님은 평소랑 똑같아 보이는데?"

엘리제가 순수하게 고개를 갸웃거렸다. 눈이 가려진 그로서는 메리다가 아파하고 있는 걸로만 느낀다. 만약 진상을 알아챘다면 즉시 마사지를 중지했으리라.

실제로 청년은 메리다의 하반신으로 손바닥을 미끄러뜨리고는 극상의 각선미를 그리는 오른쪽 허벅지를 들어 올렸다. 무릎 뒤에 손가락을 파고들게 하면서 엷은 미소조차 짓는다.

"바깥쪽에서 육체를 훈련하는 것과는 또 다르죠? 하지만 이렇게 마나 기관에 직접 부하를 줌으로써 헤아릴 수 없는 효과를 얻을 수 있답니다. 익숙지 않은 통증이 느껴질 거라 생각하지만, 딱 필요한 만큼만 통증이 갈 테니 조금만 더 견뎌보십시오."

"아, 아, 아니…… 이건, 아픈 게 아니라…… 흐야아앗?!"

손가락 뒤쪽이 민감한 오금을 꾹 누른다. 그대로 도려내듯이 위아래로 왕복한다. 소녀의 등줄기가 쫘아악 젖히고, 천사의 목구멍에서 교성이 솟아오른다. 호응하는 것처럼 원석에서 빛이——.

뮬은 입술을 손끝으로 덧그리면서 겨우 여유 있는 미소를 되찾았다.

"……과연. 신사인 척 하지만, 결국 그도 엄연한 남자였군."

"무무, 무슨 말이야……?"

"이러쿵저러쿵하면서 예쁜 여자의 알몸을 만지고 있잖아? 더구나 상대방을 아프게 만들고 저렇게 좋아하는 걸 보니 쿠퍼 선생님도 충분히 《에스》 같네."

"——히야아아아아아아아악!!"

한층 더 앙칼진 교성이 관전석의 주의를 되돌린다.

오른쪽 다리 마사지를 마친 쿠퍼는 왼쪽 다리에 달라붙었다. 종아리를 들어 올리고, 민감한 오금을 손가락 첫마디로 비비고 또 비빈다. 마지막으로 살 가운데를 꾸욱 눌렀고, 오금을 압박하는 힘은 어느 순간 갑자기 사라졌다.

홀딱 반할 정도로 정중하게 다리를 내리고, 쿠퍼는 산뜻한 표정으로 메리다의 상체를 일으켰다.

"수고하셨습니다, 아가씨. 얼추 끝났습니다. ——아가씨?"

"……아아, 후우……. 네헤에…… 흠냐아아…….."

대답하는 목소리는 이미 언어라고 부를 수 없었다. 그럴 만도 하지만.

메리다는 지금 양팔을 추욱 널브러뜨리고 있어서, 벌어진 유아미기 틈 사이로 오똑하게 위를 향하는 두 언덕의 체리가 살짝 보인다. 두 무릎 사이는 힘없이 벌어졌고, 찐득찐득하게 녹은 미성숙한 미모는 입술을 꼴사납게 반쯤 벌리고 있었다.

"……힘을 알맞게 조절해서 시술했다고 생각하는데, 통증이 아주 심했나요?"

의견을 구하며 자신의 눈을 가린 타월을 풀려고 한다.

타월이 풀리기 직전, 관전석에서 세 사람이 뛰쳐나와 달려들었다.

"""안 돼에에에에에에에에에에에!!"""

"우왓! 아, 아가씨들, 지금 무슨 꼴을 하고………."

"우리는 됐고! 아무튼 지금은 절대로 눈가리개를 풀면 안 돼요!!"

뮬은 필사적으로 어깨에 매달리고, 엘리제는 그의 무릎을 짓눌러 움직임을 막는다.

"리타의 명예를 위해서……!!"

"자자, 잠시 이대로 움직이지 말아 주세요!!"

살라샤는 뒤에서 달려들어 청년의 등골을 극락의 과실로 물컹, 밀어붙였다. 유아미기만 입은 세 사람에게 밀착 당한 쿠퍼는 움직이려야 도무지 움직일 수 없었고, 뺨은 급격히 화끈거렸다. 그리고.

"부, 불멸의 루비가!!"

나무통에 든 내용물로부터 격렬한 빛이 솟구쳐, 들러붙어 있었던 검은 아지랑이를 단번에 쫓아냈다. 불타는 듯한 빨강으로 물들고, 소리가 들려올 만큼 성스러운 빛으로 충만했다. 청년의 온몸에 매달린 채 공작 가문 소녀들이 희색을 드러냈다.

"해냈어! 우리, 승화에 성공했어!!"

"리타, 대단해. 잘 견뎠어……!"

"……아가씨들? 어떻게 돌아가는 중인지 전혀 모르겠습니다만, 이 빛은 또 뭔가요?"

청년이 타월을 슥 내리자, 그 즉시 소녀의 귀싸대기가 두 눈에 꽂힌다.

""그러니까 보면 안 된다고오오오오────!!""

"……이, 일단 메리다 아가씨의 상태만이라도 가르쳐주셨으면 합니다만."

완전히 저항을 포기한 쿠퍼가 얼굴을 위로 향하고, 엘리제는 후방을 돌아본다.

가까스로 약간의 이성을 회복한 메리다는 떨리는 손바닥으로 옷매무새를 추스르는 중이었다. 힘이 들어가지 않는 하반신을 눕히면서도 루비의 빛을 뒤집어쓰고는 "훗." 웃으며,

"펴, 평범한 마사지, 가지고 뭘……. 완전 별거 아니었…… 흠냐아."

토옹. 머리가 쓰러진 메리다에게 은발의 사촌 자매가 황급히 뛰어간다. "리타————!!"

청년의 목덜미에 칠칠치 못하게 양다리를 휘감은 채 뮬의 입술이 중얼거렸다.

"……자, 잠이 든 모양이네요."

수치심의 한계를 돌파한 메리다는 정확하게는 잠든 것처럼 정신을 잃고 말았다.

† † †

"역시 아가씨에게 맨틀 마사지는 아직 일렀나 보군……. 하지만 지금부터 해둬도 절대 손해는 안 볼 텐데. 으음……."

입욕 후. 쿠퍼는 달아오른 몸도 식힐 겸 겸해 호텔 라운지에서 사색 중이었다.

마사지 중. 메리다의 의도를 그는 완전히 잘못 읽었지만, 사실

이성을 유지하기 위해서는 피할 수 없는 선택이기도 했다. 긴장의 끈을 놓으면 시간이 지난 지금도 자꾸 떠오른다. 천사의 날개를 연상케 하는 피부의 탄력. 청년의 뇌를 꿀처럼 녹이는 달콤한 목소리——.

손가락 끝에 감촉이 되살아나 버릴 것만 같아서 청년은 황급히 손바닥을 흔들었다. 자신의 감정을 얼버무리듯이 품에서 딱딱한 덩어리를 꺼내본다.

그의 입장에서 보면 저도 모르는 사이에 연마된 성석 불멸의 루비. 쿠퍼가 이런저런 궁리를 해도 좀처럼 빛을 되찾지 못했던 이 딱딱한 물건이, 어떻게 해서 그런 눈 깜짝할 사이에 몰라보게 달라진 것일까……. 나중에 한 번 더 소녀들을 추궁해볼 필요가 있을지도 모르겠다.

"이제야 두 갠가……."

소파에 깊숙이 앉고서 등받이에 머리를 맡긴다. 머리 위로 들어 올린 돌은 쉼 없이 고상한 빛을 발하여 청년의 샤프한 미모를 비추고, 그림자를 만든다.

지금까지의 여정으로 손에 넣은 것은 《심연의 오닉스》와 이 《불멸의 루비》. 쉬크잘 공으로부터 맡은 《유구의 에메랄드》를 포함해도 세 개.

"열차로 디오 데 코르테까지 사흘. 올랑으로 이동하는 데 이틀. 대관식이 벌써 3일 후로 다가온 것을 생각하면 이미 이 순례는……——."

끝까지 말할 것도 없어서 청년은 입을 다물었다. 가능하다면 네 개 모두 모은 상태에서 성왕구로 돌아가고 싶었지만 어쩔 수 없다. 이번엔 예상 밖의 해프닝이 연달아 벌어졌으니 말이다.

성공률이 어느 정도일지는 분명치 않지만, 《차선의 가능성》에 걸 수밖에 없겠다.

탄식하면서 마음을 먹고, 붉은 광채를 품으로 되돌렸을 때였다. 24시간 주위에 펴고 있는 지각영역에 나비 같은 기척이 걸리고, 발소리도 가볍게 다가온다.

"──아, 쿠, 쿠퍼 선생님……."

라운지에 찾아온 것은 바로 복숭앗빛 머리칼이 젖어 윤기나는 살라샤였다. 숙박객용 로브를 입었는데, 보일 듯 말 듯 하는 목덜미에서 꽃처럼 달콤한 향기를 풍긴다.

다른 세 사람의 모습은, 없다. 쿠퍼는 소파에서 일어나 완벽한 각도로 인사했다.

"안녕하십니까, 살라샤 님. 아까는 심려를 끼쳐드렸습니다."

"아, 아니에요! 저희야말로. 애초에 저희가 하자고 했던 거고……!"

다시금 돌이켜보니, 이성과 욕탕에서 그렇게 밀착한 건 틀림없이 처음 있는 일이었을 것이다. 볼이 화끈 달아오른 소녀는 몸을 빼며 손을 파닥파닥 흔들었다.

가련한 동작에 무심코 금발의 주인님이 떠오른 쿠퍼는 미소를 지었다.

"메리다 아가씨의 상태는 어떤지요? 그렇게까지 과민하게 반응하리라곤 생각하지 못해서……."

"이, 이제 괜찮은 것 같아요. 방에서 간호하고 있었더니 아까 눈을 떴어. ……무척 부끄러워했지만, 왠지 조금 행복해 보였으니까."

"뭐라고요?"

"아아, 아무것도 아니에요! ——그, 그보다도."

홍분하며 몸을 내미나 싶었더니 살라샤는 눈꼬리를 내리고 목소리를 낮춘다.

"……순례 건도 정말 미안해요. 쿠퍼 선생님을 말려들게 하고 말아서."

"저와 쉬크잘 공 사이의 거래입니다. 살라샤 님이 신경 쓰실 일은 아닙니다."

"오빠 일만이 아니에요! ……저, 쿠퍼 선생님이 심한 말을 들을 때도, 한 번도 감싸주지 못했어요. 뭔가 도와드렸으면 하면서도 제가 할 수 있는 일이라곤 하나도 찾을 수 없어서……."

지나치게 많은 것을 떠안는 것은, 성실하고 책임감이 강한 이 소녀의 장점이자 좋지 않은 습관이기도 하다. 쿠퍼는 꺾일 것만 같은 그녀의 어깨에 손을 올리고 신중하게 물었다.

"……살라샤 님은 오라버니의 이상이나 신념에 대해서 무언가 들으셨습니까?"

살라샤는 입술을 꽉 깨물었다. 복숭앗빛 머리칼이 살랑살랑 좌우로 흔들린다.

"아무것도 듣지 못했어요……. 뭔가 물어봐도 『전부 살라샤를 위해서니까.』라며 하나도 가르쳐주지 않아요. 오빠는 뭔가

변했어요. 정확히는, 아버지와 어머니가 장기임무 때문에 집을 비워서, 쉬크잘 가문의 가독을 물려받은 무렵부터……."

"……흠음."

"그래도, 저, 이것만큼은 알아요!"

일변하여 얼굴을 들고 살라샤는 의지하는 것 같은 어조로 호소했다.

"오빠는 저를 속이지 않았어요! 오빠에게 뭔가 남에겐 밝힐 수 없는 비밀이 있다고 해도, 그건 분명 저를 위해서일 거예요! 오빠의 다정한 점은 옛날부터 하나도 변하지 않았거든요……. 틀림없이 그 사람은 지금도 프란돌의 사람들을 위해서……."

"저도 그렇게 생각합니다. 그분의 살라샤 님에 대한 사랑만큼은 진짜일 겁니다."

담백하게 수긍하자 살라샤는 허를 찔린 것처럼 눈동자를 동그 랗게 떴다.

"오빠를 믿어 주시는 건가요……? 쿠퍼 선생님을 곤란하게 만든 그 사람을요?"

"송구합니다만, 믿는 건 그분이 아니라 저 자신의 직감입니다. ──쉬크잘 공은 확실히 프란돌을 수호하는 영웅으로서의 성정을 가지고 계십니다. 그렇지 않으면 그렇게까지 많은 사람을 끌어당길 수 없을 테죠. 하지만 최근 그분은 무언가를 감추고 있습니다……. 그러나 무엇을 꾀한다 해도 그분의 행동은 살라샤 님과 프란돌 백성을 지키기 위해서라는 신념에 기반을 두고 있습니다. ──설령 그것이 저와 양립할 수 없는 것이라

할지라도."

갑작스러운 적대선언에 깜짝 놀란 살라샤의 눈이 휘둥그레진다. 그러나 쿠퍼는 표정 하나 바꾸지 않고 어린 드라군의 비취색 눈동자를 똑바로 응시하고서 알아듣게 타일렀다.

"살라샤 님. 어쩌면 앞으로 쉬크잘 공이 이 나라의 숱한 사람들을 적으로 돌리는 때가 올지도 모릅니다. 하지만 그렇게 된다해도 당신만은 지금처럼 그분을 믿어 주십시오. ──착각하면 안 됩니다. 『믿는다는 것은 과연 무엇인가?』. 이건 제가 당신에게 내는 단 하나의 숙제입니다. ……저는 메리다 아가씨를 위해서, 쉬크잘 공의 힘이 될 수 없을지도 모르니까요."

"……쿠퍼 선생님은 어떻게 그렇게도 망설임 없이 메리다 양을 생각할 수 있는 건가요?"

"살라샤 님이 오라버니를 생각하는 마음과…… 아마 같은 이유가 아닐는지요."

살며시 손을 떼고 쿠퍼는 걷기 시작했다. 살라샤 옆을 스치면서 이렇게 말을 남긴다.

"만약 순례 건을 노심초사하신다면 제가 부탁드리고 싶은 것이 딱 한 가지 있습니다."

"뭐, 뭔가요……?"

"앞으로도 메리다 아가씨와 사이좋게 지내주십시오. 아가씨는 살라샤 님을 무척 좋아하시는 것 같아서 말입니다."

그럼 이만, 하고 우아하게 떠나는 그를 향해 살라샤는 어째선지 반사적으로 팔을 뻗었다. 늠름한 그의 손을 건드리기 직전,

말로서 청년을 불러 세웠다.

"기, 기다려주세요, 선생님! 괘, 괜찮다면, 조금만 더……."

"살라샤 님?"

"조금만 더, 뭐라도 좋으니까 이야기가 하고 싶다, 지금 그렇게 생각했거든요……. 좀 더 다양한 걸 가르쳐줬으면 좋겠다 싶어서……. 아, 아으……."

목소리가 오그라드는 그녀를 보고 쿠퍼는 훗, 미소를 지었다.

몸을 굽히자 볼이 새빨개진 미성숙한 미모가 앞머리 사이로 살짝 보인다.

"마침 잘됐군요. 실은 저도 살라샤 님에게 소상히 가르침을 받고 싶은 것이 있었습니다."

"네에……?"

"괜찮다면 함께해 주십시오. 용을 모는 레이디—…………."

비슷한 시각. 쿠퍼 일행이 묵는 호텔 별관에 외따로 불빛이 켜져 있었다.

누구에게도 방해받지 않는 장소를! 이런 간곡한 희망 아래 할당된 더비 마더의 방이다. 책상에 어쩐지 불안한 램프를 켜고, 일심불란하게 펜을 놀리고 있다.

"하나도 몰라……. 그 녀석들은 엔터테인먼트라는 것을 하나도 모른다구……."

투덜투덜 불평을 계속하던 그는 천천히 양팔을 하늘 높이 활짝 펼쳤다.

"아름다운 세라 님이! 촌스럽게 구멍이나 팔 리가 없잖아!!"

양피지에 휘갈겨 쓰인 문자들은 도저히 이야기의 모습을 이루고 있지 않았다. 빨간 잉크로 수정하고, 화살표를 긋고, 회심의 아이디어를 얻었다 싶으면 금세 그것을 검정으로 덧쓴다.

이미 무엇이 쓰여 있는 건지 판별할 수 없는 상태로, 자포자기한 손이 시행착오의 결정을 구깃구깃 쥐어 뭉갠다. 내던져진 양피지는 바닥을 가득 채우게 생긴 종잇조각 더미에 뒤섞여 무미건조한 소리를 냈다.

책상에 푹 엎드려, 여성처럼 보이는 윤기 있는 머리칼을 우둑우둑 쥐어뜯는 마더.

"좋지 않아, 좋지 않다구……. 이번 순례를 사람들이 얼마나 주목하고 있는데……. 세라 님을 흠모하는 여성 팬들은 진짜 어마어마하게 많다구! 허접스러운 연극을 상연하면 비난을 뒤집어쓰는 건 이쪽……! 그러면 그때는 진짜 더비 극단의 제삿날이야!!"

독기를 한바탕 쏟아내고 입가를 막는다. 광산에서 바실리스크와의 전투에 끼어든 이래 며칠이 지났건만 여전히 몸이 제 컨디션이 아니다. 자신을 줄곧 간병해 주었던 헌신적인 쌍둥이는 "창작에 방해돼!"라는 이유로 막 내쫓은 참이다.

"어떡해야 하나……. 대체 어떡해야……."

이미 대관식은 코앞이라 이 이상의 파란만장은 기대할 수 없다. 연극을 성공시키지 않으면 극단을 유지할 수 없게 된다. 아이들은 뿔뿔이 흩어지고, 그들 중 친인척이 없는 몇몇은 길바닥을 헤매게 될 것이다. ──상상력이 워낙 뛰어난 만큼, 최악의 가능성이 자꾸 더비의 뇌리를 스쳤다.

문득 얼굴을 드니 눈 아래로 올랑의 시가지가 한눈에 들어왔다. 특산품 같은 선물을 파는 가게가 즐비한 거리에 형형색색의 일루미네이션이 빛나고 있다. 광산에서 파낸 잡동사니를 헐값에 팔아치우고 있다. 태평하기 짝이 없구만. 더비는 속이 뒤틀렸다.

색을 잃은 그의 눈동자에 문득 반사된 랜턴의 빛이 비쳤다.

극채색이 된 빛이 마치 불꽃처럼 눈동자 속에서 흔들리고, 신비하게 꿈틀거린다.

"그래……!"

하늘의 계시를 받은 것처럼 더비는 눈을 부릅떴다. 새 양피지를 꺼내서 배의 속도로 붓을 움직이기 시작한다. 화살표가 매끄럽게 이어지고, 문장이 뚜렷하게 마침표를 찍는다. 《왕작》을 의미하는 철자에 직후 커다란 가위표가 덮어졌다.

"좋은 생각이 떠올랐어……. 우후, 우후후후후후…………!"

펜 끝을 획 치켜들고 어둠 속에서 그는 웃는다.

마치, 목숨을 거두어 가는 사신처럼──.

"아무런 파란도 일어나지 않는다면…… 이쪽에서 일으켜주면 그만이지, 뭐."

벼랑 끝에 몰린 뱀의 주둥이가 씨이익 하고 어둠 속에 초승달을 그렸다.

† † †

"왕작님이 떠나신다————!!"

마을의 중역이 목소리를 높이고, 플랫폼에 모인 주민들이 "와아!" 하고 환호성을 질렀다. 돌로 지어진 역은 이미 운집한 사람들로 인해 터져 나갈 것 같은 기세다.

솔선해 트랩을 오르면서 왕작의 예복을 입은 청년이 민중을 향해 손을 흔든다. 꺄아아악!! 부인들의 무시무시한 환호성이 되돌아와서 청년은 황급히 모자를 눌렀다. 만약 이게 날아가기라도 하면 그야말로 대형 스캔들이다.

"제법 《임금님》 티가 나기 시작했는데요, 선생님."

뼈가 있는 말로 비아냥거리며 뮬이 옆을 지나간다. 이어서 옆에 나란히 선 벚꽃색 소녀는 얼굴을 붉히며 모자 안쪽을 들여다보았다.

"가죠? 《오빠》."

슬쩍 손가락을 감아 살라샤는 《오빠》를 끌어당긴다. 옆에서 보면 우애 있는 쉬크잘 가문 남매의 모습에 플랫폼의 민중은 넋이 나간 듯 한숨을 쉬었다.

이윽고 왕작 일행을 삼킨 열차가 움직이기 시작한다. 떨어져라 손을 흔드는 수백 명의 배웅을 받으면서 달리기 시작한 열차는 천천히 돌로 지어진 역을 출발했다. 빨간 지붕의 시가지를 종단해 인기척 없는 교외에서부터 유리 돔을 가로질러── 어두운 하늘 속에 종횡무진으로 설치된 고가선로를 향해 튀어나간다.

온천 마을 올랑에서 《불멸의 루비》를 손에 넣은 쿠퍼 일행은 다음 날부터 사흘 여정으로 프란돌 제3계층까지 되돌아가는 길이었다. 모두 미련이 없지 않았지만 어쩔 수 없다. 이제 시간이 다 됐다. ——성석은 이 세 개를 모으는 것이 한계였다.

갈아탈 때마다 역으로 밀려드는 프란돌 주민들은 왕작의 모습을 《개선》이라 믿어 의심치 않고 다른 한쪽의 가능성은 생각조차 하지 않을 것이다. ——이번 순례가 실패로 끝나가고 있다, 같은 생각 따위는.

"하다못해 앞으로 딱 하루라도 시간이 더 있다면……."

최후미를 따라오고 있었던 메이드 중 금발이 입술을 깨물었다. 벌써 몇 번째인지 모르는 그 미련을 들을 때마다 쿠퍼는 담담하게 타이른다.

"안심하십시오, 아가씨. 실은 마지막 하나에 관해서는 생각이 있습니다. 저희는 우선 기일까지 무사히 성왕구로 귀환하는 것을 첫째로 생각하죠."

"슬슬 그 《생각》이라는 것을 밝혀줘도 괜찮지 않을까요? 선생님."

뮬이 입술을 비죽인다. 이 또한 매번 있는 일이다. 쿠퍼는 고개를 좌우로 저었다.

"이야기해버리면 그 순간 가능성이 줄어들 겁니다. 아마."

"참 총명하시군요."

여봐란듯이 턱을 홱 돌리고 뮬은 통로에서 나갔다. 아무래도 저 요정은 자기는 비밀을 잔뜩 지니고 있으면서, 남이 자기에게 무언가를 숨기는 것은 영 싫은 모양이다. 변덕스러운 그녀와 오랫동안 사귀어온 살라샤가 미안해하며 쿠퍼의 손을 쥐었다.

　속으로 신중히 말을 고르면서 얼굴을 들고 부드럽게 미소 짓는다.

　"저는 쿠퍼 선생님이 괜찮다고 하신다면 믿을래요."

　"송구스럽습니다, 살라샤 님."

　"……우리도 그렇게 생각해, 잊지 마."

　은발의 메이드가 뾰로통해진 것처럼 한마디 하며 주인의 등을 탁탁 턴다. 금발의 짝꿍은 금발의 짝꿍대로, 분홍색 친구에게 끈덕진 눈길을 겨누고 있었다.

　"왠지 살라샤 양, 온천에 묵은 다음부터 묘하게 선생님이랑 친해 보이는데……?"

　"네에에에?! 그그, 그렇지 않은데……?"

　"——왕작님 일행 여러분, 황송합니다만."

　나직한 목소리가 통로에 울린다. 모자를 깊숙이 쓴 젊은 차장이 가슴에 손바닥을 대고 있었다.

　"아주 잘 와주셨습니다. 성왕구로 가는 여행을 성심성의껏 도와드리겠습니다. 당 열차에는 전세차량이 없사오니, 아무쪼록 칸막이 객실 쪽으로……."

　차장은 빙글 돌아 빠른 걸음으로 돌아갔다. 쿠퍼는 문득 주위를 둘러보았다.

　"더비 씨 일행은?"

　"한발 먼저 개인실로 들어간 것 같아요. ……뭔가 분주해 보였는데."

살라샤는 쿠퍼의 얼굴을 올려다보고 마지막을 아쉬워하는 것처럼 하며 손가락을 미끄러뜨렸다.

"다음 역은 드디어 성왕구네요. 마지막까지 잘 부탁드릴게요,《오빠》?"

팔락. 스커트 자락을 나부끼며 살라샤는 경쾌하게 자리를 떴다. 다소 마음을 터놓으며 실감한 사실인데, 저 아이는 속마음이 드러날 때마다 한층 더 매력적인 표정을 보여 주는 것 같다. 몰라볼 정도로 달라진 소녀의 변화를 즐겁게 곱씹는데, 공석이 된 양쪽 팔에 메이드 자매가 소유권을 주장하는 양 매달려왔다.

"살라샤 양이《여동생 역할》이라면……!"

"나랑 리타는《메이드》. 가자, 주인님."

소녀들이 서로 끌어당기는 바람에 쿠퍼는 새삼스럽지만 자신이 터무니없이 분에 넘치는 여행을 보내고 있음을 깨달았다.

좌우의 팔을 잡아당기는 가련한 메이드 자매를 따라, 쿠퍼는 자신들에게 할당된 칸막이 객실로 발을 들였다. 부자가 많이 이용하는 차량인 만큼 프라이버시는 확실히 보장되고 고급스럽기도 하다. 그런데 정작 승차공간은 좁다. 무릎도 만족스럽게 뻗지 못할 만큼 갑갑하고, 세 사람이 나란히 앉으니 좌석은 이미 대만원이다.

메리다는 바로 선반 속을 확인한 다음 티 컵을 찾아 차를 낼 준비를 시작했다. 반면에 엘리제는 주인을 좌석 한가운데에 앉히고 그 머리에서 모자를 벗긴다. 겨우 민얼굴이 된 쿠퍼는 씨익, 입꼬리를 올리고서 척척 일하는 두 사람을 바라보았다.

"상당히 메이드다워지기 시작했네요, 두 분 다."

"에헤헤! 일주일이나 선생님 시중을 들었는걸요."

"쿠퍼 선생님은 끝내 하나도 주인님다워지지 못했지만요."

엘리제는 그렇게 말하고서 장난같이 사촌 자매의 스커트를 들쳤다. 뒤집힌 스커트를 메리다가 "꺄아악!" 하고 비명을 지르며 누른다. 은발의 장난꾸러기는 미안해하기는커녕 자기도 스커트를 팔랑팔랑 들추며 쿠퍼의 시선을 도발했다.

"뮬이 말했어. 주인님은 메이드한테 몹쓸 봉사를 명령하는 사람이라고."

"아가씨들은 왜 그렇게까지 저한테 업보를 지우려고 하시는 겁니까."

"그런데 확실히 선생님은 좀 지나치게 고상한 것 같아요."

스커트 자락의 프릴을 누른 채 메리다는 쿠퍼 옆에 딱 붙어 앉았다.

한데 앉자마자 가터벨트라도 과시하듯 제 손으로 스커트를 스르륵 걷어 올리는 것이 아닌가. 온천 마을을 출발한 이래 뮬은 기분이 좋지 않은 듯 가시가 나 있고, 살라샤와의 거리감이 더욱 가까워진 것과 마찬가지로 금발 메이드의 태도에도 묘한 변화가 나타났다. 구체적으로 말하면, 가정교사를 향한 도발이 몹시 요염하다.

"지금은 메이드니까 평소에는 못하는 거 뭐든지 명령해도 되는데⋯⋯."

자신을 올려다보는 눈망울은 반짝반짝하고, 바싹 다가붙는 살결은 촉촉하고 뜨겁다. 그럼에도 몸짓은 여전히 티 없이 귀엽고, 많이도 걷어 올린 스커트 자락 사이로 속살을 먹은 팬티가 살짝 보인다.

쿠퍼는 "크흠." 헛기침하여 넘어갈 뻔한 남심을 질타했다.

"무, 무슨 말씀입니까? 아가씨. 조금 더 조신하게⋯⋯."

"지금이니까 하는 말이에요. ⋯⋯집에 돌아가면 이런 식으로 선생님한테 어리광부리지 못하게 되니까요."

"그럼 주인으로서 명합니다만—— 슬슬 메이드 놀이는 끝내 주십시오."

이 말에 꽁하고 분개하는 자매들에게 쿠퍼는 진지한 눈길로 설명했다.

"아니요, 비교적 진지한 충고입니다. 슬슬 공작 가문임을 밝히는 편이 자유롭게 움직일 수 있을지도 모릅니다. ——유사시에는 뭐가 유효하게 작동할지 모르니까요."

뒤숭숭한 표현이 자매들의 시선을 치켜뜨게 하였다. 쿠퍼는 창밖으로 시선을 옮겼다.

"그 후 검은 박쥐들의—— 습격자들의 움직임이 전혀 없는 것이 오히려 불안합니다. 이 마지막 열차에서 무언가를 해올 셈일지도 모릅니다."

"그런데 왕작님이 그림자 무사라는 사실은 적에게도 전해진 거 아니에요⋯⋯?"

"그래도 위해를 가해올 동기는 얼마든지 생각할 수 있습니다. 특히 살라샤 님이 계시니 말이죠. 허점을 엿보고 있을지도 모릅니다."

길게 째진 눈에 가상의 위협이 떠오르고, 쿠퍼는 한쪽 눈에 힘을 주며 그것을 응시했다.

"도저히 납득이 가지 않는 것이 한 가지 더 있습니다. 그들은 카디널스 학교구를 출발한 저희를 핀포인트로 습격해왔습니다. 순례여정은 당연히 극비사항인데 말이죠. 마치 처음부터 알고 있었던 것같이…… 어쩌면……————."

자매는 얼굴을 마주 보고 어깨를 으쓱했다. 다리와 스커트를 가지런히 하여 품위 있게 고쳐 앉는다.

"……지금은 《업무 모드》 같아. 이 정도로 해 두자, 엘리?"

"쿠퍼 선생님은 늘 바빠 보여서 공격할 기회를 못 잡겠어."

가능하면 항상 말을 잘 알아듣는 《착한 아이》로 있어 주면 무척 고맙겠지만, 그렇게 해달라고 해봐야 역효과만 날 것 같아서 쿠퍼는 살며시 입을 다물었다.

콩콩. 칸막이 객실 문에 노크 소리가 들렸다.

"실례하겠습니다, 왕작님. 시종 분들도."

쿠퍼는 문이 열리기 직전에 커다란 모자를 썼다. 얼굴을 보인 것은 조금 전 안내해준 젊은 차장이었다. 모자챙을 밑으로 당기며 공손하게 인사를 하고 통로를 가리킨다.

"파티 룸에서 회식이 개최될 예정입니다만, 어떠신지요? 다른 승객 여러분도 왕작님의 행차를 기대하고 있습니다."

어떤 의미에서는 습격자들 이상의 난제가 찾아왔다. 그래도 쿠퍼는 그야말로 갈고 닦은 《왕작의 행동거지》를 보여 줄 때가 왔노라며 기합을 넣으면서 일어났다.

"기꺼이 출석하지요. 따라오너라, 메리다. 엘리제."

일등차량의 파티 룸에는 이미, 곱게 차려입은 부인부터 평상복 차림의 중년 남성까지, 이 열차를 타는 모든 사람이 모여 있었다. 신분의 울타리를 없앤 좀처럼 보기 힘든 광경이다. 그들의 관심사는 당연히 챙 넓은 모자를 쓴 예복 차림의 청년이다.

"왕작님, 순례 이야기를 꼭 좀 들려주십시오!"

드레스 차림의 귀족 아가씨가 몸을 붙이자 이에 질세라 반대측에서 부채를 든 마담이 끼어든다. 대담하게 트인 앞가슴에서 향수 냄새를 자랑스럽게 풍기며,

"아니요! 왕작님, 부디 저랑 한 곡 춤춰주실 수 없을까요?"

"왕작님은 긴 여행을 이제 막 마친 참이에요, 마담!"

간소한 여행 옷을 입은 여성들까지도 귀족의 아우라에 질세라 실랑이에 가담했다.

"우리가 대접해드려야 해요!"

"저희도 성왕구에 여행 가는 중이에요! 친척이 운 좋게 관람 티켓을 구해서 지금부터 대관식에…… 그래요! 바로 왕작님의 대관식을 보러 가는 거라고요!"

"포스터에 있었던 하늘을 나는 배…… 비공정이라는 것은 대체 어떤 구조로 돼 있는 건가요?"

"잠깐, 지금은 내가! 내가 이야기하고 있거든요!"

"부, 부인 여러분. 부디 진정하세요. 연회는 이제 막 시작했을 뿐입니다."

모자 아래로부터 들려온 나직한 목소리와 단정한 입가에 여성들은 넋을 잃고 눈동자를 물기로 빛냈다.

"제가 순례 동안 만난 사람들은 모두 멋진 분들뿐이었습니다. 여러분들과 같은 차에 타게 된 이 행운에 감사드리지요."

"""네에~! 왕작님!"""

"……난리 났구만. 여자들이 다 넘어가고 있어."

사람이 빈 테이블에서 상인으로 보이는 남자가 마침 잘됐다며 진수성찬을 자기 접시에 담았다. 옆에 있는 파트너로 보이는 마른 남자가 모자를 깊숙이 쓴 예복의 남성을 바라보며 고개를 갸웃거렸다.

"그런데 말이야. 왜 실내에서 왕작님은 모자를 쓰고 있는 거지?"

"듣자 하니 순례 중엔 되도록 민얼굴을 보이지 말라는 규칙이 있다네."

"흐~음…… 처음 듣는데."

그리고 왕작으로부터 더욱 떨어진 파티 룸 벽 쪽에 네 소녀의 모습이 있었다. 청초하게 차려입은 뮬과 살라샤, 하인인 척하는 메리다와 엘리제다. 다른 여성객들이 너무나 파워풀해서 왕작에게 다가갈 수조차 없는 상황.

손에 든 유리잔을 기울이며 검은 드레스를 입은 뮬이 곁눈질을 보낸다.

"다들 선생님을 치켜세우는데 질투 안 해도 돼? 메리다."

"별로. 저 사람들이 보고 있는 건 《왕작님》이니까."

"어머. 그럼, 질투는 사라가 하고 있어야겠네?"

"미미, 미우!"

파티 드레스 차림의 살라샤가 얼굴을 붉히고, 갑자기 엘리제가 사촌 자매의 소매를 쭉 잡아당겼다.

"저기 봐, 리타. 에이미 씨랑 다들 저기에."

"어?!"

사촌 자매의 가녀린 손가락이 가리키는 쪽을 향해 메리다는 반사적으로 몸을 뻗었다.

파티 룸과 정확히 마주 본 위치였다. 왕작의 추종자에게 압도당했는지 안면이 있는 네 사람의 얼굴이 나란히 벽 쪽에 늘어서 있었다. 그러고 보니 저들은 저들대로 느긋하게 관광하면서 다른 루트로 성왕구를 향하고 있었음을 메리다는 상기했다.

친애하는 메이드장과 무심코 눈이 맞을 뻔해서 황급히 몸을 숨겼다.

"왜 숨는 거야? 메리다."

"지금 선생님의 메이드 노릇을 하고 있는데 어떻게 안 숨어?! 이러고 있는 걸 들키면…… 신학기가 시작되자마자 최고의 놀림감이 되고 말 거야!"

"어머나. 그럼 메이드님, 주스 한 잔만 더 가져다주시겠어?"

"뭘 양의 메이드는 아니거든."

바로 이때, 타앙 하고 파티 룸의 문이 닫혔다. 깨닫고 보니 급사 말고도 주방에 있는 요리사나 객실 승무원들까지 모여 화기애애하게 파티를 지켜보는 중이었다. 승객의 방해가 되지 않게끔 파티 룸 벽 쪽, 에이미 일행 옆에 가 있다. 그리고 닫힌 문 앞에 선 두 사람이 정중하게 인사를 하더니 뒷짐을 지고 섰다.

한층 더 분위기가 고조되기 시작한 무렵, 왕작의 추종자 하나가 입을 열었다.

"맞다, 왕작님.《네 개의 성석》이라는 것에 제가 흥미가 있는데요!"

"저도요! 꼭 좀 보여 주실 수 없을까요?"

"네? 아니…… 그건, 그게."

그럭저럭 무난한 대응을 계속하고 있었던 쿠퍼도 이 요구에는 역시 조금 망설여졌다. 이 압박을 어떻게 피해야 하나 하고 이리저리 궁리하기 시작한 순간 목소리가 울려 퍼졌다.

"어머, 그거 좋은데요! 왕작님의 여행의 성과, 한 발 먼저 피로하자구요!"

목소리의 주인은 평소와 달리 화려하게 차려입은 더비 마더였다. 쿠퍼에게 있어 무엇보다 놀라웠던 점은, 그의 손에 이미 자물쇠가 달린 보석함이 들려 있었다는 것이다. 분명히 짐은 공동으로 관리하고 있었을 텐데……. 쿠퍼 입장에서는 아무래도 제지하지 않을 수 없었다.

"더비 씨."

"쩨쩨하게 굴지 마, 왕작님! 딱히 없어질 만한 것도 없으면서!"

"…………."

그렇다고 해서 막 자랑해도 될 물건은 아닌 데다 애당초 네 번째 돌의 소재를 사람들이 물어보면 대답할 방도가 없다. 쿠퍼가 진퇴양난에 빠졌을 때, 뒤에서 구두 소리가 다가왔다.

"마침 잘됐군. 왕작, 여기는 제게 맡겨주십시오."

뭐가 '마침 잘됐다'는 건지는 모르겠지만, 그렇게 말하며 걸어 나온 건 이 열차의 차장이었다. 파티 룸 안쪽에 설치된 무대에 올라 박수로 전원의 주의를 끈다.

"승객 여러분! 재미있게 즐기고 계십니까?"

승객들이 그를 주목하고, 상인으로 보이는 남성이 샴페인 잔을 든다. 차장은 모자 아래로 입가를 히죽 일그러뜨리고 계속 말했다.

"이 열차는 지금 여러 행복을 나르고 있습니다! 왕작님이 무사히 돌아오신 행복, 여러분과 같은 차에 탈 수 있었던 행복 그리고 저희 일동이 이 기쁨을 나눌 수 있는 행복입니다!

자, 그렇지만——."

일단 침을 꿀꺽 삼키고 차장은 말을 계속했다.

"그렇지만 천칭이 한쪽으로만 기울면 밸런스를 잃은 이 열차는 선로를 벗어나 나락으로 떨어지고 말 겁니다. 그래서 몹시 괴로운 일이긴 합니다만, 저희는 행복과 똑같은 만큼의 불행을 이 열차에 싣기로 했습니다."

연설 중간까지는 온화한 표정을 하고 듣고 있었던 승객들이 눈썹을 찌푸리기 시작했다. 당황한 듯이 시선을 주고받는 사람들을 둘러보고, 차장은 한층 더 입술을 히죽 추켜올린 다음——

　누구 하나 분위기의 변화를 따라잡지 못하는 사이에 똑똑히 고했다.

"당 열차의 운전사와 기관사는 이미 죽었습니다."

　파티 룸이 물을 끼얹은 것처럼 조용해졌다. 덜컹덜컹. 선로가 흔들리는 소리가 몇 번인가 반복되고, 갑자기 "하하!" 하는 웃음소리가 났다.

"여흥이잖아!"

　상인 같은 남자가 뻣뻣하게 웃었지만 아무도 뒤따르지 않는다. 사람들이 좀처럼 상황을 파악하지 못하는 사이, 차장은 음미하는 듯한 미소를 지으면서 거듭 말했다.

"유감스럽게도 사실입니다. 운전사만이 아닙니다. 철도회사에 근무하고 있었던 이 열차의 승무원은 모두 《우리》가 처리했습니다. 필요한 일이었기 때문입니다. 하지만 그것이 너무나도 괴로운 우리는 죽은 그들 대신 이 열차를 움직여 여러분을 운반하고 있는 겁니다. 이 차장 모자도 바닥에 널브러져 있었던 머리에서 빌린 것. 시체는 최후미 차량에 쌓아뒀으니 피 냄새가 신경 쓰일 일은 없을 겁니다."

　히익, 한 여성 승객이 비명을 질렀으나 아직 《적》은 움직이지 않는다.

　쿠퍼는 볼에 식은땀을 송송 흘리면서 은밀히 전신의 근육을 긴장시키고 있었다. 차장을 사칭하는 누군가는 무대 위에서 마지막으로 한 번 더 웃었다.

"분명히 말씀드리겠습니다. 이 열차는 현재 우리가 점거했습니다. 여러분의 목숨은 우리가 쥐고 있다는 뜻입니다. 이 손가락이 지휘봉처럼 흔들리면 열차 행선지가 지옥으로 바뀔 수도 있다는 점을 충분히—— 각오해 두는 게 좋을 거다."

직후, 파티를 에워싸고 있었던 승무원들이 일제히 움직였다. 미소를 지우고 품에서 각자 무기를 꺼낸다. 그중에는 낯익은 기계장치가 달린 도검도 있었다.

"전원!! 그 자리에서——!"

말을 다 끝나기도 전에 쿠퍼가 벼락같이 움직였다. 테이블에서 포크 두 개를 집어 들었다 싶었더니 물 흐르듯이 투척. 탄환 같은 궤적을 그린 두 개의 식기는 문 앞에 진을 치고 있었던 두 남자의 어깨에 박혔다.

"크억……?!"

남자들은 견디지 못하고 무기를 떨어뜨리고 신음한다. 지체 없이 쿠퍼가 소리쳤다.

"메리다!!"

번쩍! 얼굴을 든 금발 소녀는 쿠퍼의 시선에서 전격 같은 의지를 읽어냈다. 즉각 몸을 돌린 다음 아연실색하고 우두커니 서 있었던 친구들의 손목을 잡아 달리기 시작한다.

"살라샤 양, 뮬 양! 이쪽으로!"

아까까지 망을 보던, 웅크린 남자들을 거들떠보지도 않고 세 사람은 파티 룸을 빠져나갔다. 한 박자 늦게 따라간 엘리제가 내동댕이치듯이 문을 닫았다.

무대에 올라가 있었던 차장이 으드득 이를 악물었다. 그리고 파티장을 뒤흔들 정도로 우렁차게 일갈한다.

"멍청히 있지 마!!"

허를 찔렸던 승무원들이 무언가에 맞고 튀어나오듯 다시 움직이기 시작한다. 숨기지도 않고 무기를 꺼내 가까이 있는 승객을 꼼짝 못하게 만들고 칼날을 갖다 댄다. 벽 쪽에 뭉쳐 있었던 네 명의 메이드들에게도 흉악한 기계검의 칼끝이 들이 밀어졌다.

무대에서 뛰어내린 차장은 스스로 무기를 꺼내 쿠퍼에게 겨누었다.

"다음은 없다, 가짜 왕작……. 묶어라!!"

사방에서 승무원들이 몰려와 예복을 입은 손을 뒤로 돌리고 결박한다. 주위의 여성 승객은 여전히 상황을 이해하지 못하고 있다. 완전히 본성을 드러낸 승무원 하나가 리더로 보이는 차장 복장의 남성에게 뛰어왔다.

"네 명 놓쳤어. 잡아올까?"

"얕보지 마, 살라샤 님과 뮬 님이니까. 어차피 한둘로는 도리어 당할 위험도 있고, 그렇다고 이쪽 전력을 나누고 싶지는 않아. ──지금은 내버려 둬. 어차피 알아서 여기로 돌아올 수밖에 없을 테니까."

차장은 사슬로 칭칭 감긴 왕작을 힐끔 보고서 흡족해한다.

팔자걸음으로 중앙에 나오더니, 분위기에 완전히 압도된 승객들 가운데 한 사람을 눈여겨본다. 입술을 떠는 더비 마더의 손에서 자물쇠가 달린 보석함을 가로챘다.

깊숙이 쓴 차장 모자 아래로 남자의 눈동자가 징그러운 빛을 발했다.

"필요한 건 전부 이쪽의 수중에 있다."

† † †

여러 차례 통로에 얼굴을 비친 후에야 메리다는 다시 화물실 문을 닫았다. 자재를 쌓아 즉석 바리케이드를 만들면서 의아해한다.

"안 따라왔어. 찾는 모습도 없고. ……어떻게 된 걸까?"

"바보로 보는 거지. 어차피 우리 같은 어린애들은── 아무것도 못할 줄 아는 거야!"

말끝에 힘을 넣으면서 뮬은 하이힐 뒤꿈치를 꺾었다. 파티 드레스 자락을 걷어붙이고 먼지가 약간 쌓인 바닥에 앉았다.

"……이게 웬일이람! 설마 열차가 통째로 적의 손에 떨어져 있었을 줄이야!"

"그런데 어쩌다 이렇게? 쿠퍼 선생님은 일부러 조금 우회하게 되는 루트를 선택했다고 했었는데. 이런 대규모 행동은 이쪽의 예정을 정확히 파악하지 않으면 불가능해."

"……적은 어쩌면 쉬크잘 분가만이 아닐지도 몰라."

엘리제의 의견에 다른 모두가 말을 멈췄다. 좁은 화물실에 침묵이 자욱이 꼈다.

"──그건 나중에 생각하자. 지금 생각해야 하는 건 우리가 어떡하느냐야."

문을 노려보고 있었던 금발 메이드가 뒤에서 말했다. 벚꽃색 소녀가 깜짝 놀라 얼굴을 든다.

"우, 우리가……?"

"그래. 우리는 어떻게 도망쳤지만 에이미 일행이랑 다른 승객은 붙잡혔어── 인질로 잡혀 있다고! 아무리 선생님이 강하다 해도 그 상태에서 움직일 수는 없어."

메리다는 뒤돌아보고 세 친구의 눈동자를 차례로 응시했다. 마치 자기 자신을 타이르는 것처럼 굳은 의지를 담은 목소리가 떨리는 입술에서 나오기 시작했다.

"이 이상 선생님의 도움은 빌릴 수 없어. 달리는 열차에 아군 따윈 오지 않아. 우리 네 사람만으로 이 상황을 어떻게든 해야 해."

LESSON : VI ~대죄라는 이름의 열차~

파티 룸은 이미 장례식보다 더 음울한 공기에 지배된 상태였다.

테이블이나 요리는 벽 쪽으로 한데 몰려 있고, 텅 빈 회장 중앙에 남녀노소 30명가량이 무릎을 꿇고 있다. 그들을 마치 울타리처럼, 살벌한 비행 갑옷과 울퉁불퉁한 기계검을 든 열차 승무원들이 에워싸고 있다. 하지만 그들은 전원이 복면으로 얼굴을 가렸고, 옷깃에 붙어 있어야 할 철도회사 휘장은 뜯어낸 상태다.

인질들은 알 길이 없지만 습격자들의 정체는 쉬크잘 분가의 일파, 순왕작의 대관을 저지코자 그의 암살을 기도하는 자들이었다. 카디널스 학교구에서의 습격에 실패하고, 한창 순례 중일 때는 조용히 숨을 죽이고 있었나 싶었더니 이렇게 왕작이 탄 열차를 힘으로 점령하는 과감한 수단으로 마지막 공세를 취한 것이다.

입구와 정확히 마주한 무대에 본보기인 양 올라가 있는 것은 호화로운 예복을 입은 단정한 청년이었다. 손은 사슬로 칭칭 감겨 등 뒤로 묶여 있고, 챙 넓은 모자 사이로 굳게 다문 입가만 슬쩍 보인다.

인질 가운데에는 더비 극단의 세 사람과 메리다 저택에서 일하는 에이미 이하 메이드 네 사람의 모습도 있다. 왕작은 말없이 그녀들을 지켜보았다. 그 옆에는 승객 중 최연소로 보이는 열 살 전후의 소녀가.

"왕작님…… 으에에, 왕작님……!"

어린아이의 울음소리가 점점 커지기 시작하자, 가까이에 있던 승무원 하나가 걸어 나왔다. 그로테스크한 외관의 기계검을 치켜들고 푸욱, 융단에 찌른다.

다리 바로 앞 공간을 후벼 판 칼날에 소녀의 목구멍이 "히익!" 하고 오므라든다.

"정숙하기 바란다. 왕작님의 말이 들리지 않잖아."

복면 속에서 여봐란듯이 새어 나온 목소리에, 다른 승무원들이 어째선지 동조하는 것처럼 코웃음을 친다. 승객들이 의아하게 시선을 주고받는데, 무대 위에서 목소리가 울려 퍼졌다.

"승객 여러분, 안심하길 바란다. 왕작이 우리 손에 떨어진 이상 이제 여러분에게 위해가 미칠 일은 없다. 특등석에서 그의 몰락을 견학하도록."

분명 집단의 리더로 보이는, 차장 행세를 했던 젊은 남자다. 그 역시 복면을 쓰고 신원을 숨기고서 흉악한 기계검을 예복 차림의 청년에게 들이댔다.

"자아, 그렇지만, 여기서 승객 여러분에게 한 가지 더! 괴로운 소식을 전달해야 한다. 여기에 있는 왕작 세르주 쉬크잘은…… 사실 진짜가 아니다!"

고개를 숙이고 있었던 인질이 된 승객들이 일제히 얼굴을 든다. 그 절호의 타이밍을 노려 리더인 복면은 칼끝을 홱 올렸다. 챙이 갈라진 모자가 파티 룸 천장으로 날아오른다.

그리고 먼저 상인 같은 남자가 "앗!" 하고 소리를 질렀다. 파티에서 실컷 그를 떠받들던 여성진은 절규했다. 그리고 안면이 있는 에이미 이하 네 명은 "맙소사." 하고 안 들리는 목소리로 중얼거렸다.

세르주 쉬크잘과는 방향성이 다른 미모. 봄바람 같은 그와는 대조적인, 겨울 하늘을 연상케 하는 영리한 눈동자. 무엇보다 윤기 있는 칠흑의 머리칼에 전원의 시선이 꽂힌다.

"사진과 달라……."

인질인 어린아이가 정직한 감상을 말했고, 승객들의 반응에 만족한 리더는 왕작을 돌아보았다.

"거짓말을 하면 한 명 죽이겠다. ——저들에게 가르쳐줘라. 너는 진짜 왕작인가?"

"……아니."

마찬가지로 세르주와는 다른 강철 같은 목소리가 승객들의 희망을 잘라버렸다.

"나는 그저 그림자 무사에 불과하다. 진짜 왕작은 여기에 는…… 없다."

"들었나, 제군!"

리더 남자는 연극처럼 팔을 벌리고 회장을 돌아보았다. 인질인 승객들의 애원하는 듯한 시선이 그에게는 스포트라이트보다 더 짜릿하리라.

"제군들이 궁지에 빠진 지금, 세르주 쉬크잘은 대역을 방패로 세우고 숨어 있다. 참으로 비겁하도다! 더할 나위 없이 나약해! 눈물에 젖은 거기 소녀여, 시험 삼아 다시 한번 도움을 청해 보거라. 놈이 과연 위험을 무릅쓰고 나타날까?"

"아……아아……."

승객들의 머리가 다시금 절망에 가라앉고, 리더는 만족스러운 미소를 새겼다.

자, 하고 돌아보고서 다시 왕작에게—— 그림자 무사인 쿠퍼에게 무기를 들이댄다.

"그럼 다음 질문이다. 진짜 세르주 쉬크잘은 지금 어디에 있지?"

"듣지는 못했다. 어쩌면 이렇게 될 것조차 예상의 범주에 있었겠지."

"……네놈은 누구냐? 놈의 심복이냐?"

"그냥 고용된 기사다. 이름은 없어."

리더인 남자는 복면을 쓴 입가에서 등골이 얼어붙는 듯한 미소를 지었다. 그 뒤에서 기계검을 든 부하 두 명이 걸어 나온다. 한쪽이 머리 위 높이 무기를 번쩍 들었다.

"사실대로 이야기하라고…… 말했을 텐데!!"

부웅! 바람을 가르는 소리에 인질들은 견디지 못하고 얼굴을 돌렸다.

그러나 직후, 딱딱한 금속음과 함께 깨진 칼끝이 천장으로 날아가고 있었다. "으엇?!" 하고 복면 남자 하나가 뒤로 자빠진다.

어느 틈엔가 쿠퍼의 전신을 푸른 불길의 마나가 덮고 있었다. 이렇게 되면 통상의 무기로는 타격을 줄 수 없다. 내뿜어져 나오는 마나의 숨결에 승객들은 다시 얼굴을 들었고, 반면에 습격자들은 격심한 압력에 꿀꺽하고 숨을 삼켰다.

나가떨어진 동료를 보며 남은 복면이 이를 꽉 깨물었다.

"네, 네 이놈……!"

그의 손에서 기계검이 미끄러져 나오고 맹렬한 증기가 무대를 핥는다. 하지만 복면이 움직이기 전에 리더는 한 손을 번쩍 들었다.

"멈춰, 암브로시아 낭비다."

"하지만……!"

"정신력 한번 대단하군."

여유인지 아닌지 쿠퍼의 옆모습을 보고 코웃음 친다. 쿠퍼로부터 힐끔, 곁눈질이 날아왔다.

"이쪽에서도 하나 묻고 싶은 것이 있다. ──어떻게 우리의 여정을 정확히 파악하고 있었던 거지? 카디널스 학교구 때도 그리고 지금도."

리더는 부하에게 기계검을 내리게 하고, 신사적인 체하는 태도로 대답했다.

"이미 짐작은 하고 있을 텐데? 네 예상대로, 제군 일행에 쥐새끼가 섞여 있었다. ──너희 둘은 그만 일어나거라!"

리더가 인질 쪽에 명령했다. 그러자 인질 중에서 마지못해 하는 모습으로 두 소녀가 일어섰고, 그 광경에 눈을 부릅뜬 것은 다름 아닌 더비 마더였다.

"루실?! 라일라! 너, 너희가……?!"

""…………""

갈색 쌍둥이는 단장 쪽을 보지 않고 차가운 시선을 바닥에 떨궜다. 경쾌하게 무대를 뛰어내린 복면 리더는 갑자기 친근한 태도로 소녀들에게 다가간다.

"너희가 연락을 준 내통자구나? 고맙다, 덕분에 계획은 만사 순조로워. 보수로 뭘 바라지? 뭐든지 바라는 것을 말해봐라."

"착각하지 마!"

거기서 쌍둥이는 얼굴을 확 쳐들고 달려들 것 같은 기세로 대꾸했다.

"우리는 우리 사정 때문에 한 거지, 당신들을 도운 게 아니야!"

"가르쳐준 건 언제, 어느 열차에 타느냐, 그것뿐이야. 아군이라고 생각하지 말라고!"

리더는 좀 더 말을 하려다 그만두고, 그다지 대수롭지 않다는 듯이 어깨를 으쓱했다.

"뭐, 세르주 쉬크잘에게 개인적인 원한이라도 있었을 테지. 희한한 일은 아니야."

""…….""

쌍둥이는 입술을 깨물었고, 그런 그녀들의 본색을 더비는 쉽게 받아들이지 못했다.

"거, 거짓말이지? 너희…… 왜 그런 바보 같은 짓을 했어?!"

"마더는 아무것도 몰라도 돼."

"그래, 그래. 이대로 얌전히 풀려나길 기다리고 있어."

"……으!"

극단의 분열을 유쾌하게 바라보고 리더는 복면 속으로 흡족해한다. 이때 파티 룸의 문이 열리고 복면의 세 남자가 방심 없이 무기를 든 채로 귀환했다.

"모든 준비가 갖춰진 것 같다. 그런데 공작 가문의 두 사람의 모습이 역시 보이지 않아."

"무리도 아니지. 좌우간 세르주 쉬크잘의 여동생이니까 말이야."

코웃음을 치고 리더는 다른 한 명으로부터 무전기를 받았다.

투박하게 생긴 기계를 입가에 대면서 죽은 사람 같은 얼굴을 한 인질들을 바라보았다.

"이렇게 된 이상 그쪽에서 나오지 않을 수 없게끔 해 주자고."

† † †

『승차 중인 살라샤 쉬크잘 님 및 뮬 라 모르 님에게 전해드립니다. 당 열차의 설비, 승객은 전부! 저희 수중에 떨어졌습니다. 신변의 안전을 위해 쓸데없는 저항은 생각하지 않는 편이 좋을 겁니다.』

『이제부터 인질 해방을 위한 교섭으로 넘어가겠습니다. 우선 16시까지! 아까 그 파티 룸으로 돌아오십시오. 이후 10분 늦을 때마다 인질 숫자가 한 명씩 줄어들게 될 겁니다.』

『무기를 소지하는 것도 권하지 않습니다. 저희에게 이길 자신이 있다면 해당되지 않습니다만, 그 경우엔 두 분의 옥체뿐 아니라 인질에게까지 막대한 희생이 닥칠 것을 이해하시기 바랍니다.』

『그럼 현명한 판단을 기대하겠습니다……————』

차내의 모든 스피커로부터 울려 퍼진 그 목소리는 당연히 화물실에 틀어박힌 네 아가씨에게도 들렸다. 지직, 무선 소리가 끊어지는 것을 가늠해 뮬이 몸을 내민다.

"우리의 강점은 메리다와 엘리제가 놈들의 의식에 없다는 거야. 의상 때문에 평범한 하인으로 여겨져 마나 능력자임을 깨닫지 못했어. 두 사람이 어딘가에서 기습을 걸어올 거라곤 전혀 생각 못할 거야."

메리다도 질세라 몸을 내밀어 흑수정의 소녀와 이마를 맞대고 대담하게 웃는다.

"즉, 뮬 양은 순순히 놈들에게 따를 생각 따윈 없는 거지?"

"당연하지. 그런다고 인질이 무사히 해방된다는 보증은 없으니까. 그리고 우리 공작 가문 아가씨 4인조가 모여 있는데, 이대로 무시당하곤 그냥 못 있어!"

"동감. 따끔한 맛을 보여 줄래."

"아으으…… 다들 진짜 혈기 왕성하다."

엘리제까지 항전파로 넘어가서 살라샤는 가냘픈 어깨를 푹 떨궜다.

하지만 그녀 또한 이대로 적에게 굴복할 마음은 털끝만큼도 없다. 《무인》 쉬크잘 가문의 뜨거운 정신을 눈동자에 머금고 얼굴을 치켜든 벚꽃색 드라군은 세 친구를 차례로 응시했다.

"그러면 기본은 나랑 미우가 양동을 걸고, 메리다 양과 엘리제 양이 실행에 나서는 거군요. ──구체적인 작전을 세워보죠."

바리케이드를 무너뜨리고 신중하게 문을 열어 통로를 살핀다. 여전히 인기척이 없음을 확인하고서 메리다는 실내에 있는 친구들을 돌아보았다.

"적이 몇 명 있었는지 기억해?"

세 사람이 각자 사고에 잠기고, 먼저 떠올린 사람부터 발언한다. 우선 뮬이,

"차장 행세한 그 남자가 리더겠지. 그 밖에 급사가 세 명……."

"하얀 옷을 입은 요리사가 둘."

"그리고 승무원이 일곱 명이었어요. 부자연스럽게 숫자가 는 게 마음에 걸려서 세어봤습니다."

엘리제, 살라샤가 이어서 말했고, 메리다는 심각하게 고개를 끄덕였다. 전부 해서 열세 명…….

"아마 전원이 선생님이 가르쳐준 그 《암브로시아》라는 장비를 사용하는 게 틀림없을 거야. 경비대 사람들이 간단히 당했어. ……아무리 마나 능력자가 아니라고 해도 우리 같은 학생의 실력으론 승산이 없을 거야."

"한 명."

살라샤가 분명히 말하여 전원의 시선을 모았다. 보다 자세하게 되풀이한다.

"적 중에 한 명, 확실히 마나 능력자가 섞여 있어요. 암브로시아와 합쳐지면 손을 댈 수 없겠지만…… 작전대로 일이 진행되면 그자는 제가 상대하겠습니다."

그새 의식이 전투태세에 돌입했는지, 쉬크잘 가문의 어린 드라군의 눈동자에는 투지가 깃들어 있었다. 메리다는 몇 번이고 고개를 끄덕여 대답하고, 아래턱에 손가락을 대면서 다른 염려를 입에 담았다.

"그런데 단순한 스테이터스 외에도 맞은편에 유리한 요소가 여럿 있어. 선생님은 잡혀 있을 거고, 인질도 걱정이야. 우리가 모은 성석도…… 전부 그 자식들이 가지고 갔을 거고. 전부 다 지키고 싶은 건 지나친 욕심일까?"

"교섭 여하에 달려 있겠지만——."

살라샤는 일단 눈동자를 깔았다가, 곧바로 환영을 노려보는 것처럼 얼굴을 들었다.

"몇 가지는 타협할 수밖에 없을지도 몰라요. 일단 그것도 제가 임기응변으로 대응해보겠어요. ……단지, 우리 작전 때문에 인질들을 끌어들이게 될까 봐 걱정되는데."

"어쩔 수 없어. 그래도 다치는 일은 없을 거야. 이 이상 복잡한 작전은 세울 수도 없고."

뮬이 다그치듯이 반론하자 살라샤도 메리다도 씁쓸한 표정으로 불안을 삼킨다. 파티 룸에는 저택에서 일하는 메이드들, 메

리다에게 있어 가족이나 마찬가지인 네 사람까지 잡혀 있다. 인질에게 위해가 미칠까 하는 공포는 남보다 곱절은 크다.

옆에서 통로에 얼굴을 내민 엘리제가 문득 무언가가 생각났다는 듯이 말을 꺼냈다.

"근데 이 열차는 어디로 향하는 걸까."

"어?"

살라샤와 뮬도 문 옆에 모여, 넷이서 통로의 창을 바라본다.

열차는 현재 커다란 곡선을 그리면서 완만한 상승 코스를 가는 중이었지만, 도중의 분기점에서 이웃 선로로 이동하더니 완만한 하강으로. 그러는가 싶더니 다시 때를 보아 상승으로. 아무래도 다른 열차와의 충돌을 피하면서 계속 달리는 것 같은 느낌이다.

이대로 아무것도 하지 않으면 이 열차는 영원히 어느 역에도 도착하지 못하는 것이 아닐까. 메리다의 등골에 차가운 오한이 일었다. 재빨리 고개를 힘껏 가로저었다.

"……잊고 있었어. 운전사랑 기관사도 적이 대신하고 있었지."

"그쪽은 당장은 무시해도 될 거야. 어차피 기관차량에서 나올 수는 없을 테니."

뮬의 말에 수긍하고 메리다는 메이드복 주머니에서 회중시계를 꺼냈다. 하인 특훈을 받을 무렵 쿠퍼에게서 빌렸던 것이다. 그의 말로는 4인분의 식기를 5분 만에 준비하는 것이 일류 하인이라고 한다. 몹시 무리한 요구에 응하고자 여기에 있는 네 명이 시행착오를 겪었던 일을 여행의 추억으로 돌이켜본다.

달칵, 뚜껑을 닫고 메리다는 얼굴을 들었다.

"15시 45분—— 슬슬 움직이자."

다른 세 사람이 긴장된 표정을 하면서도 단단히 고개를 끄덕인다. 우선 뮬과 엘리제가 각자 통로 좌우로. 그리고 메리다는 흩어지기 전 살라샤에게 회중시계를 맡겼다.

"가져가. 조금이라도 늦으면 큰일이니."

살라샤의 손바닥에 쇠사슬이 짤랑 떨어지고 메리다는 당돌하게 웃었다.

"나중에 돌려줘. 선생님한테는 내가 직접 건네줄 거니까."

휙, 발길을 돌리는 금발 소녀를 살라샤는 반사적으로 불러 세웠다.

"저기, 메리다 양! ……하나 물어봐도 될까요?"

"뭔데에?"

"만약 쿠퍼 선생님한테 남에게는 말할 수 없는 커다란 비밀이 있다고 해도, 또 그걸 메리다 양에게조차 비밀로 하고 있었다고 해도…… 그래도 선생님을 믿을 수 있나요?"

"믿을 거야."

메리다는 바로 대답하고 이유를 물어보기도 전에 쿡, 가련한 꽃 같은 미소를 지었다.

"이전 루나 뤼미에르 선발전에서 학원 전체가 날 의심했을 때, 선생님이 나한테 말했어. 『전 세계가 의심해도 저만은 아가씨 편이다.』라고. 『그러니 아가씨도 제가 믿고 있다는 것을 믿어 주길 바란다.』라고. ——살라샤 양도 눈치챈 것 같지만, 선생님은 뭔가 많은 사정을 안고 있는 모양이야. 하지만 나한테는 조금도 의지하지 않으니까, 나 혼자 애간장만 태우고 그래. 그래도 말이 야, 이것만은 알겠더라고. 선생님이 많이 괴로워하거나 젊어지 거나 하는 건, 전부 나를 생각해 주시기 때문이라는 거. ……그 런 선생님에게 내가 해줄 수 있는 게 과연 무엇일까."

물어보는 것 같은 혼잣말을 끝으로 메리다는 이번에야말로 몸 을 돌렸다. 은발의 사촌 자매와 합류해 프릴 스커트를 흔들면서 멀어져간다.

먼 곳을 보듯이 그 뒷모습을 바라보는 살라샤의 어깨에, 흑수 정 친구가 얌전하게 손바닥을 올렸다.

"살라샤. 우리랑 쟤네들 지금 신기한 관계다? 완전히 아군이 라고도 할 수 없고, 완전히 적대한다고도 하기 어려워……."

"……그러네."

"재학 중엔 어려울지도 모르겠지만…… 그래도 언젠가 넷이 서 유닛을 짜 함께 싸울 수 있는 날이 오면 좋겠다."

살라샤는 친구의 검은 눈동자를 돌아보고 도전적인 웃음을 띠 웠다.

"그러면 너무 무적이라서 맞설 사람이 아무도 없겠지?"

"그러엄."

얼굴을 맞대고 키득키득 웃고서 두 사람도 몸을 돌린다.

청초한 파티 드레스 자락을 나부끼며, 습격자들이 기다리는 전장으로——.

† † †

약속한 16시 정각——.

파티 룸의 문이 끼이익, 소리를 내며 열린 순간 실내에 있는 모든 인간의 시선이 집중됐다. 우선 인질이 된 승객들이 얼굴을 홱 들었고 이어서 기계검으로 무장한 복면들이 느긋하게 고개를 돌린다. 마지막으로 무대에 있는 두 명의 인물이, 즉 사슬로 묶여 있는 쿠퍼와 습격자들의 리더가 동시에 시선을 돌렸다.

수십 명의 눈길을 스포트라이트처럼 뒤집어쓰고 벚꽃의 공주와 흑수정의 요정이 파티 룸에 입장한다. 청초한 드레스 차림이며 무기류는 눈에 띄지 않는다. 자신의 손목시계를 힐끔 내려다보고서 복면 리더는 비아냥거렸다.

"기특하군요, 살라샤 님. 영락없이 시간이 다 될 때까지 망설일 줄 알았는데——."

"승객 여러분을 풀어 주세요."

선수를 빼앗긴 리더는 복면 속으로 입술을 일그러뜨렸다.

"그건 당신에게 달렸다."

턱을 쭉 치켜 올려 무대 위를 가리킨다.

인질들은 회장 중앙에 모여 있는데, 그 좌우에 비행 갑옷과 기계검을 장비한 복면이 대여섯씩 있다. 그들을 크게 우회하면서 살라샤와 뮬은 무대로 향했다. 망설임 없는 두 사람의 발걸음과 고상하게 흔들리는 드레스 자락을 전원의 시선이 뒤따라간다.

복면 리더는 회장에서 도망친 네 사람 중 하인 둘의 모습이 보이지 않음을 당연히 알아챘다. 다만 소녀들이 기대한 대로, 그는 메리다와 엘리제의 존재를 '하찮다'는 이유로 의식에서 내쫓은 상태였다. 기껏해야 수습 중인 하인이 무얼 할 수 있겠냐며 우습게 보고 있었고── 설령 어디에 잠복해 있다 해도 결말은 아무것도 바뀌지 않기 때문이다.

실내에 있는 모든 복면의 시선이 두 공작 가문 영애를 따라가 무대로 향한다. 전원이 파티 룸 입구에 등을 돌린 것을 힐끔 확인하면서 살라샤와 뮬은 무대 위에서 한층 더 훌륭한 장비를 찬적의 리더와 대치했다.

인질이 숨을 죽이고 지켜보는 가운데 리더는 자물쇠가 달린 보석함을 꺼냈다. 더비 단장에게서 강탈한 것이다. 자물쇠는 이미 풀려 있었다. 뚜껑을 열자 세 가지 빛깔이 드러났다.

"세 갠가."

복면 속에서 남자의 입술이 여봐란듯이 조소를 띠는 것을 알 수 있었다. 옆에 있는 쿠퍼를 내려다보고, 사슬로 묶인 쿠퍼 역시 리더 쪽을 곁눈질로 보고 있다. 리더는 다시금 공작 가문 영애들을 향해 선 다음 쿵, 하고 떨릴 만큼 고압적인 목소리로 고했다.

"자, 살라샤 님. 당신에게는 두 가지! 선택지가 준비되어 있습니다."

보석함에서 녹색 하나를 집고서 아무렇게나 내던진다. 포물선을 그린 녹색 궤적은 살라샤의 손바닥에 빨려 들어갔다.

"성석 하나가! 인질 열 명의 목숨!! 무슨 뜻인지 이해하실 겁니다. 인질을 전원 구하려면 모든 돌을 희생해야 한다는 거지요.

단, 성석이 하나라도 모자라면 세르주 쉬크잘은 왕으로서 인정받지 못하겠죠……. 잃은 성석은 그만큼 당신이 다시 찾아와야 합니다. 대관식까지 남은 시간을 고려해 몇 개의 돌을 남기고! 몇 명 희생시킬지!! 자~알 생각해서 결정하시는 게 좋을 겁니다."

리더는 품에서 칼집에 담긴 단검을 꺼낸 다음 아까와 마찬가지로 던졌다. 살라샤는 한 손으로 그것을 받고, 오른손의 칼날과 왼손 안의 《유구의 에메랄드》를 견주어 본다.

불안해하며 시선을 주고받는 승객들의 모습을 보고, 무대 위에 묶여 있는 쿠퍼는 "과연." 하고 생각했다. 놈들이 왕작 일행을 방치해 성석을 모으게 했었던 것은 바로 이 때문이었다.

솔직히 성석을 한 개라도 상실하면 지금부터 보전하려 해도 대관식에 맞출 수 없다. 그렇다고 왕작의 입장을 지키기 위해서 인질을 외면하면 쉬크잘 공에 대한 민중의 신용은 단숨에 곤두박질칠 것이다. 어느 쪽을 택하려 해도 왕작은 이미 《외통수》에 몰려 있다……. 애초에 아직 열세 살에 불과한 여동생 살라샤에게 이 같은 선택을 들이대고 그녀가 갈등하는 모습을 보이겠다는 행위 자체가, 이들 남매의 명예를 더럽히고자 하는 적의 계획의 일부인 것이다.

쿠퍼의 추측을 뒷받침하는 것처럼 리더의 입가에는 잔혹한 미소가 새겨져 있었다. 인질은 모두 당장에라도 울기 시작할 것 같은 수척한 시선으로 무대를 보고 있다. 터무니없는 중압감을 가냘픈 온몸에 뒤집어쓰면서 살라샤는 몇 초간 눈을 감고, 떴다.

"한 가지 부탁이 있습니다. 당신들에게 약속을 지킬 생각이 있다면 제가 돌을 파괴한 시점에서 인질들을 풀어 주세요.”

“당연히 약속은 지키겠습니다. 단 돌 하나에 열 명, 이건 양보 못합니다.”

“충분합니다.”

말이 끝나기도 전에 살라샤의 온몸에서 벚꽃색 마나가 해방됐다.

회장의 탁한 공기를 훅 불어버리는 듯한 숨결에 승객들의 앞머리가 들썩인다. 기사 공작 가문의 이름에 부끄럽지 않은 강인함 그리고 망설임 없는 눈부신 의지의 빛에 리더 이외의 복면들이 무기를 쥐는 손에 힘을 꽉 넣는다.

“……미안해, 오빠.”

누구의 귀에도 닿지 않는 참회가 아주 희미하게 공기를 진동시켰다.

살라샤는 천천히 《유구의 에메랄드》를 머리 위로 던진 다음, 왼손으로 칼집을 쥐고 오른손으로 단검을 뽑아 들었다. 녹색 빛이 눈앞을 스치는 타이밍에 한 일 자로 칼날을 힘껏 휘두른다. 소름이 끼칠 정도로 매끄럽게, 돌은 두 동강으로 박살 났다.

복면 리더는 살짝 턱을 들고서 파티 룸 중앙을 가리켰다.

“열 명, 지명하시지요. 단 회장 밖으로 나가는 건 허가할 수 없습니다.”

살라샤는 집게손가락으로 승객 집단 중 적당히 몇 명을 가리켰다. 가장 어린 여자애를 포함한 그 가족과 주위에 있었던 사람까지 총 열 명이다. 그들은 복면들의 포위에서 벗어나 바람에 쫓기는 것처럼 파티 룸 벽 쪽으로 몸을 붙이고 서로 기댔다.

복면 리더는 다시 살라샤에게 돌아섰다.

"과연. 하나라면 쉽게 보충도 가능하겠죠. 그런데 둘 이상이 되면 이야기가 달라집니다. 여정의 절반이 수포가 되는 겁니다. 다음은 어떻게 하시겠습니까? 살라샤 님."

"《심연의 오닉스》를 이쪽으로."

살라샤가 바로 결단을 내리자 리더는 입술을 기역 자로 구부리는 모습이 똑똑히 보였다. 보석함에서 암흑의 돌을 꺼내 약간 난폭하게 집어던진다.

살라샤는 그것을 손으로 받지도 않았다. 유성을 닮은 빛이 자신을 향해오는 타이밍에 맞춰, 넋 놓고 바라보게 될 정도로 아름답게 단검을 휘두른다. 은색 칼날이 근소한 저항도 없이 궤적을 그리고 칠흑의 입자가 일제히 공중으로 흩어졌다.

리더에게 재촉당할 것까지도 없이 살라샤는 인질 집단을 돌아본 다음 재차 아무렇게나 열 명을 뽑기 시작했다. 이것으로 어느새 잡혀 있는 사람 쪽 숫자가 적어졌다. 살라샤 본인은 전혀 의식하지 않았던 일이지만 남은 인질은 에이미 일행, 즉 메리다 저택에서 일하는 소녀들을 포함한 열 명이 되었다.

우위를 과시하고 있었던 복면 리더의 태도가 여기서 드디어 흔들리기 시작했다. 살라샤가 동요 한 번 하지 않았기 때문이다. 성석의 태반을 잃은 이 시점에서 그녀의 오빠 세르주 쉬크잘의 왕위 대관은 거의 절망적이 되었는데도.

"……그렇군, 알았습니다. 실은 당신들의 성석 찾기 자체가 페이크! 세르주 쉬크잘은 가짜를 방패막이로 삼고 자기 손으로 성석을 모아 이미 왕작의 증표를 모아놓은 것이군요! 당신은 그걸 알기에 이렇게 태연하게——."

"《불멸의 루비》를 이쪽으로."

결국 리더는 말문이 막혔다. 눈앞에 있는 건 누구인가 하고 자신의 눈을 의심했다.

처진 눈의 심약한 소녀는 아무리 찾아봐도 없다. 고상한 드라군은 적의 대답을 기다리지 않고 직접 걸어 나와, 올려다봐야 할 만큼 신장 차이가 있는 적 앞에서 멈춰선 다음 단검을 번쩍 들었다.

수직으로 칼날이 휘둘러졌다.

복면 리더의 손바닥에서 보석함이 좌우로 갈라졌다. 천에 싸여 있었던 심홍색 보석 역시 정수리부터 부서지면서 낙하—— 바닥에 충돌해 자잘한 파편을 퍼뜨렸다.

단검을 시원하게 칼집으로 되돌리고 살라샤는 손바닥을 모으며 회장을 돌아보았다.

"이걸로 승객 여러분은 자유입니다. 이분들과는 제가 이야기를 매듭지을 테니 여러분은 객실로 돌아가 역에 도착하는 걸 기다려주세요."

"아직은 아니다!! 전원, 객실을 나가는 건 용납하지 않겠다!"

리더가 즉각 팔을 휘둘렀고, 부하 복면들은 무기 소리를 내며 주위를 위협했다.

복면 리더는 숨기지도 않고 입술을 일그러뜨린 다음 살라샤의 손에서 단검을 가로챘다.

"……어째서냐! 왜 그렇게까지 오빠를 믿을 수 있는 거지. 놈이 자신의 전망을 이야기했나? 속고 있을지도 모른다고 의심한 적은? 자기 자신의 선택을 불안하게 생각한 적은 없는 거냐!!"

"그건 당신이 애쓰는 이유와 마찬가지 아닙니까, 깁슨 밸리 씨."

눈앞에 있는 리더뿐만 아니라 복면을 쓴 전원이 일제히 숨을 삼켰다. 풀려난 승객들도 얼굴을 마주 본다. 《가명(家名)》, 이는 다시 말해 귀족이라는 증거다.

리더는 몇 초 동안 잠자코 있다가 쓰고 있었던 복면을 싹 벗었다. 장발에 갸름한 얼굴, 좋게 말하면 지적이고 나쁘게 말하면 신경질적인 남자의 얼굴이 드러났다.

민얼굴의 그와 시선을 주고받고 살라샤는 살짝 눈썹을 찌푸려 보였다.

"분가의 집사인 당신이 왜 이런 짓을……. 쿠샤나 언니의 지시인가요?"

"……아니요, 아가씨는 상관없습니다. 저희 강경파의 독단입니다."

복면을 쓰고 있었을 때보다 한결 신사적인 태도로 남자, 깁슨은 대답했다. 명료한 그 목소리로 옆에 묶여 있는 쿠퍼도 깨달았다. 카디널스 학교구에서 열차를 습격해온 집단 중 차내에 돌입한 무리의 리더가—— 쿠퍼가 아깝게 놓쳤던 한 명이 바로 이 남자다.

어렴풋이 눈치채고는 있었으리라. 그래도 받아들이기 어렵다는 표정으로 살라샤는 고개를 젓는다.

"깁슨 씨, 이제 그만하세요……! 많은 사람의 목숨을 희생해서, 지금도 이렇게 죄를 거듭 짓고, 왕작의 왕관 때문에, 이렇게까지 할 필요가 있는 건가요?!"

"당신은 아직 아무것도 모르십니다. 말씀드렸을 텐데요, 저희는 이미 쿠샤나 님과는 아무 관계도 아니라고. ……이 사명을 위해 저는 죽을 생각으로 쉬크잘 가문 집사직을 사임하고 가명을 반납하고 왔습니다. 남은 것은 세르주 쉬크잘의 대관을 저지하기 위하여 이 목숨을 재까지 불태우는 것뿐. 그것이 무엇보다 가장 긴요합니다."

깨닫고 보니 회장에 있는 모든 복면들의 온몸에 깁슨과 똑같을 정도로 비장한 결의가 흐르고 있었다. 복면을 벗기면 살라샤와 낯익은 사람도 많이 있을 것이다. 갑자기 아무런 불안도 없었던 어린 시절의 기억이 되살아나, 비취색 눈동자에 눈물이 맺힌다.

"다들 왜…… 그렇게 오빠를 미워하는 거야……?"

"세르주 쉬크잘의 이름을 나락까지 떨어뜨린다. 설령 어떤 희생을 치르더라도."

말끝을 다잡고 깁슨은 부하들을 향해 힘차게 팔을 흔들었다.

"인질을 죽여라! 한 명도 남김없이!!"

"뭐? 자, 잠깐만! 약속이 다르잖아요!"

"이렇게 된 건 당신 탓이야, 살라샤 님. 그냥 의지박약한 인형으로 있었으면 좋았을 것을."

깁슨은 오기를 부리는 양 빠른 어조가 되어 살라샤를 외면한 채 지껄였다.

"당신이 이성을 잃었어야 했어! 오빠의 명령을 지켜 승객의 목숨보다도 돌을 선택했어야 했다고. 그러면 희생은 최소한으로 막을 수 있었는데! 그런데 당신은 주저하지 않고 민초의 안전을 우선하셨지요. 훌륭히 성장하셨어, 아주 기쁜 일입니다. 하지만 아주 유감스럽게도 그건—— 현재 우리의 의향에는 맞지 않습니다."

북면들이 기계검을 들고 맹렬한 증기를 발산한다. 30명의 인질이 비명을 질렀다.

"이들은 초석이 되어줄 겁니다. 30명 이상의 사망자를 낸 처참한 습격사건이 일어났는데, 원래 그곳에 있어야 했던 왕작 세르주 쉬크잘은 그림자 무사를 방패로 삼고 틀어박혀 있었다! 한데, 민중은 그를 왕으로 인정할까? 피로 점철된 옥좌에 앉을 왕을? 초라한 성검을 들 왕을? 오호통재라, 그림으로 그린 것 같은 비극이군."

"내가 막을 거야——!"

"움직이지 마!!"

깁슨이 튕기듯이 기계검을 들었다. 칼끝을 살라샤의 코끝에서 멈추고 견제한다. 마나 능력자로서의 숙련도에서도 이 충의의 집사 쪽이 훨씬 뛰어날 것이다.

"소용없다, 설령 당신이 드라군일지라도 막을 순 없어. 우리는 암브로시아에 의해 기사 공작 가문을 넘는 힘을 손에 넣었다! 이제 장해물 따윈 무엇 하나 없다!!"

쿡————.

남자의 선언을 코웃음 치는 듯한 소리가 울려 퍼졌다.

소리의 주인은 살라샤 후방에 있는 파티 드레스를 입은 또 한 명의 공작 가문 영애. 마치 우아한 귀부인처럼 갑자기 미소를 지은 그녀에게 전원의 시선이 집중된다.

깁슨은 불쾌한 듯이 얼굴을 일그러뜨리고 검은 든 채 물었다.

"왜 그러십니까? 뮬 양."

"어머, 비위에 거슬렸나? 아니, 너무 우스워서 그랬지."

살라샤가 부순 성석 중 칠흑빛을 머금은 파편을 주워들고 입술을 추켜올린다.

"저런 깔짝 빛나는 돌을 손에 넣은 거 가지고 우리 기사 공작 가문을 넘었다니⋯⋯. 다 큰 어른이 죄다 모여서 개그하는 것도 아니고.《그 애》가 훨씬 더 큰 장해를 자기 몸 하나로 극복하려고 얼마나 노력하는지는 알아?"

"⋯⋯무슨 이야기인지요?"

"간단해. 당신들한테 마법을 걸어줄게. 꿈에서 깨는 마법을 말이야."

복면들 전원의 적의가 뮬에게 집중된다. 인질이 된 승객들은 당황하는 눈빛이다. 무대 중앙으로 걸어 나온 그녀는 그야말로 주연 여배우 그 자체. 과장된 몸짓도 잘 어울리고, 노래라도 부르는 듯 드높은 목소리는 파티 룸 구석구석까지 울려 퍼졌다.

"아기 돼지 세 마리 중 두 마리는 울타리 바깥에, 한 마리는 집 안에 남겨졌네. 늑대가 여섯 마리씩 현관과 뒷문에서 망을 보고 있지──《원스 어폰 어 타임》!!"

살라샤를 뺀 전원이 그 수수께끼 주문의 의미를 파악하지 못한── 그 순간.

파티 룸의 두 문이 동시에 열어젖히고 낮은 자세를 한 자그만 사람이 둘이 날렵하게 뛰어 들어왔다. 복면들이 후방을 돌아보는 것과 동시에 두 사람의 손에서 무언가가 발사됐다.

""먹어랏!""

귀여운 날숨과 함께 힘차게 상공을 난 것은 하등 특별하지 않은 물이 가득 담긴 작은 병이었다. 포물선을 그리며 복면들의 머리 위를 횡단, 원심력에 의해 액체 내용물이 좍 뿌려진다. 무대에 충돌하고 구두 끝에까지 철벅 튄 물에 깁슨은 눈을 부릅떴다.

"저 애들은……?!"

식당차에서 조달한 듯한 물병을 회장에 뿌린 건 메이드복을 입은 2인조였다. 내통자인 쌍둥이 말에 의하면 왕작의 그림자 무사를 모시던 하인. 그것도 연령과 서툰 동작으로 미루어 한낱 수습인……. 그러나 물병을 힘껏 던진 그녀들은 물 흐르는 듯한 움직임으로 대검과 창을 뽑아 들고, 가냘픈 그 몸 전체에서 ── 화악! 눈부신 불꽃을 해방했다.

"마나 능력자라고?!"

복면들이 반사적으로 기계검을 가동했고, 슬라이드된 도신이 맹렬한 증기를 내뿜는다. 깁슨이 "기다려!!" 하고 그들을 제지하는 목소리는 한 박자 늦게 나왔다.

습격자들의 복면에, 무기에, 바닥에 튄 물이 실린더에 담겨 있었던 결정과 정말 눈 깜짝할 사이에 격렬한 반응을 보였다. 암브로시아가 눈을 태울 정도로 강렬한 섬광을 발하고, 엄청난 기세로 액화함과 동시에 기화한다. 방대한 압력이 단숨에 배관을 유린하고 순식간에 허용량을 상회하고 균열. 장비에 마구 금이 쩍쩍 가더니——폭발했다.

"끄아악……!!"

연쇄적인 압력이 장비한 자들을 덮쳤고, 폭발적으로 부풀어 오른 증기가 비명조차 집어삼킨다. 파티 룸 여기저기에서 순백의 화염이 오르고, 사방으로 튀는 기계의 파편, 폭발에 날아가는 복면. 머리를 싸매고 비명을 지르는 승객들. 깁슨은 으득! 이를 악물었다.

그런 그의 귀에 바로 옆 청년의 차분한 음성이 닿는다.

"암브로시아 장비의 원칙은 발생시킨 에너지를 《지금》《그 자리에서》 사용하지 않으면 안 된다는 것. 에너지를 축적하거나 전달할 수 있는 수단이 존재하지 않지."

목소리의 주인은 왕작의 예복을 입고 사슬에 칭칭 감겨 묶인 쿠퍼였다. 하지만 그는 천천히 마나를 해방한 다음, 아주 살짝 힘을 준 것만으로 사슬을 산산조각 내 날려 버렸다.

말문이 막힌 깁슨에게 비아냥에 가까운 곁눈질로 보며 설명한다.

"물이 암브로시아의 약점인 이유가 바로 이거다. 고열을 지니고 끝없이 에너지를 계속 토해내는 암브로시아를 여간한 장치로는 수용할 수 없어. 눈 깜짝할 사이에 출력을 상회하고 폭발하지. 그래서 연구 중에 폭파사고가 끊이지 않았던 거야."

"크윽⋯⋯!!"

깁슨은 경솔한 부하들을 질타하고 싶은 충동을 간신히 억눌렀다.

서둘러 장비를 가동하는 바람에 전투불능에 빠진 게 일곱 명. 남은 다섯 명의 복면을 향해 깁슨은 즉각 팔을 내리찍었다.

"인질이다! 바로 인질을——."

말을 마치기 전에 옆에서 폭발적으로 공기가 신음했다. 무대에서 화살같이 뛰쳐나온 예복 차림의 남자가 달려 나가자마자 한 명을 후려갈긴다. 물 흐르는 듯한 동작으로 두 명째를 발로 차 쓰러뜨린다. 난감해하며 들고 있던 기계검을 맨손으로 부수고, 그 파편이 바닥에 떨어지기 전에 보디블로, 라이트 스트레이트, 뒤돌려 차기 3연격. 허공을 날아가는 적의 몸통을 박차고 아크로배틱하게 하반신을 놀린 쿠퍼는 남은 두 명을 한꺼번에 쓰러뜨렸다.

약간 야단스럽게 예복 자락을 털고 천천히 일어선 그에게 승객의 시선이 집중된다.

"쿠퍼 씨⋯⋯!"

에이미 이하, 동료인 네 명의 소녀들이 눈물을 글썽인다. 그들을 향해 싱긋 웃어 준 다음 쿠퍼는 파티 룸 입구를 돌아보았다.

"조금이라도 틈을 만들어 주면 좋겠다—— 정도로 생각했었는데, 기대 이상이었습니다.”

“에헤헤……!”

금발과 은발의 천사가 으스대며 달려온다. “아가씨!” 저택의 메이드 일동이 환호성을 지르고, 그 광경을 본 주위의 승객들도 알아채기 시작했다.

“저, 저 아이들 얼굴을 본 적이 있어……. 엔젤 가문의 자매잖아?! 양성학교 1학년이 5등급 미궁사서 자격을 땄다고, 신문에 실렸었어!”

“맞다, 기사 사진에 나와 있었던 그 네 명이야! 기사 공작 가문의 소녀들이 다 모여 있다고!!”

“……왜 하인 복장을 한 거지?”

“설마 마나 능력자였을 줄이야…….”

내내 여로를 함께 하고 있었던 루실과 라일라도 아연실색하고 있다. 무대 위, 마지막으로 남은 적 깁슨도 으드득! 이를 갈며 노성을 질렀다.

“네…… 네 이노오오오오옴!!”

소리 높이 기계검을 들고 고육지책으로 살라샤와 뮬을 노린다. 두 사람은 즉각 마나를 해방하지만 무기가 없다. 사태의 급박함을 깨달은 메리다와 엘리제가 즉시 팔을 높이 들었다.

“살라샤 양!”“뮬!”

각자의 손에서 내던져진 창과 대검이 친구들의 손바닥에 들어간다. 직후, 키이이잉!! 날카로운 금속음을 연주하면서 세 개의 무기가 중간지점에서 맞물렸다.

"""……윽!!"""

깁슨의 몸에서도 마나의 불길이 솟구쳐 칼날의 교차점에서 터무니없는 압력을 낳는다. 공간이 삐걱거리고, 한 사람과 두 사람은 일단 튕기듯이 뒤로 물러섰다.

"구차하군요!"

과감하게 치고 나온 건 뮬과 살라샤 측이다. 서로 다른 방향으로 뛰기 시작한 그녀들은 미리 짠 것 같은 속도로 적에게 접근해 좌우에서 동시에 찌르기를 날렸다. 엄청난 반응속도로 상체를 비튼 깁슨은, 그러나 직후에 무릎이 덜컥 무너졌다.

"크윽……!"

버티지 못하고 뒤로 쓰러진 그는 그대로 낙법을 치고 후방으로 굴렀다. 움직임이 둔해 보인다. 간신히 벌떡 일어난 그를 뮬과 살라샤가 곧바로 추격한다.

무기와 마나끼리의 충돌. 비산하는 금속음과 이리저리 튀는 섬광. 승객들의 눈을 못 박는 라이트 쇼가 펼쳐지는 가운데 굳이 가세하지 않고 쿠퍼는 중얼거렸다.

"저것이 암브로시아 장비의 또 다른 약점……. 고압력에 버티게끔 장치를 거대하게, 중량을 무겁게 할 수밖에 없지요. 기동시킬 수 없는 기관 따윈 그저 거추장스러울 뿐입니다."

마나 능력자로서의 스테이터스는 확실히 깁슨 쪽이 위다. 하지만 지금은 상황이 너무 좋지 않다. 허리에 장비한 비행 갑옷이 하반신의 족쇄가 되었고, 복잡한 장치가 달린 기계검은 그냥 쓰기에는 너무 무겁다. 답답해 보이는 손끝이 비행 갑옷의 구속을 풀고자 허리에 뻗었고, 그 절호의 틈에 흑수정의 요정이 눈동자를 번뜩였다.

"……하앗!!"

쿠웅. 바닥이 떨릴 만큼 세게 박차고 뮬은 혼신의 힘으로 대검을 수평으로 휘둘렀다. 두꺼운 칼날이 남자의 옆구리를 정통으로 가격, 디아볼로스의 이름에 부끄럽지 않은 무시무시한 파괴력이 박혔다. 비행 갑옷이 싱겁게 찌부러지고 쇳조각이 튀는 것과 함께 둔탁한 소리가 퍼진다.

"으으윽……?!"

간신히 왼팔로 막아내던 깁슨은 그것조차도 부질없게 되었다. 찌부러진 배관이 허리에 박혀 골절과 동시에 출혈이. 칼날을 막아낸 왼쪽 팔꿈치도 기묘하게 뒤틀린다. 몸 왼쪽에 중대한 대미지가 들어간 직후 지체 없이 오른팔에도 격통이 일었다.

"이걸로 끝입니다……!!"

살라샤가 미끄러지며 간격을 좁혔다. 수직으로 오른팔을 후려친 일격은 반응조차 할 수 없었다. 마비된 손에서 기계검이 떨어지고, 썰물처럼 들어온 추가타가 깁슨의 온몸을 흠씬 두들긴다. 순간적으로 그의 반응속도마저 웃돈 신속의 창 놀림은 드라군의 이름이 아깝지 않았다———.

오른쪽 허벅지에서 반대쪽 옆구리를 때리고, 가슴팍을 노린 찌르기에 이어서 양어깨로 가는 3연발. 이미 기우뚱거리며 힘이 빠지기만 하는 적의 옆머리를 춤추는 것처럼 화려하게 후려친다.

깁슨의 수척한 몸이 결국 털썩, 무대에 쓰러졌다. 살라샤는 창을 힘껏 휘두르면서 회장을 돌아보았다. 창끝에서 벚꽃 같은 불길이 파앗 흩어진다.

"승객 여러분!!"

복면 전원이 바닥에 쓰러졌지만 여전히 사람들은 불안한 눈길로 이쪽을 쳐다보고 있다. 살라샤는 거친 숨을 가다듬고 싱긋 웃으며 만면의 미소를 의식했다.

"이제…… 괜찮습니다!"

30명의 승객이 침묵하고 있었던 것은 아주 잠시였다.

"""살라샤 니이임―――――――――!!"""

폭발적인 환호성이 파티 룸을 가득 채웠다. 여성들은 서로 껴안으며 무사한 것을 기뻐하고, 상인 남자들은 샴페인 마개를 터뜨렸다. 그리고 많은 사람이 앞다투어 무대로 뛰어갔다.

"살라샤 님! 아니, 사라 니임~~~~!!"

맨 앞줄에서 원색적인 성원을 보내는 사람은 바로 손바닥을 깨끗이 뒤집은 더비 마더다. 뮬은 득의만면해서 친구의 뒤로 다가가 관객 앞으로 쭈욱 밀어냈다.

"어때? 잘 기억해둬. 우리 사라는 세계에서 제일 멋진 용기사야!"

"지, 진짜, 그만해, 미우……!"

"아가씨들, 훌륭했습니다."

후방에서 낮은 목소리가 울리고 무대에 무리 지어 있었던 인파가 쓱 갈라졌다. 예복을 입은 검은 머리 청년이 메이드 둘을 동반하고 다가온다. 살라샤와 뮬은 계단을 뛰어 내려간 다음, 그대로 친구들을 얼싸안았다.

승객 중에서 상인으로 보이는 남자가 쿠퍼에게 몸을 내밀었다.

"그러고 보니 당신, 왕작님이 그림자 무사라는 건 대체 어찌 된 영문인지?"

"보신 대로 이번 순례에서는 왕작에게 해를 끼칠 역적의 존재가 예상됐었기 때문에 몇 가지 안전대책이 쓰이고 있었습니다. 자세한 것은 쉬크잘 공의 성명을 기다려주십시오."

"흐~음. 그렇다 해도 진짜 쉬크잘 공은 어디서 뭘 하고 있는지."

별로 관심이 없는 듯 투덜거리고 남자는 일행에게서 떠났다. 파티에서 실컷 왕작을 찬양했었던 여성들은 멋쩍은 듯 얼굴을 새빨갛게 붉혔다.

메리다와의 포옹을 풀고 살라샤는 문득 미안해하며 눈꼬리를 내렸다.

"아아, 그런데 다들…… 쿠퍼 선생님한테도, 죄송해요."

발밑에 널려 있는 눈부신 파편을 주워든다. 초록에 칠흑, 붉은 보석…… 그것들은 예외 없이 크고 작게 깨지고 부서져서 본래의 존재감은 흔적도 보이지 않는다.

"기껏 모은 성석을 잃고 말았어요……. 오빠한테도 뭐라 사과해야 할지."

"그것에 대해 말씀입니다만, 아가씨들——."

쿠퍼는 신중히 입을 열었다. 하지만 그 직전, 조심스러워 하는 목소리가 끼어들었다.

"저기…… 사라 님? 그리고 여러분? 조금 말하기 그런데……."

아양이라도 떠는지 더비 마더가 장신을 비비 꼰다. 뒷짐 진 손에 감추고 있었던 천 보따리를 머뭇거리며 내밀고, 몇 겹으로 싸여 있었던 그것들을 드러내 보인다.

천 속에 있었던 것은, 안쪽에서부터 빛을 발하는 세 가지 색의 보석. 하나하나가 손바닥만 한 크기고, 매끄러운 단면도 유려한 각도 완벽하다. 네 아가씨는 깜짝 놀라 눈이 휘둥그레졌다.

"""성석!"""

"왜 여기에……?"

"역시 적한테 빼앗긴 것은 가짜였군요……. 그런데 더비 씨, 왜 일부러 보석함 안에 든 것을 가짜 돌로 바꿔치기하신 겁니까?"

"어?! 아니, 그건, 그…………."

꿰뚫어 보는 듯한 시선에 노출된 더비는 이내 힘이 빠졌는지 어깨를 떨궜다.

"……까놓고 말해 실패할 거라 생각하고 있었거든, 이번 순례. 왕작이 가짜라고 들었을 때부터 말이야. 하지만 설령 버리는 패라도 내게 있어선 가족의 목숨이 걸려 있었어. 그래서 연극이 재미있게 흐르지 않는다면 이 손으로 파란을 일으키면 그만이라고 생각했지!"

더비는 돌변하여 눈을 반짝이며 무대 위인 양 두 팔을 벌린다.

"진짜 돌은 당연히 세라 님에게 전달하기로 하고 가짜 왕작에게 가짜 돌을 들려 보내면 괜찮은 드라마가 되지 않겠어? 그러면 세라 님의 명예는 지켜지고, 마지막에는 반전의 결말도 들어가니까 완벽한 극이 되지 않을까~ 싶어서. 우훗!"

"너무해!!"

메리다가 결국 격앙하고, 더비도 이번만은 겸연쩍은 듯이 시선을 피한다.

"이해해, 내가 정신이 나갔었어. 시나리오의 클라이맥스에서 이런 굉장한 인스피레이션을 받을 줄 어떻게 알았겠어. ──나도 당신들한테 걸어보도록 할게."

수수께끼 같은 선언 후 허리 뒤에서 천 보따리를 하나 더 꺼낸다. 더비의 화려한 치장에 섞여 있었으나, 천 안쪽에서도 천사의 물방울 같은 빛이 흘러나오고 있었다.

"그건……?"

네 아가씨는 눈썹을 찌푸리는데 주저하지 않고 그것을 받은 쿠퍼는 이미 다 알고 있었다.

"가는 길에 이야기했었죠? 순례 행선지에서 성석의 소유자가 잇따라 습격을 당했다고. 어느 저택에서는 체류 중에 홀연히 돌을 도난당한 일도 있었다고. ──도난당한 돌 하나는 내내 우리 곁에 있었습니다."

말을 마치면서 천을 걷어낸다. 해방된 푸른빛이 소녀들의 미모를 비추기 시작했다.

"이 돌이 설마──."

"《고결의 사파이어》?!"

천에 싸여 있었던 것은 다른 세 개와 어깨를 나란히 하는 고상함을 품은 푸른 성석이었다.

살라샤는 무언가를 한꺼번에 말하려다 아무 말도 꺼내지 못하고, 다만 쿠퍼의 얼굴을 홱 올려다보았다. 벅찬 마음이 눈물이 되어 비취색 눈동자에 번지고, 뚝뚝 흘러내린다.

"네 개 다 모였어……!!"

쿠퍼는 미소로 화답하고, 그 매혹적인 표정을 뮬은 납득이 가지 않는 듯이 쳐다본다.

"이게 선생님의 《생각》이었군요. ……근데 저한테 계속 잠자코 있었다니."

"죄송합니다. 아가씨들에게도 심려를 끼쳤군요. 가능하다면 더비 씨가 납득을 한 상태에서 우리에게 주기를 바랐던지라."

눈높이가 다르지 않은 오색찬란한 남성을 돌아보고, 대담하게 물어본다.

"저는 마음에 드셨습니까?"

"글쎄, 어떨까."

얼버무리는 것처럼 웃음으로 대답하고서 더비는 장신을 돌렸다.

그가 향하는 곳에는 갈색 피부의 쌍둥이가 바닥에 주저앉아 있었다. 승객들 누구도 그들을 신경 쓰지 않았지만, 복면들이 전멸하자 아무래도 거북함을 느끼는 모양이다.

"저기, 잠깐만." 하고 더비가 말을 걸자 그들의 얼굴이 위를 향했다.

약간 야윈 것 같은 뺨에 파앙, 마른 소리가 울렸다.

왕복으로 다시 한번 파앙. 두 사람의 뺨을 때리고 더비는 심하게 눈썹을 찌푸린다.

"너희도 왜 이런 바보 같은 짓을 했는지 똑바로 설명해야 할 거야."

"……."

입술을 꽉 깨물고 다시 고개를 숙이는 루실과 라일라.

단장의 행동을 시야 끝에 두면서 쿠퍼도 마음속으로 의아해했다. 저 쌍둥이가 왜 쉬크잘 분가의 암살집단에 가담한 것인지는 확실히 마음에 걸리는 부분이다. 깁슨의 말대로 쉬크잘 공에게 개인적인 원한이라도 있었던 것일까, 아니면……?

그때였다. 파티 룸에 귀에 거슬리는 폭소가 울려 퍼졌다.

"아하하하하하!! 훌륭해! 마치 길거리 촌극 같은 대단원이군요, 여러분!"

무대에 큰 대 자로 쓰러진 깁슨 밸리였다. 부상 때문에 일어나지조차 못한 채 여봐란듯이 큰 소리를 지르며 승객들의 누그러진 분위기를 망친 것이다.

"하지만 이미 늦었습니다. 이 열차에 올라탄 시점에서 이미 순례의 결말은 정해진 거니까 말이죠, 살라샤 님!"

"……무슨 의미죠? 깁슨 씨."

"이 열차가 어디로 향하고 있다고 생각하시는지?"

수척한 몸의 남자는 거꾸로 질문해왔다. 네 아가씨는 얼굴을 서로 마주 본다.

누구의 대답도 기다리지 않고 깁슨은 크게 폐를 부풀리고 소리쳤다.

"살라샤 님이 인질을 택하고! 저희가 쓰러진 시점에서! 계획은 최종단계로 이행됐습니다. 이미 바깥에서 대기하고 있었던 동료가 움직이기 시작했을 터……! 안심하십시오, 여러분은 어디에도 도착하진 않습니다. 이 선로의 끝에는 폭탄이 장치되어 있거든요!!"

승객들이 크게 동요했다. 아무래도 이번에는 누구도 장난으로 받아들이지 못했다.

열차는 지금도 최고속도에 가까운 기세로 계속 달리는 중이다. 규칙적인 진동이 차내에 울린다.

"계획이 실패한 경우에도! 세르주 쉬크잘의 입장이 실추되게끔 설계되어 있단 말입니다! 놈은 그림자 무사와 여동생 그리고 죄 없는 일반 시민을 희생시킨 피투성이 왕으로 역사에 이름을 남기게 될 겁니다……. 후후후, 아하하하————허거억?!"

쿠퍼는 그의 명치를 힘껏 짓밟아 기절시켰다. 눈이 뒤집힌 깁슨을 일고도 하지 않고 바로 몸을 돌려 파티 룸을 뛰쳐나간다.

"선생님!"

"승객 여러분은 이곳에 있어 주십시오!"

날카로운 목소리로 일갈하고 1등 차량 통로로. 약간 늦게 금발의 제자가 뒤따라왔다.

무기를 집으러 갈 시간도 아깝다. 쿠퍼는 선두차량까지 바람처럼 통로를 달려나갔다. 연결부의 문을 열고 2등 차량, 3등 차량으로.

선두인 기관차량의 단단한 문이 보이고, 쿠퍼는 전혀 속도를 늦추지 않고 앞차기를 날렸다. 콰아앙! 무거운 울림이 거의 퍼지지 않고 벽에 고스란히 흡수된다.

문은 꿈쩍도 하지 않았다. 두꺼운 철제라곤 해도 마나 능력자의 공격력을 견디다니 심상치 않다. 쿠퍼는 즉시 다리를 벌리고 잔뜩 힘을 주어 핸들을 돌렸다. 문이 살짝 움직이는 것과 동시에 찌익 하고, 생생한 고깃소리가 고막에 들러붙었다.

겨우 뒤에 따라붙은 메리다가 무릎에 손을 대면서 물었다.

"서, 선생님…… 문이 안 열리는 건가요?"

"네. 무언가가 맞은편에서 문을 막고 있는 것 같습니다."

"무언가라니……."

"인간의 시체입니다. 아마도."

순간, 얼굴을 든 메리다는 할 말을 잃었다. 굳게 닫힌 철문으로부터 시체 썩는 냄새가 새어 나온다.

"이 상황이라면 열차를 운전하던 자들도 벌써 죽었을 겁니다. 처음부터 목숨을 쓰고 버릴 각오였던 모양이군요."

"세상에…… 그렇게까지 해서……."

"아가씨는 되돌아가십시오. 저는 지붕 위에서——."

말하면서 창틀에 발을 걸고 밖으로 몸을 내민 순간이었다. 갑자기 정면에서 날아온 총탄이 쿠퍼의 오른쪽 어깨를 관통했다.

"선생님!"

벽에 내동댕이쳐진 쿠퍼는 바로 메리다를 끌어안고 바닥에 엎드렸다. 직후, 잇따라 날아온 빗발치는 탄환이 창문과 통로를 마구 꿰뚫었다.

"서, 선생님! 부상을⋯⋯!!"

"방어했습니다. 문제없어요. 하지만 이대로는——."

강인한 마나로 자신과 메리다를 덮으면서 쿠퍼는 조그마한 틈으로 바깥 상황을 살폈다.

이전에도 본 비행 갑옷을 장비한 검은 박쥐들이 기관차량 주위를 날아다니면서 창 쪽으로 위협사격을 반복하고 있다. 무슨 일이 있어도 열차를 멈추지 못하게 하려는 요량이다. 숫자는 일곱 명. 강행돌파할 수 없는 건 아니지만 깁슨 일당의 순교정신을 보건대 놈들은 목숨을 건 자폭조차도 마다치 않을 것이다. 주행 중인 열차 바깥으로 튕겨 날아가기라도 한다면 그걸로 끝이다.

"크윽⋯⋯!!"

표적이고 뭐고 없이 탄환 숫자도 고려하지 않은 연속사격이 통로의 벽을 구멍투성이로 만들고, 심지어 잠시도 그치지 않는다. 완벽히 쿠퍼를 붙잡아두기 위해서 심혈을 기울이고 있다. 열차가 폭발할 때까지 버티면 이후는 어떻게 되든지 상관없다는 말인가.

——어떡하지?! 메리다를 안는 팔에 한층 더 힘을 넣으면서 쿠퍼는 망설였다. 메리다의 방어력으론 아직 암브로시아 탄환을 막을 수 없다. 하지만 이대로 손을 놓고 있을 수는———⋯⋯⋯.

직후였다. 창문 바깥에서 폭음이 울려 퍼지고 총격이 잠시 중

단됐다. 쿠퍼는 퍼뜩 얼굴을 들고 보았다. 검은 박쥐 하나가 불길에 싸여 추락하는 모습을.

이어서 두 명째, 세 명째. 검은 박쥐들의 비행 갑옷이 연달아 폭발하고 나선으로 몇천 미터 아래 지상까지 추락한다. 쿠퍼의 뛰어난 시각은, 허공을 나는 그들의 장비를 정확히 꿰뚫고 관통해 밤하늘의 저편까지 날아가는 탄환 줄기를 포착했다.

스승과 제자가 함께 어안이 벙벙해하고 있을 틈도 없이 통로의 차내 스피커가 노이즈를 일으켰다.

『……아……아……──, 듣고 있나, 방피르 군? 주파수는 맞을 텐데…… 유감스럽게도 이쪽에서는 확인할 수단이 없어서.』

"쉬크잘 공……?"

『여유가 있다면 바깥의, 두 개 정도 떨어진 위쪽 선로를 봐주게. 나는 거기 있어.』

쿠퍼의 팔 속에서 메리다도 쏘옥 얼굴을 위로 향하고, 동시에 목격했다.

이쪽 열차를 약간 상회한 속도로 짙은 녹색 열차가 나란히 달리고 있다. 쿠퍼는 그 창틀에 기댄 젊은 공작을, 그리고 메리다는 지붕 위에 찰싹 엎드린 자그만 그림자를 발견했다.

마치 이쪽의 상황을 천리안으로 보고 있기라도 한 것처럼, 공작의 웃음소리가 울려 퍼진다.

『자네는 그대로 공주님을 지키고 있게. 나머진 이쪽이 어떻게든 하지.』

말끝과 동시에 지붕 위의 인물이 볼트 핸들을 조작했다.

그것은 신장보다 더 큰 스나이퍼 라이플을 휴대한 한 소녀였다. 나이는 아마 메리다 또래일지도 모른다. 라이플에서 금색의 탄피가 배출되고, 소녀는 아무런 감정도 보이지 않는 허무한 눈동자로 스코프를 들여다보았다.

정확히 1초 후에 발포. 대포 같은 충격이 콰앙! 공기를 흔들었고, 음속으로 날아간 총탄은 검은 박쥐 하나를 가볍게 꿰뚫었다. 쇳조각과 피를 엄청나게 뿌리면서 또 한 명 나락으로 떨어진다.

핸들을 당기고 다음 탄환 장전. 발포. 장전. 발포—— 흐르는 물처럼 매끄러운 정밀저격으로 고속으로 날아다니는 검은 박쥐들을 손쉽게 격추한다. 수수께끼 소녀의 허무한 눈동자에서 한시도 눈을 떼지 못하고 메리다는 저도 모르게 중얼거렸다.

"굉장하다……."

『어떤가, 방피르 군. 내《파수견》이 참 대단하지?』

쉬크잘 공의 자랑스러운 목소리와 함께 마지막 일곱 명째가 허공에 폭염을 뿌린다. 쿠퍼는 즉시 일어나 창틀에 발을 올렸다.

"쉬크잘 공!! 진행 방향에——!"

『위험하니 앉아 있게. 걱정 마, 선로 끝에 무언가 묘한 것이 장치되어 있는 건 이쪽도 알고 있어.』

맹렬한 바람에 머리칼을 휘날리면서 지붕 위의 스나이퍼는 총구를 크게 움직였다. 나란히 달리는 차량의 진행방향 저 너머로 조준하고, 한쪽 눈을 감더니—— 발포.

엄숙하기까지 한 굉음과 함께 발사된 탄환은 열차 속도를 가볍게 상회하여 일직선으로 비상했다. 선로 교차점에 설치된 분기기를 몇 밀리 단위의 정확함으로 관통하자, 연동된 복수의 레일이 덜컹, 톱니바퀴처럼 길을 변화시킨다.

스피커를 통해 차내 전체에 쉬크잘 공의 미성이 울려 퍼졌다.

『크게 흔들립니다! 승객 여러분, 꽉 잡으세요!』

쉬크잘이 말하기도 전에 쿠퍼는 메리다의 머리를 끌어안고 벽 쪽에 엎드렸다. 그녀의 손이 씩씩하게 매달리는 동시에 무시무시한 충격이 측면에서 열차를 덮친다.

"꺄아악……!"

바퀴가 비명을 지르고, 무시무시한 불똥이 유리창 바깥쪽으로 튄다. 메리다의 가냘픈 전신을 안고 견디길 몇 초, 겨우 탈선을 버틴 열차가 안정을 되찾았다.

그리고 아무 일도 없었던 것처럼 몇백 미터 나아간 직후의 일이었다.

한 칸 옆, 눈 아래를 달리는 선로가 폭발했다.

밑바닥에서 맹렬한 폭염이 부풀어 오르고, 충격파가 금속 프레임을 산산조각 내 날려 버렸다. 잠깐의 시차를 두고 굉음과 맹렬한 바람이 쿠퍼 일행이 탄 열차로 밀려온다. 창틀이 드르르 떨렸지만 다행히도 유리가 깨지거나 하는 피해는 없었다.

"아와와와……! 크, 큰일 났다……."

그렇지만 아래쪽의 참상은 실로 엄청났다. 메리다는 유리창에 달라붙어 신음했다.

이 프란돌 주위에 무수히 설치된 고가선로 또한 성 프리데스

위데 여학원의 글래스몬드 팰리스나 비블리아 고트와 마찬가지로 고대에 건설된 귀중한 유산이다. 그런데 그 일부가 파이고, 말려 올라간 선로에서는 불길이 일고 있다. 역사적인 손실, 경제적인 타격이 얼마나 될지 생각하고 싶지도 않다.

그렇기는 해도 일반적인 시민들은 이 스펙터클한 대사건에 멋지게 나타난 히어로에게 완전히 푹 빠진 것 같았다. 파티 룸에서 뛰쳐나온 승객들이 창문 사이로 몸을 내밀며 엄청난 환호성을 질렀다. 맞은편 차량에 보이는 쉬크잘 공이 우아하게 손을 흔든다.

"세라 님~~~~!! 역시 세라 님도 멋져엉~~~~~~~~!!"

더비 마더의 새된 목소리는 기관차량까지 메아리가 칠 기세다. 승객들의 열광이 가라앉을 때까지 기다린 다음 쉬크잘 공은 입가에 무전기를 댔다.

『방피르 군, 살라샤 그리고 승객 여러분도. 아주 곤란한 일에 말려들게 해서 미안했네. 이대로 성왕구에서 합류하지. 그럼 이만.』

지직, 무선이 끊겼다. 문득 창 너머에서 강한 시선을 느끼고 메리다는 얼굴을 들었다.

"……저 애."

깨닫고 보니 저쪽 열차에 있는 스나이퍼가 지붕 위에 서서 꿰뚫는 듯한 눈길로 이쪽을 쳐다보고 있었다. 허무한 시선과 메리다의 시선이 뒤엉킨다.

불과 몇 초. 소녀는 슥 얼굴을 돌리고 차 안으로 모습을 감춰

버렸다.

쿠퍼 역시 안도해선지 한숨을 쉬고 메리다에게서 손을 뗀다.

"아가씨, 조금 강압적인 수단으로 문을 부술 테니 떨어져 있으십시오. ……아니, 파티 룸으로 돌아가셔도 괜찮을 겁니다. 세르주 쉬크잘 공이 와주신 덕에 전부 해결된 것 같습니다. 아아, 다행이네요."

"서, 선생님? 기분이 좀 안 좋아 보이는데……?"

"아뇨, 설마요. 그 자식, 막판에 나와서 어디 멋진 부분만 쏙 낚아채다니── 같은 생각은 조금도 안 하고 있어요. 아무렴, 그렇고말고요."

"선생님……."

안타까워하며 스커트를 쥐고 메리다는 천천히, 하지만 힘 있게 몸을 내밀었다.

"저, 저는 선생님 쪽이 더 많이 활약했다는 걸 알아요! 선생님의 멋진 모습을 가장 가까이에서 봐 왔으니까요!!"

"……고맙습니다."

연하의 제자에게 걱정을 끼친 것을 깨닫고 쿠퍼는 몹시 복잡한 표정으로 마나의 불길을 해방했다.

이리하여 파란을 실은 열차는 드높은 기적을 울리며 천상의 도읍을 향한다──.

프란돌 성왕구

랜턴의 정점에 빛나는 신비의 왕도

■ 교통 / Access
셀레스트텔레스 개문구(凱門區)에서만 직통편 있음

■ 안내 / Commentary
말하지 않아도 다 아는 도시국가의 심장부이자 국왕 폐하가 계시는 수도. 그 이상의 설명이 필요 없을 만큼 프란돌에서 가장 유명한 지역이라고 할 수 있을 것이다.

그렇지만 실제로 이 거리에 발을 들여놓을 수 있는 자는 틀림없이 그렇게 많지 않으리라. 만약 여행자가 이른 아침의 플랫폼에 내려섰다면 하얀 베일처럼 거리를 덮는 짙은 안개의 존재를 깨달을 것이다. 이것은 프란돌에서 가장 높은 곳에 위치하는 특성과 방대한 양의 넥타르의 배기가 맞물려 성왕구에서는 빈번하게 발생하는 현상으로 여겨진다.

가장 하늘에 가까운 도시를 덮는 환상적인 숨결을 앞에 두고, 이곳을 찾은 여행자는 이렇게 속삭이는 소리를 듣는다고 한다. '신비의 왕도에 오신 걸 환영합니다.'

가 볼 만한 곳
Tourist spot

성왕구의 랜드마크라 하면 시계탑을 빼놓고 이야기할 수 없으리라. 평의회 의사당을 겸하는 그 건물은 15분 간격으로 종을 울리고, 어두운 하늘을 배경으로 장엄한 조명을 쏘아 존재감을 자아내고 있다. 그야말로 《밤》의 침략에 저항하는 프란돌을 상징하는 모습이라고 할 수 있을 것이다. 특히 트윈스 미스트 다리에서 감상할 것을 추천하는데, 평생에 한 번은 봐두고 싶을 정도로 빼어난 절경을 자랑한다. ──여담이지만 이런 관광 가이드에서 왕도의 이름이 거론되는 일은 사실 없다. 《가 볼 만한 곳》으로서 소개하기에는 워낙 꺼려진다는 것이 그 가장 큰 이유일 것이다.

LESSON : Ⅶ ~긍지의 날개~

    프란돌의 성왕구는 잠들지 않는다──'이 거리에서 빛이 사라질 때는 프란돌이 멸망할 때다.' 이 국민적 미신이 형태를 이룬 것처럼, 성왕구는 25개의 캠벨 가운데 유일하게 《상야등(常夜燈)》이 유지되고 있다. 하층 지역들이 가로등을 줄이더라도 정점에 위치하는 성왕구만큼은 온종일, 일 년 내내 휘황찬란하게 넥타르를 태우고 또 태우는 것이다.

    곧 오후 6시가 되는 시간이지만 커튼을 척 걷으면 아침이나 점심과 똑같은 눈 부신 빛이 방 전체에 밀려온다. 이 거리에 눌러 살면 시간의 감각을 잃어버릴지도 모르겠다. 쿠퍼는 눈을 가늘게 뜨면서 실내를 돌아보았다.

    "역시 평소 입는 복장이 가장 마음이 진정되죠, 아가씨?"

    다소 비좁은 개인실에 우두커니 의자에 걸터앉은 주인님의 모습이 있었다. 테이블 위에는 쿠퍼가 한창 순례 중일 때 착용했었던 예복과 메리다가 입었던 메이드복이 개어져 있다. 현재 메리다는 귀족 영애다운 사복을 입었고, 팔을 뻗어 프릴 스커트 자락을 어루만진다.

    "하층 거주구에서 여기까지, 뭔가 엄청난 여행이었네요. 수

고하셨어요, 선생님."

"아가씨야말로. 모처럼의 여행을 방해하고 말아서 죄송합니다."

"방해라니요, 그렇지 않아요. 에이미네랑도 무사히 합류했고, 거기에——."

거듭 손사래를 치는 메리다의 뺨이 빠직빠직 소리가 날 정도로 들끓는다.

"……저, 선생님과의 봄방학 추억이 생겨서 좋았어요. 그리고 메이드가 되어서 선생님을 『주인님』이라고도 불러보고, 조금 꿈만 같았어요. 부, 부끄러운 일도 여러 가지 있었지만, 그것도 포함해서 아마 평생 잊지 못할 거예요……!"

"아가씨……."

솔직히 말하면 이쪽도 그녀를 메이드로 부리면서 일종의 쾌감을 느꼈다——는 것은 내세까지 비밀로 하기로 하고, 쿠퍼는 그럴싸하게 손가락을 세우며 말했다.

"그러면 못씁니다. 기사 공작 가문의 레이디 되는 분이 누군가를 섬기는 일을 좋다고 해서는. ……확실히 그 의상은 아주 잘 어울렸지만 그것과 이것은 다른 이야기라서."

"그렇다면, 가끔! 가끔 또 이렇게 메이드가 되어서 선생님을 『주인님~!』이라고 불러도 될까요?"

쿠퍼는 싱긋 웃고 곧바로 대답했다.

"안 됩니다."

"네에에에에~~?!"

"그런 꿍한 소리를 내도 안 되는 건 안 됩니다. 아, 역시 평소 입는 군복이 가장 마음 편하네요."

쿠퍼는 후련한 표정으로 군복 어깻죽지를 턴다. 세상에 대한 체면 이전에 메이드 스타일의 메리다는 이쪽의 상상을 뛰어넘을 정도로 엄청난 마성을 품기 때문에 가정교사로서의 이성을 지키기 위해서라도 방금 건은 결코 양보할 수 없었다.

퍼엉, 퍼엉. 창밖에서 폭죽의 음색이 울려 퍼졌다. 소리에 끌어 당겨진 것처럼 창에 바싹 붙은 메리다는 십자 창틀 사이로 바깥 광경을 바라보았다.

"저게 소문이 돌았던 《비공정》…… 프리마베라……!"

루비보다도 고상한 그녀의 눈동자에 상공에 정지한 신비의 《고래》가 비친다.

두 사람은 왕성 부지 안에 세워진 수도원의 한 방에 있었다. 엘리제와 뮬에 살라샤 그리고 에이미를 비롯해 사건에 말려든 저택의 메이드 일동도 대관식에 초대받아 현재 다른 방에 있다. 하지만 그녀들도, 어쩌면 성왕구에 북적대는 몇만의 사람들도 지금은 쿠퍼나 메리다와 똑같은 광경을 올려다보고 있을지도 모른다.

그것은 왕성 안뜰에 로프로 계류된, 전장이 2백에서 3백 미터 되는 거대한 배였다. 미사일처럼 생긴 원뿔의 물체에 끊임없이 증기를 토해내는 선체가 매달려 있다. 세상 신기한 물건을 시야에 비추면서, 메리다는 옆에다 질문했다.

"선생님. 어떻게 해서 저렇게 무거워 보이는 게 하늘에 떠 있을 수 있는 건가요?”

“저도 궁금해서 조사해봤습니다. 비공정의 원리는 단순히 말하면—— 풍선입니다.”

“풍선?”

쿠퍼는 메리다의 바로 뒤에서 왼쪽 어깨에 손을 대고 오른팔로 상공을 가리켰다. 소녀는 그의 온기에 살짝 빠져들면서도 등골을 흔드는 테너 보이스에 귀를 기울인다.

“배가 매달려 있는 저 원뿔은 기구입니다. 즉 저 안에 공기보다 가벼운 가스가 잔뜩 차 있고, 그 부력으로 배를 들어 올린 겁니다.”

“저, 저렇게 커다란 걸요? 풍선과 같은 구조로…… 말이에요?!”

“저도 쉬이 믿을 수 없었습니다……. 이 세상에는 아직 우리가 모르는 신비가 넘칠 만큼 많네요.”

“후아아…….”

얼빠진 목소리를 반쯤 벌린 입술에서 흘리며 메리다는 멍하니 하늘을 올려다본다.

제자의 모습을 흐뭇하게 내려다보고서 쿠퍼는 다시 하늘의 고래를 쳐다봤다.

“아가씨, 배가 끊임없이 증기를 내뿜는 게 보이십니까? 부력을 가스로부터 얻고 있다고 하면, 추진력을 제어하는 것은 암브로시아 록인 것 같습니다.”

“네에?! 그런데 암브로시아는, 분명…….”

"네, 여러 이유 탓에 금기로 지정된 기술입니다. 하지만 이것도 귀를 의심할 만한 정보입니다만…… 저 배에 탑재된 것은 암브로시아 최대의 결점인 나쁜 연비를 극복한 《영구기관》이라고 하는군요."

교본 어느 부분을 읽어도 실려 있지 않은 단어에 메리다는 심하게 고개를 갸웃거렸다.

"영구기관……?!"

"예를 들면 양초에 불을 붙이면 빛을 제공해 주는 대신 심지가 거듭 짧아져 가겠죠. 몇 시간, 며칠 빛이 필요하다 싶으면 다 쓴 것은 버리고 새 양초와 교환할 수밖에 없습니다……. 그런데 저 영구기관이라는 것은 한 번 동력을 작동시키면 썩지 않고 영원히 계속 움직이게 할 수 있다는 꿈의 물건입니다."

어렴풋하지만 말뜻을 이해한 열세 살의 가냘픈 전신에 오싹 전율이 인다.

"요, 요컨대 그 말은……!"

"네. 저 배를 움직이기 위해선 암브로시아 결정이 하나만 있으면 족하다. 프란돌의 수명을 최소한으로 깎아도 영구히 하늘을 날아다닐 수 있다는 뜻입니다."

"대체 어떻게 만들어졌기에 그런 건가요, 영구기관은!"

"그건——."

잠시 입을 다물고 쿠퍼는 거짓 없이 대답했다.

"그것만은 온갖 방법을 동원해서도 조사할 수 없었습니다. 쉬크잘 가문의 최고 기밀인 모양이더군요. 원래 이런 기술연구의 최첨단은 라 모르 가문의 독무대입니다만, 영구기관만큼은 블랙박스라 손댈 방법이 없다며 여공작께서 특히 토라져 계신다고 합니다."

"그런가요⋯⋯."

마르지 않는 흥미를 보이며 메리다는 멍하니 하늘의 고래를 쳐다본다. 어깨에 놓인 손에 자신의 오른손을 대고, 쿠퍼도 그에 응하듯 그녀와 손을 맞잡는다.

암브로시아 록의 해금에 관해선 평의회에서도 여러 차례 논의가 이뤄진 모양이다. 쿠퍼가 소속된 백야 기병단에도 조사임무가 하달됐다는 기록이 있다. 그런데 최고봉의 정보망을 구사하는 자신들이 진상을 파헤치지 못했다는 것은 쉬크잘 가문 기술 연구소의 철벽이 보통이 아니라는 뜻이다. 몇 갠가 보고서에 미심쩍은 내용이 있었던 것은 차치하고⋯⋯ 결국은 '사용 가능한 암브로시아 결정은 하나뿐'이라는 조건으로 비공정의 연구개발은 승인되었고, 그 젊은 기사 공작은 멋지게 그것을 완수했다고 한다.

콩콩, 노크 소리가 울리고 바로 그 청년의 목소리가 문 바깥에서 들려왔다.

『방피르 군, 그리고 메리다 엔젤 양. 들어가도 될까?』

"왕작님?!"

메리다가 부끄러워하며 몸을 떼고, 쿠퍼는 표정을 삭 지우고 문을 열었다.

수도원 복도에 서 있는, 한결 휘황찬란한 의상을 몸에 걸친 세르주 쉬크잘 공. 어느새 대관식 개최가 머지않다. 이 순백과 황금을 기조로 한 예복을 입고서 그는 몇만의 국민이 지켜보는 왕성의 발코니에 서리라.

위압감을 느끼게 하지 않는 경쾌한 목소리로 쉬크잘 공은 두 사람에게 미소를 지어 보였다.

"어수선해서 미안하군. 정식으론 감사와 사죄를 전하러 왔어. 메리다 양, 이번에 쉬크잘 가문 내란에 말려들게 해서 정말로 면목이 없어. 그리고 동생을 뒷받침해줘서 고마워. 성왕구까지 무사히 도착할 수 있었던 건 네 덕이라고 살라샤가 가르쳐 줬어."

"아, 아닙니다. 저는 그렇게 대단한 일은……!"

"너는 네 스스로 느끼는 것 이상으로 커다란 영향력을 지니고 있다는 거겠지."

쉬크잘 공의 길게 째진 눈동자가 살짝 빛을 발한 듯한 기분이 들었다. 문 옆에 대기 중인 쿠퍼가 힐끔, 빈틈없는 곁눈질을 그에게 보낸다.

젊은 공작은 분위기를 확 바꾸고 쾌활하게 웃었다.

"실은 말이지, 메리다 양. 이곳에는 감사와 사죄와 그리고 어떤 부탁이 있어서 온 건데."

"부탁? 이요?"

"살라샤와 함께 대관식 세리머니에 나와줄 수 없을까. 어때?"

메리다가 눈을 동그랗게 뜬다. 바로 말이 나오지 않는 그녀에게 세르주는 가볍게 덧붙였다.

"그렇게 딱딱하게 생각하지 않아도 돼. 갑작스러운 이야기기도 하고. 스피치라든가 노래를 시키려는 건 아니고, 잠깐만 민중 앞에 나와줄 수 있으면 되거든? 단 짧은 춤을 선보이게 될 테니 안무는 연습해야겠지만……."

"그걸 살라샤 양과……?"

"살라샤와 뮬 그리고 엘리제 양으로부터는 너와 똑같은 대답을 하겠다는 대답을 받았어. 안 될까? 아무쪼록 너희 네 명이 대관식을 장식해 주면 좋겠는데."

"저, 저는——."

대답을 바라는 것 같은, 소녀의 의지하는 시선이 문 옆을 향한다. 종자답게 그림자처럼 대기하고 있었던 쿠퍼는 왕작에게 비견되는 강한 의지를 품은 눈길로 얼굴을 들었다.

보아하니 쉬크잘 공에게 다른 뜻은 없다. 순수하게, 공작 가문의 네 아가씨가 함께 있는 이 시기에 기적 같은 세리머니를 연출하고 싶은 것이리라. 3년에 한 번 있는 일대 이벤트다. 그녀들에게도 틀림없이 귀중한 추억이 될 것이다.

쿠퍼는 투명한 시선을 주인에게 주고, 다물고 있었던 입술을 살짝 움직였다.

"괜찮지 않습니까. 아가씨들 넷이 한데 모여 얼굴을 보여 주신다면 모인 관객들도 분명 무척 기뻐해 줄 겁니다."

"그, 그런가. 그럼 조금 긴장되지만…… 받아들이겠습니다, 왕작님."

"고마워. 그럼 갑작스럽게 미안하지만 다른 애들과 합류하고 지시에 따라줄 수 있을까? 대관식까지 별로 시간이 없어서."

발길을 돌리던 왕작은 문 옆에 대기하는 청년에게 초연한 눈길을 보낸다.

"자네는 대관식 동안 유격기사로서 왕성의 경비를 봐 주게. ──포박한 범행 그룹 속에 《그녀》의 모습이 보이지 않았거든. 만일을 위해서, 알겠지?"

"분부대로 하겠습니다, 각하."

쿠퍼가 자기 이외의 사람을 받드는 모습을 직접 본 메리다의 자그마한 가슴에, 뭐라 말할 수 없는 아지랑이가 자욱이 꼈다. 상대가 이 나라의 차기 국왕이라는 사실도 잊고서 냉큼 가정교사의 팔을 잡고 소유권을 주장하고 싶은 충동에 사로잡힌다.

"선생님……?"

평소엔 제자의 어떤 자잘한 부름에도 응해 주는 청년은, 지금은 말없이 단정한 눈길을 내리깔고 있다. 다시금 자신이 모르는 그의 얼굴을 마주한 기분이 들어서, 메리다는 도저히 그 이상 말을 이어갈 수 없었다.

† † †

아래에서 올려다보는 풍경은 압권이겠지만 위에서 내려다보는 경치 역시 각별하다고 에이미는 생각했다.

왕성 옥상 테라스에 설치된 특별우등 손님들을 위한 관람석. 그룹마다 여러 테이블로 나뉘어 있고, 간단한 칸막이가 각각의 프라이버시를 지켜준다. 커튼 건너편에서 격식이 높아 보이는 이야기 소리가 들려와 평민 출신인 그녀는 무심코 어깨를 움츠리고 말았다. 이 자리에 어울리지 않는다는 느낌을 갖지 않을 수가 없다.

그나마 위안이라면 같은 입장의 친숙한 사람들이 세 명, 같은 테이블에서 홀짝홀짝 유리잔에 입술을 대고 있는 것이리라. 메리다의 저택에서 일하는 에이미의 부하 메이드 세 명이다.

"새삼스럽지만 꿈이 아닐까 하는 생각이 들기 시작했어요."

니체가 고양이처럼 파르르 떨면서 중얼거렸다. 마일라는 난간에서 몸을 내밀고 새삼 눈 아래를 내려다보며 "우와아~!" 하고 입을 열었다.

"경치 좋다……. 프란돌에 사람이 이렇게 많았단 말이지──."

볼 때마다 현기증이 나지만 에이미도 무심코 얼굴을 돌리지 않을 수 없었다.

세는 것이 아찔해질 만큼 차원이 다른 밀도로 빽빽이 운집한 민중들이 보인다. 왕성 안뜰, 성문 앞, 성왕구의 큰길 그리고 지붕 위에 이르기까지 몇만이나 되는 사람들이 조금이라도 가까이에서 왕작의 대관을 지켜보고자 밀치락달치락하고 있다.

살색의 큰 파도에 멀미가 날 것 같아서 에이미는 곧바로 의자에 허리를 내렸다.

"……저것도 정말 일부야. 보러 오지 못한 사람이 몇 배는 될 테니까."

"이야~ 우리는 정말 운이 좋았구나! 아, 한잔 더 주실래요~?"

그레이스는 신경이 뻔뻔한 건지 아니면 깊이 생각하지 않는 건지, 태평하게 유리잔을 비우고 급사를 부른다. 바로 부름에 응한 연미복 차림의 남성이 레몬옐로우 색 액체를 가득 채운 유리잔을 소리 내지 않고 테이블에 놓는다.

그 기품 있는 동작에 무심코 동료인 쿠퍼를 떠올려 버렸지만, 당연히 시중을 들어준 사람은 그 가정교사와는 전혀 닮지 않은 단발 청년이었다.

"곧 궁정극단의 무대가 열립니다. 기대해 주시길."

척 보기에도 평민이긴 하지만 특별우등 티켓을 가진 에이미 일행을 그는 흔쾌히 환영해 주었다. 마일라는 이목구비가 뚜렷한 급사의 얼굴을 올려다보았다.

"무대라니, 뭘 공연하는데요? 이것도 여흥인가?"

"왕작님이 순례하신 모습을 여행에 동행한 극단 사람들이 연극으로 만든 겁니다. 그 첫 번째 공연이 지금부터 열리고, 이어서 대관식 세리머니가. 그런 다음 드디어 현 여왕 폐하와 차기 국왕 폐하가 행차하시고, 왕위를 교대하는 순으로 진행됩니다."

바로 그 직후의 일이었다. 왕성 안뜰의 조명이 천천히 줄어들었다. 발코니만 민중의 시야에 희미하게 떠올라, 몇만의 사람들이 자연스레 입을 쓱 다문다.

급사 청년이 말없이 물러가고, 네 사람의 시선도 눈 아래로 집중된다.

무대에 배우 몇 명이 나타났다.

줄거리는 이랬다. 왕작으로 분장한 용감한 배우가 여행의 목적을 이야기하고, 그의 결의에 몇 명의 기사가 공명한다. 그들은 《토레로니 부대》라는 호위단을 결성하고 왕작의 순례를 끝까지 지켜볼 것을 맹세했다. 왕작과 몇 명의 기사들은 대열을 짜고 무대 아래쪽으로 사라진다.

"어라? 다른 공작 가문 아가씨나 메리다 님, 엘리제 님은 안 나오나?"

카디널스 학교구에서 왕작 일행을 목격했었던 마일라들은 고개를 갸우뚱거렸다. 니체가 유리잔의 빨대에 입을 대면서 사견을 말한다.

"아마 연출 의도 때문이 아닐까요."

"연출……?"

"쉬크잘 공은 여성에게 인기가 어마어마하게 많으니까 팬에 대한 배려나…… 그, 여러 가지로."

"아──……."

끝까지 말을 시키지 않고 마일라는 고개를 돌린다. 듣고 보니 호위단 토레로니 부대의 배우는 폭넓은 연령층의 남성만으로 구성되어 있었다.

그리하여 성왕구를 떠난 왕작과 토레로니 부대는 네 개의 성석을 찾아 하층 거주구의 마을들을 순회했다. 한 광산도시에서는 갱도에 란칸스로프가 살고 있다는 사실을 알아내고서 마을 사람의 제지도 뿌리치고 토벌에 나선다. 무대 위의 왕작이 와이어에 매달려 허공을 날아 바실리스크 하나를 물리친 장면에서는 객석으로부터 성대한 박수가 들끓었다.

"이거, 배우도 쿠퍼 씨한테 부탁하는 편이 좋지 않았을까."

종이를 붙여 만든 거대한 도마뱀 소품과, 빈말이라도 박력이 있다고 할 수 없는 전투장면을 내려다보며 그레이스가 하품을 억지로 참는다. 에이미가 그런 그녀의 무릎을 찰싹 때렸다.

그리고 이것저것 하는 와중에 연극은 종반을 맞이했다. 놀랍게도 여기서 갑자기 관객의 간을 떨어뜨리는 사고가 발생했다. 성왕구로 귀환하는 열차가 《누군가》에게 점거되어 왕작이 유례없는 궁지에 빠진 것이다. 정말로 급전개되는 클라이맥스였다.

열차를 습격한 자들은 《나락에서 기어 나온 악마》라고 설명됐다. 느닷없이 튀어나온 엉뚱한 설정에 동료 전원이 니체를 돌아본다.

"저건 또 무슨 연출의도니……?"

"저, 저한테 물어봐도 몰라요."

각본을 쓴 사람에게 물어보세요, 라고 투덜거리긴 했지만 아무튼 핀치는 핀치다. 다른 승객을 인질로 잡히고, 토레로니 부대는 한 명 또 한 명 상처를 입고 쓰러진다. 마지막까지 버티고 있었던 왕작도 악마들에게 모진 고문을 당하고 어쩔 도리 없이 무릎을 푹 굽힌다. 너무나도 무도한 처사에 관객들로부터는 비명이 나왔다.

세상에, 왕작도 여기까진가! 모두 그렇게 생각하고, 악마들이 하늘 높은 줄 모르고 의기양양 댄 그때. 반짝, 별처럼 빛나는 무언가가 하늘 저편에서── 무대 측면에서 왕작 앞으로 날아왔다.

그것은 한 자루의 검이었는데, 상당한 예산을 들인 티가 나는, 진짜인가 싶을 정도로 예리한 명검의 빛을 발했다. 이어서 무대의 조명이 약해지고, 위쪽에서 연달아 새로운 배우가 쏟아졌다. 스포트라이트가 그녀들의 발걸음을 뒤쫓는다.

전원이 밤색 머리카락을 가진 네 명의 소녀였다. 극단의 소박한 아역으로, 순백색 옷을 입고 신성함을 연출하면서 악마들을 위협하듯이 무대 중앙에서 춤을 춘다.

소녀들은 손바닥에 각각 파랑, 빨강, 검정, 초록의 네 가지 빛깔 성석을 들고 있었다. 그것이 차례차례 왕작에게 던져진다. 성석을 받은 용감한 왕작은 하늘의 계시라도 얻은 것같이 손에 든 명검에 보석을 끼워 넣는다. 네 개의 돌을 전부 다 끼운 순간 번쩍! 눈부신 빛이 칼몸으로부터 방출되었다. 특별우등석에서 마일라가 턱에 손가락을 댄다.

"저건 어떤 구조로 되어 있는 거지—?"

"저기 좀 봐, 아까부터 인질이 방치되어 있어."

말을 건 그레이스의 입을 에이미는 아무 말도 하지 않고 살며시 막는다.

네 명의 소녀들은 《여왕 폐하가 보낸 천사》로서 사전에 예고되었었다. 과연, 그것을 위한 전제로서 《악마》의 설정이 필요했던 셈이다. 성검을 얻은 왕작은 활력이 솟아나, 일어서서 비열한 악마들을 퍽퍽 베어 넘기기 시작했다. 그레이스가 신경 쓴 대로 인질이 와— 와— 꺄아— 꺄아— 하고 우왕좌왕하기만 하는 단역으로 전락했지만, 고조될 대로 고조된 관객들은 누구 하나 개의치 않았다.

왕작이 마지막으로 부웅, 크게 성검을 휘두르고—— 갑자기

막이 내려졌다.

새카매진 왕성. 운집한 몇만의 민중이 물결처럼 고요해진다.

이윽고 불쑥 불빛이 켜지고, 발코니를 밑에서부터 희미하게 비추어 올렸다.

그곳에는 어느 틈엔가 네 명의 자그만 사람이 우두커니 서 있었다.

그들을 올려다본 사람들은, 순간 그곳이 현실인지 꿈인지도 잊고서 이렇게들 중얼거렸다.

"진짜 천사……?"

네 개의 스포트라이트가 비춘 것은 금색에 백은, 흑수정에 복숭앗빛 머리카락을 가진 4인 4색의 더없이 아름다운 소녀들이었다. 무대용의 그것과는 또 다른, 의심의 여지 없이 천상을 상기시키는 직물을 입은 그들은 한 차례 시선을 교환한 직후 춤추기 시작했다.

금발이 뛴다. 흑수정이 춤춘다. 백은이 어둠에 선을 긋고, 한 발자국 무대 앞으로 나온 벚꽃은 노래하기 시작했다. 가사는 극히 짧은데, 오빠의 왕도에 행복 있으라 하고 민중에게 호소하는 내용이었다.

"기사 공작 가문의 소녀들이다……."

관객 중 누군가가 알아챘다. 바로 파문은 확대되어 성왕구에 모인 사람들에게 흥분이 전파된다. 누군가가 휘파람을 불었다. 환호성을 질렀다. 모두 팔을 치켜들고 열광이 하늘을 가득 메운다. 노래를 마친 살라샤는 흐르듯이 몸을 돌렸다. 드레스 자락을 휘날리고, 친구의 손을 잡았다.

뮬은 싱긋 웃으며 그녀를 무대 안쪽으로 이끈 다음 백은의 천사에게 손을 맡겼다. 엘리제는 살라샤의 시종을 연기하여 그녀를 돋보이게 하고, 마지막 한 명에게 손을 건넨다. 그리고 메리다는 양손을 잡은 다음 살라샤와 한 파트만 페어 댄스를 췄다. 관객들의 성원이 폭발적으로 부풀어 오른다.

특별관람석에서도 덜커덩! 성대한 의자 소리가 울렸다.

"아가씨이이~~!! 최고예요오오~~~~~~!!"

"에이미, 위험해!"

"메리다 님만 나오면 이래 되는 건 여전하군요…….."

난간 밖으로 뛰쳐나갈 것만 같은 메이드장을 부하 두 명이 한숨을 쉬며 만류한다. 발코니를 내려다보고 있었던 그레이스가 "앗." 하고 소리를 질렀다.

"아가씨들, 가 버렸는데? 이제 더 안 나오나? 끝?"

춤을 선보였던 네 명의 천사들이 아래쪽으로 사라진다. 시간으로 보면 메리다들의 출연은 1분도 안 되었으리라. 관객들 사이에서도 영 부족하다는 듯한 아쉬움이 나온다.

누구도 알 길이 없겠지만 갑작스러운 의뢰였던 만큼 이 정도 퍼포먼스가 최대였다.

† † †

"엄청 긴장했어어~~~~!"

발코니 안으로 퇴장한 메리다는 관객의 시선이 차단되자마자 성대하게 가슴을 쓸어내렸다. 뒤따르는 스포트라이트로부터 도망쳐온 엘리제와, 걸음 속도도 줄이지 않고 서로 얼싸안는다. 맞닿는 가슴은 쿵쾅쿵쾅 고동치고, 둘 다 땀에 흠뻑 젖어 있었다.

"저렇게 많은 사람 앞에 나선 건 처음이야……."

"나도 그래! 분명 저 사람들, 내가 《무능영애》인 것도 눈치 못 채지 않았을까?"

"그런 사실도 잊어버릴 만큼 메리다가 매력적이었던 거야."

마찬가지로 이마에 땀이 맺힌 뮬이 그럼에도 여유 있는 표정으로 뺨을 가까이 붙여 왔다.

"오늘은 경사스러운 날이니까, 그런 분위기 파악 못하는 사람은 없지 않을까?"

그녀는 친구에게 힐끔 눈짓했다. 살라샤는 조용히 발코니를 쳐다본다.

몇만의 시선이 올려다보는 높은 단상에, 호화로운 옷차림을 한 두 인물이 모습을 드러냈다. 민중이 슬슬 "오오……." 하고 크게 술렁거린다. 왕위 교대의 역사적 순간이 임박한 것이다.

왕관을 쓴 한쪽은 현 왕작 알메디아 라 모르. 가지런히 자른 반 지르르한 흑발을 무릎까지 기른, 마치 요정의 여왕 같은 관록을 발하는 묘령의 여성이다. 그 상식을 벗어난 신비성은 확실히 그녀의 사랑스러운 딸 뮬에게도 계승되어 있었다.

그리고 여왕 앞에 무릎을 꿇고 여성들의 뜨거운 시선을 끌어

당겨 마지않는 자가 바로 차기 왕작 세르주 쉬크잘. 이채로운 분위기를 발하는 알메디아 여왕은 그를 내려다보듯이 마주하고서 검 한 자루를 민중에게도 보이도록 높이 들어 보였다.

쉬크잘 공이 그의 여로 중에 입수한 성검이다. 어디의 대장장이 장인이 만든 것일까. 선혈보다도 꽃잎이, 칼과 창 소리보다도 나팔 음색이 어울리는 그 명검은 예술의 신이 만든 것이라고 해도 과언이 아닐 것이다.

검에는 네 개의 홈이 있고, 네 가지 색의 성석이 하나씩 박혀 있었다. 설령 왕성의 빛이 줄어들지라도 그 검 한 자루로 몇만의 사람들을 눈이 부실 만큼 비출 수 있다. 네 가지 색채가 어우러져 순백이 된 빛을 알메디아 여왕은 차기 왕작의 머리 위에 들어 보였다.

"이 검으로 하여 그대에게 '등불의 왕도'의 왕이 될 자격을 주겠노라."

세르주의 오른쪽 어깨에 칼끝이 닿고, 흡사 바람을 타고 메아리치는 듯한 신비한 음색이 성왕구 구석구석까지 나아간다.

"그대, 등화의 빛을 지키고, 만인의 두려움을 물리치기 위해 이 검을 휘두를 것을 맹세하는가?"

"예."

머리 위를 지나고 이어서 칼끝을 왼쪽 어깨로.

"왕으로서 믿는 도리를 관철하고, 나라를 위해서 힘을 다할 것을 맹세하는가?"

"예."

민중 사이에 떠들썩한 환호성이 퍼졌다. 지금 이 순간, 세르주 쉬크잘은 프란돌의 왕이 될 자격을 손에 넣은 것이다. 그의 첫 대관 그리고 사상 최연소가 될 국왕의 탄생에 몇만의 시선이 고정된다.

성검이 세르주에게 건네지고, 그는 무릎을 펴고 일어섰다. 알메디아 공의 키가 워낙 커서 눈높이는 별반 다르지 않다. 자신의 왕관을 쥐고 여공작은 조금 불만스럽게 눈썹을 찌푸렸다. 두 왕끼리만 들을 수 있는, 은밀한 목소리가 오간다.

"설마 이렇게 빨리 네놈에게 이걸 씌울 날이 올 줄이야. …… 젠롱과 디리터는 어떻게 됐지."

"……아버지와 어머니는 아직 악전고투하고 계신 것 같습니다."

"흥."

여공작은 시시하다는 듯이 코웃음을 치고서 본래의 책무로 돌아왔다. 선왕으로서의 위엄을 망토처럼 걸치면서 손가락 끝으로 떠받친 왕관을 엄숙히 들어 올려 보인다. 세르주가 살짝 상체를 구부렸다. 봄빛 머리카락에 왕의 증표가 서서히 다가온다.

민중 모두 숨을 죽이고 그 순간을 지켜보고 있었다.

여공작의 손가락이 더욱 내려와 왕관 끝이 세르주의 머리카락에 닿을 뻔한── 정말로 그 직전의 일이었다.

싹둑. 무언가가 끊어지는 듯한 이음(異音)이 울리고, 이어서 공기가 갈라지는 소리가.

한 박자 늦게 비명. 동시에 안뜰 한 모퉁이에서 흙덩이가 후두둑 튀었다. 어둠 때문에 상황을 파악하기 어려운 민중들이 순식간에 패닉에 빠진다. "뭐야?" "무슨 일이 일어난 거야?!" "그만, 밀지 마세요!" 산발적인 고함이 발코니에까지 닿는다.

"다친 사람이 있어!!"

그 목소리가 방아쇠가 되어, 단숨에 술렁이는 소리가 퍼졌다. 이미 왕의 탄생을 지켜볼 때가 아니다. 알메디아 공은 일단 왕관을 되돌리고 고운 미성을 질렀다.

"불을 켜! 다들, 진정하라!"

곧바로 왕성에 눈 부신 빛이 돌아왔다. 안뜰에 몰려든 사람들은 주위를 둘러봤고, 그리고 몇 명은 목격했다. 피를 흘리며 쓰러진 남성, 지면 위에 꿈틀거리는 장대한 로프, 그리고 일직선으로 깊숙이 도려진 지면의 참상을——.

누군가가 상공을 쳐다보고 깜짝 놀라 눈을 뒤집었다.

"하, 하늘의 고래가 날뛰고 있다!!"

사람들이 반사적으로 일제히 하늘을 올려다봤다. 그 말은 기묘했으나 실제로 요점을 찔렀다. 왕성에 계류되어 있었던 비공정이 균형을 잃어버린 것이다.

계류용 로프 하나가 끊어져서, 두껍고 튼튼한 로프가 채찍처럼 지면을 때렸다. 연달아 또 하나가 끊어졌다. 휘이잉, 공기가 신음하고 희미하게 보이는 참선(斬線)이 민중의 한복판을 노린다. 알메디아 공은 놀라운 반응속도로 팔을 휘둘러 손가락 끝에서 마나의 불길을 방출했다.

장막처럼 안뜰을 덮은 불길이 날아온 채찍과 파지직!! 충돌했다. 번갯불과도 같은 순간적인 번쩍임이 머리 위를 빠져나가 민중들에게 더욱 공포가 번진다. 계류용 로프는 차례차례 찢어져 몇 개는 성벽을 도려내고, 몇 개는 안뜰을 강습했다. 지휘자처럼 손가락을 놀려 마나의 불길을 조종하면서 알메디아 공은 옆에다 물었다.

"이봐, 젊은 용. 저 기괴한 배는 어떻게 된 거지?"

"모르겠습니다. 함교에 있는 자들이 이상을 깨닫지 못했을 리는 없을 텐데……."

계류용 로프는 어느새 한 손으로 세도 충분할 정도가 되었고, 3백 미터짜리 고래의 선미가 하늘로 죽 솟아올랐다. 밑에서 올려다보고 있어도 장렬하니 선내는 대참사가 났을 것이다. 쉬크잘 공은 즉시 팔을 흔들어서 대기 중인 정비사들에게 소리를 질렀다.

"기구의 가스를 빼! 부력이 너무 커——."

말을 마치기 직전. 다섯 개 남았던 계류용 로프가 일제히 사방으로 튀었다. 흐트러진 참선이 민중을 덮쳐, 알메디아 공은 즉시 양팔을 내밀었다. 엄청난 불길이 퍼지고, 이어서 귀청을 찢는 듯한 우렛소리가 안뜰을 가로질렀다.

"프리마베라가……."

사람들이 아연실색하며 쳐다보는 저 끝에서, 쐐기가 빠지고 해방된 고래가 하늘로 오르기 시작했다. 주인을 남겨두고 어디로 향하려는 것인가. 마치 불길한 상징처럼 검은 그림자가 상공을 덮는다.

바로 그때였다. 천사의 비명이 들린 것은.

"살라샤 양?!"

그 목소리에 세르주가 깜짝 놀라 뒤돌아본다. 그와 동시였다. 발코니로 뛰쳐나온 그림자가 맹렬한 증기를 내뿜으면서 상공으로 날아올랐다. 무시무시한 비상력으로 민중의 시선을 거느리면서 하늘의 고래를 뒤쫓는다.

그 팔에 낯익은 복숭앗빛 머리색을 확인한 순간, 세르주의 등골을 전율이 가로질렀다.

"살라샤!!"

이성을 잃고 뛰쳐나간 세르주는 성검을 든 채 난간을 세게 걸어찼다. 탁월한 《드라군》의 비상기능으로 도약력을 몇 배 이상 강화. 우우웅, 사람들의 귓가에 바람 소리를 전파하면서 하나의 화살이 된 세르주는 천상을 향해 쏘아졌다.

드라군으로서 쌓아온 숙련도의 힘인지 혹은 여동생을 생각하는 마음이 폭발력이 된 것인지, 세르주의 상승속도는 엄청나서 가까스로 비공정 선미를 붙잡는 데 성공했다. 비공정 바닥에 손바닥을 올리고, 진자의 원리를 이용해 재차 날아오른다. 몇 차례 도약을 반복하고 왕의 의상을 휘날리면서 갑판에 착지.

《적》은 이것을 예측하였던 모양이다. 조금 떨어진 위치에서 준비를 갖춘 채 왕작의 도착을 기다리고 있었다. 천사의 옷을 입은 벚꽃색 소녀를 뒤에서 꼼짝 못하게 붙잡고, 목덜미에 기계창 끄트머리를 대고 있다. 살라샤의 얼굴은 새파랬고, 떨리는 음성으로 소리쳤다.

"오빠……!"

세르주는 힐끔 배 바깥을 내려다보았다. 어느새 성왕구로부터의 고도는 백 미터를 넘었다. 드라군조차 이리로 뒤따라오는 건 불가능하리라. 더구나 기구는 여전히 부상을 계속하고 있다. 도시를 감싸는 랜턴에 격돌하기까지 유예는 그리 많지 않다——.

왼손에 성검을 꽉 쥐고 분위기를 확 바꿔 세르주는 경쾌하게 일어섰다.

"열차 습격 실행범 중에 모습이 보이지 않아서 혹시나 했는데…… 설마 이렇게까지 안면 몰수하고 나올 줄은 몰랐다, 쿠샤나."

살라샤를 붙잡고 있는 사람은 보디라인에 딱 붙는 전투복을 입은 장신의 여성이었다. 여느 때와 같이 몸에 걸친 비행 갑옷과 기계창이 불길하게 빛을 반사한다.

자신의 이름을 불리자 그녀는 깨끗이 고글을 벗어 던졌다. 남자 이상으로 씩씩하고 늠름한 용모와 등까지 물결치는 화려한 라즈베리 블론드가 드러난다. 섬세한 손바닥에서 고글이 바람에 쓸려가고, 낯익은 그 육감적인 입술에 살라샤는 비통한 목소리를 냈다.

"쿠샤나 언니……!!"

"깁슨 군과 그 부하들에게도 타일렀지만, 너희 분가의 인간은 좀 더 인명을 소중히 하는 편이 좋아. ……프리마베라 함교원에게 무슨 짓을 한 거지? 너희의 암살계획 때문에 상관없는 사람들이 많이 희생됐어. 하지만 나는 이처럼 아주 팔팔해."

"닥쳐. 이번에야말로 그 얼빠진 면상을 꼬챙이에 꿰어 주마."

날 선 목소리로 되받아치고 암살집단 최후의 한 명——쉬크잘 분가의 상속녀 쿠샤나 쉬크잘은 본가의 아가씨를 여봐란듯이 꽉 붙잡았다.

"무기를 버려. 물론 그딴 잡동사니로 내 애마와 싸울 수 있을 것 같지는 않지만."

"…………."

세르주는 힐끔 손을 내려다보고 거울인 양 칼몸에 자기 얼굴을 비췄다. 네 개의 성석에 담긴 무게를 알면서도 별수 없다는 듯 느긋하게 어깨를 으쓱한다.

"내가 목숨을 소홀히 할 줄 알면 손쉬울 텐데. ——엿차."

힘차게 내던진 지고의 명검은 갑판 밖으로 튀어나가, 회전하면서 지상으로 빨려 들어갔다. 아무도 머리에 찔리지 않도록 빌 수밖에 없다.

마침내 왕은 무방비다. 호위기사도 버팀목이 될 민초도 없다. 호화로운 로브를 바람에 나부끼면서 적과 서로 쳐다보자, 사로잡힌 공주가 비통한 목소리로 호소하기 시작했다.

"부탁이야, 이제 그만해, 쿠샤나 언니! 왜 이렇게까지 해야 하는 거야?! 집 마당에서 같이 꽃을 땄던 그 시절을…… 잊어버린 거야?!"

"잊지 않았어. 너희 남매에 대해선 말이지."

약간 말투를 부드럽게 하면서도 정면을 응시하는 시선엔 흔들림이 없다.

가열한 적의의 화살에 꿰뚫리면서도 세르주는 여전히 가벼운 웃음을 지으며 말했다.

"그렇게까지 해서 왕관이 갖고 싶은 건가? 이 나라의 키를 잡고 어디로 가려고?"

"알면서 그러지 마라. ──왕관 따위 필요 없어."

어? 완전히 허를 찔린 살라샤가 그녀를 쳐다본다.

분가와 본가의 쉬크잘이 정면으로 시선을 주고받고 조용한 스파크를 튀겼다.

"네놈을 죽이고 나도 죽는다. 처음부터 우리 분가는 전원 그럴 각오였어."

"열렬한 어프로치구만! 어린 시절에 나눈 결혼 약속을 아직 기억하나?"

"지금에야말로 그 맹세를 완수하겠다. 여기가 바로 식장이야. ──이 배의 기구에는 가연성 가스가 쓰이고 있지. 네놈의 《파수견》이 총탄을 날리지 못하는 건 그 때문이다. 나는 이대로 배를 부상시켜 랜턴에 돌격할 거야. 기구 내부에 불티가 하나라도 생기면 디 엔드. 우리는 업화에 휩싸인 채 영원한 사랑을 맹세하고, 녹아서 하나로 섞인 영혼은 도망치지도 못하고 지옥까지 떨어지는 거야. 로맨틱하지?"

"……흐음."

사태를 심각하게 받아들였는지 세르주가 아래턱에 손가락을 댄다. 아직 혼란의 소용돌이 속에 있는 살라샤는 두 사람의 대화를 반도 이해하지 못해 현실감을 느끼지 못하고 있었다.

"어째서……?"

"역시 살라샤한테는 아직 숨기고 있었군. 최소한의 분별력은 남았나 보네."

쿠샤나는 사촌 동생이 중얼대는 소리를 들으면서도 여전히 그 시선은 그녀 쪽을 향하지 않았다. 본가와 분가의 상속자끼리의 사이에서만 가열한 적의가 오간다.

"쉬크잘 가문은 프란돌에 있어서 저주야. 때가 정해져 있는 저주. 저 남자를 내버려 두면 언젠가 사신이 마지막 시간을 고하러 올 거다. 그것만큼은 저지해야 돼……."

"유감인걸. 난 프란돌의 모든 이에게 선한 왕이 될 생각이야."

"1년 후, 옥좌에 눌러앉은 네놈을 여전히 지지하는 자가 과연 몇 명이나 있을까?"

살라샤는 오빠의 얼굴을 보고 번갈아 사촌 언니를 올려다본다. 두 사람의 투명한 눈길에 숨겨진 진의를 지금의 그녀는 추측하지 못한다. 의문의 소용돌이에 농락당하기만 하는 머리에 한층 이해할 수 없는 쿠샤나의 선고가 마지막으로 울려 퍼진다.

"나도, 네놈도 이 세상에는 필요 없다. 쉬크잘 가문에는——살라샤만 남으면 돼."

"뭐…………?"

머릿속이 텅 비어 버린 살라샤는 직후에 나가떨어졌다. 인질을 밀치고, 기계창으로 자세를 잡은 쿠샤나가 세르주에게 뛰어든다. 두 사람이 동시에 마나를 해방하고, 쿠샤나의 갑옷과 무기에서 다시금 요란한 증기가 솟구친다.

암브로시아에 의해 배가된 창의 속도는 왕작의 반사신경까지도 능가했다. 창은 예복의 어깻죽지를 얕게 도려내고 핏줄기와 함께 후방으로 꿰뚫고 나갔다. 남아도는 압력이 공기를 뚫어 마치 소닉 웨이브처럼 공간을 비틀었다.

"끝이다, 세르주! 내가 함께 죽어 주마!!"

노기를 비춘 것 같은 증기가 온몸에서 퍼진다. 희미한 원호를 그린 기계창이 공기를 울리면서 두 번, 세 번 번쩍였다. 왕작은 필사적인 몸놀림으로 재빨리 빠져나가지만 화려한 로브가 화가 되었다. 창끝에 로브 자락이 걸려 자세가 무너진 순간 일격이 파고든다.

"으, 으윽⋯⋯!"

원심력을 실은 창 자루에 옆구리를 강타당한 세르주는 후방으로 날아갔다. 동시에 여기저기로 퍼지는 대량의 증기. 양자의 마나 압력은 거의 동등하다. 그러나 적의 기계창은 암브로시아에 의해 강도가 배가되어 낙법을 친 그의 입술에서 크흡, 피가 한 줄기 흘러내렸다.

살라샤가 입가를 막았다.

"오빠⋯⋯!!"

"아이고, 동생한테 꼴사나운 장면은 보여 주고 싶지 않은데."

농담을 지껄일 틈도 없었다. 바람을 타고 돌격해온 순교의 드라군이 두개골을 꼬챙이로 만들 것 같은 찌르기를 가한다. 아무래도 저걸 받으면 죽음은 면할 수 없겠다며 세르주는 직전에 고개를 비틀어 회피. 얕게 도려진 뺨에서 허공으로 선혈이 뿜어져 나왔다.

쿠샤나는 공격을 늦추지 않았다. 창을 거두는 동시에 온몸을 비틀어 어깨에 멘 창 자루를 혼신의 힘으로 내려친다. 무릎을 꿇고 선 세르주는 가까스로 팔을 쳐올려, 있는 대로 마나를 집중해서 손목을 교차시켰다. 그러나 흉흉한 쇳덩어리는 단두대가 되어 왕작의 손목을 부쉈다.

우두둑, 뼈가 부러지는 소리가 울리고 동시에 그것을 지울 만큼 엄청난 굉음이. 왕작의 발밑 갑판이 함몰된 것이다. 모든 중압이 세르주의 전신을 관통해 척추에서 허리에 이르기까지 심각한 대미지가 내달렸다. 여기에 재차 창이 쭉 밀고 들어오고, 양자는 잠깐의 교착상태를 이루었다.

한 손으로 기계창 자루를 붙잡고 왕작은 크게 숨을 내쉬었다. 입가에서는 피가 떨어지고, 뺨에 달라붙는 주홍색이 애처롭다. 만약 소매를 걷어 올리면, 극심한 타격에 쳐다보기가 무서우리만큼 엉망이 된 그의 팔을 볼 수 있으리라.

그러나 쿠샤나의 입술은 여전히 완강하게 다물어진 상태였다.

"……왜 힘을 내지 않지? 동생 앞에서는 멀쩡한 인간으로 있고 싶다는 건가, 악마 같은 놈."

"맞아. 나는 가족에게 상처를 주고 싶지 않아. 너도 사랑하고 있으니까 말이야."

"놀고 있네."

"그러는 너야말로 왜 단숨에 해치워 버리려고 하지 않는 거지? 네 살의에는 망설임이 보여. 죽여야 한다고 생각하면서도 나를 잃는 걸 겁내고 있다고."

갑작스러운 앞차기가 왕작의 상체를 날려 버렸다. 몇 미터 구른 다음 벌떡 일어난 세르주는 양팔을 축 내리면서도, 속내를 꿰뚫어 보는 듯한 미소를 지었다.

"그럼 안 되지, 쿠샤나. 어중간한 게 제일 안 좋은 법이라고. 악을 관철하기로 했으면 마음을 검게 물들여야지. 도망갈 길이 있으면 안 돼. 『만약』을 생각하면 안 돼. 아직 네 마음에 나를 연모하는 감정이 남아 있다면—— 그것이 네 약점이다."

"지금!! 닥치게 해 주지!!"

철판이 일그러질 정도로 세게 쿠샤나가 바닥을 걷어찼다. 일자로 내려친 기계창을 세르주는 몸을 쓰러뜨리면서 피했다. 창끝이 종이를 가르듯 바닥을 꿰뚫어, 일직선으로 그 흔적을 긋는다. 불똥이 흩날리고 증기가 숨결처럼 좌우로 퍼졌다.

언뜻 보기에도 만신창이인 오빠의 모습이 살라샤는 더는 견딜 수 없어 몸을 내밀었다.

"오빠!"

"야…… 살라샤. 넌 오면 안 돼. 오늘 밤의 사촌 누이는 흉포하다."

"그렇고말고, 살라샤. 넌 나서지 마."

바닥에서 뽑은 창끝을 쿠샤나는 정확히 왕작의 가슴팍에 들이댔다. 시선은 살라샤를 향하지도 않는다. 쑤시고, 뚫어라고 말하려는 듯이 세르주의 얼굴을 노려보고 있다.

"나한테 망설임이 있다고 했지, 근데 네놈은 어떨까, 세르주. 대체 뭐야, 이 기괴한 배는. 왜 이런 걸 만들었지? 이게 바로 네놈이 말하는 《만약의 가능성》 아니냐!"

"…………."

"영구기관이라고? 말 잘했다. 사랑하는 동생한테 가르쳐줘라, 이 배가 본래 어디를 가기 위해서 만들어진 것인가를. 영구기관의 설계도를. 그 혐오스러운 가마솥 안에 무엇이 들었는지를!!"

갑자기 세르주가 입을 다물고 표정을 지웠다. 아무 대답도 없는 것은 쿠샤나의 예상대로 이기도 하고, 최대의 실망이기도 한 모양이다. 입술을 일그러뜨리고 억지로 웃는 그 표정은 흡사 울 먹이기 직전의 소녀같이도 보였다.

"……역시 닮았어, 우리는. 언제까지고 결단을 내리지를 못해. 정작 중요한 때 움직이지 못한다고. 그래서 항상 중요한 걸 놓치고 마는 거야."

"그리고 우물쭈물하는 동안에 상황은 자꾸 바라지 않는 쪽으로 굴러가 버리고 말이지. ……참 뜻대로 안 되는군."

그래도, 하고 그는 얼굴을 들었다. 꾸밈없는 눈빛이 적의 눈동자를 꿰뚫는다.

"난 아직 무대를 내려갈 수는 없어. 해야 할 일이 있으니까. 살라샤를 두고는 못 죽어. 프란돌을 버리고 갈 수는 없어."

채앵, 기계적인 구조를 가진 창에서 죽음을 선고하는 음색이 울렸다. 그로부터 나온 증기가 망설임을 쫓고, 이번에야말로 쿠샤나의 눈동자에서 거짓 없는 살의가 쏟아진다. 순진한 그 마음은 흡사 연정처럼 세르주의 가슴을 꿰뚫었다.

"아니, 이제 끝이다, 세르주. 여기서 막을 내려주마……. 내 손으로!!"

사자가 포효하듯 철판이 맹렬히 울부짖었다. 양팔이 뭉개진 왕작은 여자의 온 힘을 다한 돌격에서 도망치는 것조차 뜻대로 되지 않는다. 결사의 본능이었는지, 그는 다리를 질질 끌면서도 뒤로 물러섰다. 그 직후.

눈앞에 미끄러져 들어온 무언가로부터 희미한 향기와 함께 복숭앗빛이 흩날리고——

엄청난 핏빛이 그의 시야를 가득 메웠다.

"뭣…………."

가장 경악한 것은 창을 내찌른 쿠샤나였다. 바람을 가른 창끝이 와인 같은 선혈을 튀긴다. 손에 온 느낌은—— 조금, 얕다.

오빠 앞에서 양팔을 벌린 살라샤는 찢어진 어깨에서 주홍색을 내뿜고 있었다. 고통에 미모를 일그러뜨리고, 무릎에서 힘이 덜컥 빠짐과 동시에 갑판을 돌풍이 지나갔다.

바람을 맞은 열세 살 소녀는 깃털처럼 갑판 밖으로 튕겨 나갔다. 깜짝 놀라 지켜보기밖에 못하는 쿠샤나 앞에서 벼락같이 바닥을 걷어찬 그림자가 하나.

"살라샤!!"

세르주는 한계를 넘은 민첩력으로 철책에 날아가, 부러진 오른팔을 뻗었다. 콤마 몇 초의 차이로 가까스로 소녀의 손목을 붙잡았다. 빠드득, 하중이 팔을 짓이긴다.

하지만 그것이 고작이었다. 부러진 팔이 더 큰 비명을 지르고, 손가락 끝에서 감각이 사라진다. 하물며 붙잡은 팔 쪽도 상태가 매우 좋지 않다. 살라샤의 오른쪽 어깨는 피를 흘리며 축 처져, 이쪽을 향해 뻗는 건 도저히 기대할 수 없다.

"오, 오빠…… 나는……!"

마지막 순간에 무엇을 전하려고 하는 것일까. 살라샤는 휘몰아치는 바람 속에서 필사적으로 소리를 질렀다. 쿠샤나, 혹은 거울에 비치는 자신의 눈동자보다도 고상한 빛을 머금고.

"저주받았든—— 사람들이 바라지 않든—— 나는 오빠를 포기하지 않아!!"

곧바로 한결 강한 바람이 불어닥쳐 천사의 모습을 상공으로 채갔다. 세르주의 손가락이 아무것도 없는 허공을 붙잡는다. 세상에서 가장 가까운 벚꽃의 소녀가 바람의 장난에 저 멀리 날아간다.

"말도 안 돼……."

세르주의 시야에서 색이 싹 빠졌다. 머리부터 손가락 끝까지를 절망이 가득 채운다.

광분하는 용같이 허공을 쥐어뜯으며 그는 목구멍이 찢어져라 절규했다.

"살라샤…… 살라샤아아아————————!!"

부름에 응답하듯이 번쩍인 것은 한 줄기의 유성.

지상에서 날아올라온 그 빛은 마치 폭풍 속을 비상하는 까마귀 같은 모습을 하고 있었다. 비공정이 만들어낸 난기류를 교묘하게 이용하면서 삽시간에 고도를 올린 그것은, 빨아 당기듯이 복숭앗빛 소녀를 꽉 껴안았다.

눈 깜짝할 사이에 갑판의 높이를 넘은 그것은 반지르르한 증기 숨결을 사방으로 뿌리면서 착지했다. 팔에 안고 있었던 잠자는 공주의 볼을, 장갑을 낀 손바닥으로 두세 차례 두드린다.

"무사하십니까, 살라샤 님. 이제 안심하십시오."

"……아…………!"

살며시 눈을 뜬 공주는 청년의 미소를 확인하고 천천히 미소를 짓는다.

동생보다도 먼저 그의 이름을 부른 건 세르주였다.

"방피…… 쿠퍼 군!!"

"장비를 차고 오는 데에 시간이 걸렸습니다. 간발의 차였네요."

공손히 천사를 안아 든 쿠퍼는 예복이 피투성이가 된 왕작에게 다가갔다. 오빠의 팔에 맡겨도 여전히 살라샤는 힘이 축 빠진 상태였지만 어깨의 부상은 다행히 별로 깊지 않다. 바로 의사에게 데려가면 문제없이 쾌유할 것이다.

목표를 새로이 한 쿠퍼는 허리에 장비한 기구의 잠금장치를 찰칵, 찰칵 튕겼다. 그는 지금 투박하게 생긴 동력로와 배관, 증기 분출구를 갖춘 비행 갑옷을 입고 있다. 가벼운 마음으로 검은 칼을 뽑고 돌아보자, 고글을 벗은 젊디젊은 여성 기사가 이쪽을 째려보고 있었다.

"그림자 무사……. 또다시 나를 방해하는군. 거기 있는 거짓 왕에 대한 충의인가?"

"아니요, 솔직히 세르주 님은 어찌 되든지 전혀 상관없습니다만."

"이야…… 너무하는군."

뒤에서 힘없이 중얼거리는 왕작에게 쿠퍼는 허리 뒤에 매달려 있었던 검을 던져주었다. 갑판을 구르는, 네 개의 성석이 박힌 휘황찬란한 명검.

"이 이상 펑펑펑펑 위에서 물건이 떨어지면 민폐인지라. 특히 이런 거대한 배가 시가지에 추락이라도 하면 인적 피해는 헤아릴 수 없습니다. 대관식을 탐탁지 않게 여기는 범죄조직이나 란칸스로프 놈들한테도 최고의 안줏거리를 제공하게 될지도 모르죠. 그러므로, 일단──."

샤킹. 날 밑을 날카롭게 울리고 쿠퍼는 흔들림 없는 칼끝을 적에게 겨누었다.

"방해되는 당신을 죽이겠습니다."

어리둥절하며 눈을 크게 뜬 쿠샤나는 곧 웃음을 터뜨렸다.

"하하! 이거 아주 배우고 싶을 정도군!!"

사납게 이빨을 드러낸 그녀에게서 증기가 솟구친다. 순식간에 가속해 쿠퍼 옆을 스쳐 지나가 미끄러지듯이 상공으로. 상하를 반전시키면서 이쪽을 내려다보고 소리친다.

"첫 전투를 잊어버렸나! 드라군인 내게 있어 너 같은 건 땅을 기어 다니는 짐승에 불과해!!"

"시험해 볼까……!"

쿠퍼는 뼛속까지 냉기가 스며들 것 같은 목소리로 대답하고, 허리춤의 비행 갑옷을 기동시켰다. 중저음이 전신을 흔들고 곧이어 배후로부터 걷어차인 듯한 속도로 단숨에 가속.

가볍게 땅을 차니 등 쪽에서 내뿜은 증기가 그를 하늘로 날렸다. 운동 에너지를 팔에 집약해 날아가면서 가로 베기. 적의 창과 격돌해 무시무시한 우렛소리를 울렸다.

"으음……!!"

송곳니를 드러낸 미모의 여성과, 금속음을 내며 거리를 벌린다. 한숨 돌릴 틈도 없이 허공을 메우는 대량의 증기. 까마귀와 용은 두 가지 색의 불길을 퍼뜨리면서 종횡무진 하늘을 누볐다. 증기의 줄기가 겹쳐지고, 교차점에서 울려 퍼지는 격음. 팟, 팟, 단속적으로 섬광이 번뜩인다.

"내게 공중전을 거는 것이냐. 사무라이 클래스 주제에!"

증기와 함께 돌격한 쿠샤나는 격돌 직전 복잡한 궤도를 그렸다. 두 다리에서 마나의 불길이 뿜어져 나오고 관성을 덮어쓴 족도(足刀)가 적의 방어를 파고든다. 원호를 그리는 통렬한 공격이 옆머리를 강타했고, 흑발로부터 선혈이 튀었다.

지상에 추락한 쿠퍼는 두 발로 착지한 다음, 지체 없이 뛰어올랐다. 적의 군복이 용수철처럼 되돌아오고, 그 흔들림 없는 눈길에 쿠샤나는 이를 악물었다.

"소용없다! 그런 임시변통으로는 날 당해낼 수 없어!"

두 다리에서 마나를, 등에서 증기를 내뿜으면서 쿠샤나는 춤을 추었다. 이중으로 상승한 속도에 적은 한발 늦게 따라오는 게 고작이다. 비행 갑옷을 다루는 게 아직 미숙하기 때문이다.

"부하들에게서 빼앗은 장비냐! 그걸 몸에 걸치면 드라군에게 맞설 수 있을 줄 알았나 보지?! 동등한 위치에 섰다는 심산인가! 땅바닥에 떨어지는 굴욕을 맛보게 해 주마!!"

나선을 그리면서 쿠샤나가 돌격했다. 기계창을 힘껏 당겼다가, 증기의 폭발력을 더해 찌른다. 창은 검은 칼의 배에 미끄러지고 격렬한 불똥이 튀었다. 니킥이 청년의 배를 찔렀다. 반대쪽 발이 다시금 옆머리를 노린다. 적은 즉각적으로 팔을 쳐들었지만 거기서 드라군의 다리가 숨결을 토했다.

새 추진력을 얻은 족도는 급격히 궤도를 바꿔 오른쪽 허벅지를 가격했다. 하반신부터 퍼 올려진 청년은 공중에서 이리저리 회전하다, 금세 증기를 내뿜으면서 저편으로 날아가 버렸다. 그러나 쿠샤나는 그것을 웃도는 속도로 곧바로 뒤쫓았다.

"이것이 암브로시아를 손에 넣은 드라군의 공중기동이다! 내게는 《비상》 어빌리티의 가호가 있지만 네놈은 그 쇳덩어리에 의지할 수밖에 없지. 쉽게 흉내 낼 수 있을 만큼 간단한 게 아니야!!"

"확실히…… 이건 조금 버겁군."

솔직히 말한 다음 청년은 왼손에서 무언가를 쐈다. 너무나도 빠른 속도가 화가 되어 미처 피하지 못하고, 쿠샤나의 왼팔에 와이어가 감겼다. 움직임이 제한되었고, 동시에 적은 거꾸로 쥔 검은 칼을 무슨 생각인지 투척해 왔다.

"뭐야……!"

깜짝 놀라 눈을 부릅뜬 쿠샤나가 아슬아슬하게 몸을 돌려 피한다. 도신이 전투복을 스치는 것과 동시에 머리 위를 삼족오 같은 그림자가 뒤덮고——

뒤꿈치 내리찍기가 퍼억! 정수리를 강타했다. 눈알이 튀어나올 정도로 큰 충격에 쿠샤나는 견디지 못하고 갑판으로 추락했다. 두 손 두 발을 뻗어 착지함과 동시에 용수철같이 후방으로 잽싸게 물러선다. 한 박자 늦은 적의 발바닥이 갑판을 강렬하게 밟아 그대로 구멍을 냈다.

"네 이놈……!"

흔들리는 뇌를 다시 정비하는 데 1초. 그 틈에 쿠퍼는 바닥을 차, 바닥에 꽂힌 검은 칼을 달려 나가면서 그대로 회수한다. 선명한 시야를 되찾은 쿠샤나는 왼팔의 와이어를 절단하는 것을 우선했다. 창끝이 철선을 벤 단계에 이미 신속의 군복의 모습이 눈앞에 있었다.

"그쪽이야말로 사무라이를 너무 얕잡아 본 거 아닙니까."

검은 칼을 두 번 휘두르고 페인트를 걸어 명치를 걷어찬다. 복근만으로 버틴 쿠샤나는 부츠 바닥을 태우면서 몇 미터 후퇴. 으득, 이를 악물고 증기를 내뿜는다.

거의 동시에 쿠퍼는 갑판을 박차고 뛰어올랐다. 거의 동등한 속도와 도약력을 발휘하는 적의 모습에, 직감적인 전율이 쿠샤나의 등줄기를 가로지른다.

"그 비상술(飛翔術)은 설마——?!"

전투 바깥쪽에 있는 사람들 쪽이 오히려 쿠퍼의 움직임을 자세하게 파악하기 쉬웠다. 부상한 팔로 살라샤를 안고 상공의 격전을 쳐다보는 세르주의 입술이 떨린다.

"저건 쉬크잘 가문의…… 드라군이 하늘을 나는 법 그 자체잖아……!"

덜컥 깨닫고 새삼스레 품 안의 동생을 내려다본다. 그녀는 출혈로 체력을 잃었으면서도 아무런 근심도 느끼게 하지 않는 눈길로 까마귀의 춤을 지켜보고 있다.

쉬크잘 가문 두 명의 상속자가 지상과 공중에서 사고를 싱크로시켰다.

"설마 순례가 한창일 때——."

"——배우고 있었단 말인가! 살라샤의 전투방법을!!"

잔재주 없이 쿠샤나는 전속력으로 돌격을 감행했다. 그에 호응하듯 쿠퍼도 증기를 내뿜는다. 정면에서 격돌한 두 사람은 무기를 사용한 페인트를 교환하고 앞차기를 날렸다. 강철 같은 다리가 맞부딪치고 둔탁한 소리가 퍼진다. 양측 모두 뼈가 삐걱거렸지만 두 번, 세 번, 셀 수 없을 만큼 발차기를 겨루었고, 마지막으로 퍼억, 쿠퍼의 구두 바닥이 쿠샤나의 무릎을 꽉 눌렀다.

상대의 공격력마저 이용해 검은 군복은 더욱 높은 상공으로 날아올랐다. 공중제비하면서 완전히 제공권을 제압하고, 검은 칼을 당겨 자신의 어깻죽지에 바싹 붙인다.

적의 모습을 뒤쫓아 머리 위를 올려다본 쿠샤나의 눈동자에, 벚꽃색 소녀의 모습이 겹쳐 비쳤다.

"그 어썰트 스킬은 살라샤의——!!"

"가짜에게는 가짜의 긍지가 있는 겁니다!"

 폭발적인 푸른 불길이 하늘을 가득 메운다. 예리하게 연마된 화살촉 몇 개가 청년 주위에 형성된다. 등 쪽에서 증기가 폭발함과 동시에 수십 개의 활이 일제히 화살을 쐈다.

《경도술(鏡刀術)…… 취우열앵파(驟雨烈櫻波)!!》

 살라샤류(流), 《스프링게리 레인》의 빛이 끝없이 쏟아졌다. 하나하나가 무시무시한 관통력을 지닌 수십의 화살촉이 쿠샤나의 전신을 꿰뚫는다. 기계창을 부수고, 비행 갑옷을 뚫고, 폭염조차 땅에 꽂으면서 적을 지면으로 되돌린다.

"으윽, 으! 우오오오오——————!!"

 쿠샤나가 포효했다. 폭풍이 끊어진 직후, 마지막으로 한층 더 격렬한 유성이 옆을 슈욱 스쳤다. 갑판에 착지한 쿠퍼는 검은 칼을 내찌른 뒤였다. 그 칼끝에서는, 선혈이.

 쿠샤나의 두 다리가 한 일 자로 베였다. 《비상》 어빌리티의 가호마저 잃고, 물결치는 라즈베리 블론드가 힘없이 추락한다. ——퍼억. 등 쪽으로 갑판에 격돌했다.

"커헉……!!"

 폐에서 밀려 나온 공기가 두꺼운 입술을 통해 새어 나온다. 승패를 확신하고, 쿠퍼는 힘차게 칼을 털어 피를 흩뜨렸다. 대조적으로 천천히 허리의 칼집으로 되돌린다.

"메리다 아가씨가 더욱 높은 곳을 목표로 삼는 것처럼—— 나도 더욱 성장하리라."

채앵. 칼 넣는 소리가 시원하게 울렸다.

그리고 일어서서 다시 갑판을 둘러본다. 세 명의 쉬크잘은 각기 만신창이었다. 쿠퍼는 우선 가장 마음에 걸리는 벚꽃의 공주 곁으로 뛰어갔다.

"쉬크잘 공, 살라샤 님의 용태는……."

"정신을 잃었어. 목숨에 별다른 지장은 없어 보이지만, 자네가 와줘서 안심해 그런가 봐."

세르주는 예복의 소매를 동생의 어깨에 바짝 대 출혈을 막는 중이었다. 살라샤의 볼에서는 핏기가 조금 가셨으나 호흡은 평온하고, 감긴 눈에도 고통의 빛은 없다.

안도하고 몸을 돌린 쿠퍼는 이어서 큰 대 자로 쓰러진 쿠샤나가 있는 곳으로 향했다. 이쪽은 의식은 멀쩡하긴 하지만 두 다리를 시작으로 온몸 곳곳에 칼자국이 나 꼼짝도 못할 것 같다. 만일을 위해 팔을 뒤로 돌려 봉쇄하는 한편 쿠퍼는 그녀의 상체를 받쳐 일으켰다. 저항할 기력조차 꺾인 것처럼 여성 기사는 머리를 숙이고 있다.

"깁슨 씨 일당과 마찬가지로 쿠샤나 님의 신병도 저희가 맡겠습니다. 기병단에 대해서 알아차리게 할 수는 없으니 말입니다. 대관식 습격의 실행범에 관해서도 정보조작은 맡겨주시기를. 당신이 도적을 격퇴하고 동생을 구출한 것으로 입 맞춰주십시오."

"훌륭해…… 정말 훌륭해, 쿠퍼 군!"

감격에 겨워하는 미성이 쿠퍼의 고막을 때렸다. 힐끔, 곁눈질로 그쪽을 보니, 벗은 로브를 동생에게 걸치고 일어선 쉬크잘 공은 호들갑스럽게 팔을 벌리고 있었다.

"역시 자네를 눈여겨본 건 옳았어. 자네야말로 이 순왕작 세르주 쉬크잘의 근위기사에 어울리네! 어떤가, 메리다 엔젤의 가정교사를 퇴임하고, 이대로 내 오른팔이 될 생각은 없나? 아니, 차라리 살라샤를 아내로 맞아주게! 명실공히 내 매제가 되어 쉬크잘 가문의 번영을 위해서——."

"그런데 이거 큰일이군요, 왕작님!"

쿠퍼는 큰 소리로 상대의 대사를 덮었다. 세르주의 미간이 움찔하고 찌푸려진다.

"뭐라고……?"

"설마 왕작의 관을 둘러싸고 쉬크잘 가문의 상속자끼리 피로 피를 씻는 결투를 벌일 줄이야! 민중의 귀에 들어가면 엄청난 스캔들이 될 겁니다. 쉬크잘 가문의 권위를 의문시하는 목소리도 커질지 모릅니다. 친족의 피를 뒤집어쓴 왕이 옥좌에 자리 잡은 데에 불신감을 품는 자도 나타나겠지요. 아마, 그래——평의회 과반수의 동의가 있으면 왕작은 최소임기 1년으로 해임되는 제도도 있었던 걸로 아는데. 전례가 없는 사례이긴 합니다만, 최연소 왕작이 그 불명예를 감수하는 일도 어쩌면 생길지도 모르겠군요."

"…………."

"하지만 안심하십시오. 쿠샤나 님은 제가 책임지고 유폐하겠습니다. 당신의 치부가 세간에 노출될 일은 없습니다. ──네, 제 입장이 반석같이 견고한 이상은."

죽을상을 한 여성의 어깨에 턱을 바싹대고, 쿠퍼는 악마 그 자체의 미소를 보여 주었다.

"당신의 왕위는 제가 건재하기에 가능합니다. 그 사실을 절대로 잊지 마시길."

뜻밖이라는 표정을 지은 세르주는 직후에 한쪽 눈을 가늘게 떴다. 그리고 온몸의 부상을 느끼게 하지 않는 날 선 음성을 입술에서 자아낸다.

"그 때문에 놈들을 죽이지 않고 둔 건가. ……자네는 의외로 교활하군."

"저런, 새삼 깨달으셨습니까?"

"뭐, 좋아. 알았다."

세르주는 가볍게 어깨를 으쓱한 다음 감돌기 시작했던 험악한 공기를 쫓아 버렸다.

"자네에게 약점을 잡히면 어찌할 도리가 없어. 우리의 거래는 여기서 끝내도록 하지. 안심하게, 자네의 비밀은 바람 저편까지 가지고 가겠다."

"깊은 배려 감사드립니다, 각하."

"……아쉬워, 진심으로."

마지막으로 불쑥 그렇게 덧붙이고, 왕작은 몸을 굽혔다. 애처로우리만치 상처가 깊은 팔로 기절한 동생을 안아 올리고, 배

안으로 이어지는 승강 해치로 향한다.

"배의 고도를 내리고 오겠다. 쿠샤나를 부탁해."

"맡겨 주십시오."

이 이상은 그와 대립할 까닭도 없다. 쿠퍼가 막힘없이 수긍하자, 세르주도 고개를 끄덕여 대답하고 문 건너편으로 사라졌다. 이 불가사의한 배를 움직이는 구조가 어떻게 되어 있는지는 모르지만 다름 아닌 개발 책임자인 그라면 문제없이 조종할 수 있을 것이다.

예상대로 얼마 안 있어 비공정은 상승속도를 낮추고 이어서 기구로부터 가스를 빼기 시작했다. 랜턴의 정점에 가까운 높이에서 완만히 성왕구로 하강한다.

지상에서는 몇만 명이나 되는 사람들이 왕작의 귀환을 애타게 기다리고 있으리라. 최소한의 모양새를 갖추지 않으면 안 되겠다는 생각에 쿠퍼는 쿠샤나의 팔을 봉쇄한 채 일으켜 세운다.

바로 이때. 죽은 것처럼 얼굴을 숙이고 있었던 그녀가 갑자기 입술을 움직였다.

"《그것은 돌고 도는 생명의 수기(手記)》《떠나는 자의 비원을 가슴에》《하늘을 감청색으로 물들이는 바람이 되어라》"

"음?"

되물어도 반추는 없고, 대신 그녀는 결사의 눈길로 이쪽을 응시했다.

"지금은 됐다. 하지만 언젠가 생각해내라. 나라면 저 남자를 막을 수 있다."

"…………."

　무슨 말을 해도 마땅한 답이 되지 않을 것 같은 기분이 들어서 쿠퍼는 말없이 그녀의 등을 밀었다. 쿠샤나도 더는 거스르지 않고 다리를 질질 끌면서 배 안으로 가는 길을 더듬는다.

　──지금은 됐다. 하지만 언젠가 생각해 내라.

　이상하게도 그 말은 쿠퍼의 마음에 파문을 일으키고, 의식의 깊은 곳까지 침투했다. 기억의 구석에 톡 하고 떨어져, 세월이라는 베일에 덮어 가려지고도── 마치 때를 기다리는 알처럼 희미한 등불을 켜는 것이었다.

세 르 주   쉬 크 잘

클래스:?????

HP	5972		MP	???		
공격력	554(665)		방어력	531	민첩력	???
공격지원	0~33%			방어지원		—
사념압력	??%					

주 요 스 킬 / 어 빌 리 티

비상Lv9 / 에어리얼 에지Lv?? / 에어리얼 쉘LV?? / XX각성LvX / ·········
※참고 데이터가 부족해 상세한 것은 불명

쿠 샤 나   쉬 크 잘

클래스:드라군

HP	5067		MP	672		
공격력	547(656)		방어력	451	민첩력	672
공격지원	0~33%			방어지원		—
사념압력	49%					

주 요 스 킬 / 어 빌 리 티

비상Lv9 / 에어리얼 에지Lv8 / 에어리얼 쉘Lv8 / XX각성LvX / 증폭로Lv9 /
역경Lv7 / 니들 블레이저 / 루나 사이드 라이징 / 언리미티드 드라이브

Secret Report

······아마 이것이 우리의 마지막 회합이 될 것이다. 가능하다면 대상의 스테이터스를 전부 소상하게 밝히고서 일에 임하고 싶었지만 어쩔 수 없다. 놈도 경계를 드러내고 있는 것 같다.

참고로 나의 스테이터스를 병기해 두겠다. 놈과 역량 차이는 별반 없다고 생각되지만, 우리 쉬크잘에는 극비인 《비장의 수》가 남아 있음을 굳게 명심해 두거라.

과연 우리 중 몇 명이 살아남을 수 있을지는 모르겠으나, 설령 최후의 한 사람일지라도 놈의 죽음을 지켜볼 수 있으면 그것으로 충분하다. 모두의 여로에 순풍이 있기를 빈다.

(쉬크잘 분가의 밀회문서에서 발췌)

HOMEROOM LATER

"내가 고향에 있는 동안에 그런 엄청난 일이 있었다니!"

축제의 들뜬 분위기 속을 걸으면서 여행복 차림의 붉은 머리카락 소녀가 요란하게 팔을 벌렸다. 커다란 여행 가방을 한 손에 들고 잘도 어깨를 으쓱해 보인다.

"그나저나 아가씨들 주변은 1년 내내 야단법석이네."

"이번엔 우리 탓이 아니야. 쿠퍼 선생님 때문이지."

그 옆을 걷는 은발의 천사는 여전히 세리머니 의상을 입은 상태였다. 잇따른 사고에 휘말린 탓이지만, 싫든 좋든 집중되는 통행인들의 시선에 노출된 상박이 근질근질하다.

가정교사의 등 뒤에 숨어 걸으면서 엘리제는 그녀의 소매를 꽉 잡았다.

"로제 선생님은 봄방학 동안 어디에 갔었던 거야?"

"음, 프란돌 바깥의…… 무척 먼 곳이야. 아가씨들이랑은 정말 연이 없을 것 같은 장소. ……뭐, 까놓고 말해 내가 태어난 고향에 다녀왔어."

몇 겹의 베일을 쓴 듯한 대답에 소녀의 은발이 갸우뚱, 기울어진다. 로제티는 후다닥 손을 흔들며 제자도 알 수 있을 만큼 부자연스럽게 화제를 바꿨다.

"아까 겨우 돌아올 수 있어서 말이지! 성도 친위대에 급히 보고할 게 있어서 아예 성왕구까지 와 버린 거야. 그랬더니 아가씨들도 여기에 있고, 대관식에 참가한다고 하더라고? 이럼 보러 갈 수밖에 없잖아~ 하고 신바람이 났었는데…….."

"터무니없는 식전이 되고 말았어."

로제티는 고개를 깊숙이 끄덕여 대답을 대신했다.

왕성 안뜰에 도착한 로제티가 본 것은 쐐기에서 풀려나 하늘로 올라가는 고래와, 그것을 바싹 따라붙는 두 줄기의 유성이었다. 이런, 왕작을 노린 테러리스트인가, 신의 분노인가 하고 성왕구는 일시적으로 몹시 혼미했고, 많은 기사가 하릴없이 손을 놓고 있길 십수 분. 아무 일도 없이 왕성으로 귀환한 비공정은, 그 갑판에 격전의 흔적을 간직한 세르주 쉬크잘을 태우고 있었다. 마른침을 삼키고 귀를 기울이는 몇만의 민중에게, 왕작은 휘황찬란한 성검을 들고 선언했다. '왕을 적대하는 상대를 이 검으로 해치웠다!' 라고.

민중은 대환호로 화답했다. 이제 와서 보면 그 해프닝 자체가 대관식을 돋우기 위한 퍼포먼스였던 것 같은 착각마저 든다. 실제로 대관식을 마친 사람들은 일주일 내내 축제를 실컷 즐기고, 새로운 왕의 탄생에 완전히 들떠 있었다. 비공정 프리마베라 뒤에서 무슨 일이 벌어졌는지, 엘리제의 친구를 칼로 벤 것은 누구였는지 그리고 단신으로 날아간 어두운색의 청년이 과연 무슨 역을 연기했는지 하는 것은 누구도 알 길이 없으리라.

그러나 누구의 의식에도 남지 않더라도 엘리제의 가슴에는 고드름 꽃 같은 확신이 싹텄다. 한층 더 눈에 띄는 왕성의 첨탑을 향하면서 무뚝뚝한 목소리를 낸다.

"리타의 마음이 조금 이해됐어. 쿠퍼 선생님을 보고 있으면 나 자신이 답답해지는 기분이야. 그 사람은 또 정체를 알 수 없는 무언가와 싸우고 왔는데, 이번에도 그걸 자기 혼자 떠안을 셈인 거야. ……언제까지고 우리는 어린애 취급하는 거지."

"어라, 그 녀석에 대해 꽤 잘 알게 됐네, 엘리제 님."

폭폭. 마시멜로처럼 보드라운 볼을 로제티가 찌르자 엘리제는 얼굴이 빨개져서 외면한다.

"별로. 이래저래 부끄러운 일을 당했으니까 절대로 잊지 않겠다는 것뿐이야. ……정말 이일 저일 있었어. 주인님이라고 부르기도 하고, 지독한 훈련도 받아보고, 다 같이 걷다 지치기도 하고…… 같이 목욕하기도 하고. 틀림없이 평생 잊을 수 없는 여행이 될 거야."

"뭐, 그런 이야기도 나중에 차부~운히 듣기로 하고!"

로제티는 머리 뒤로 깍지를 끼고 정처 없이 주변의 떠들썩한 소리에 시선을 돌렸다.

"역시 이런 축제 속에선 보이지 않는구만. 그래도 분명 왕성 쪽에 가면 만날 수 있겠지? 메리다 님은 북적이는 곳을 싫어하니."

"로제 선생님은 리타랑 쿠퍼 선생님한테 무슨 용건이 있는 거야?"

"음, 음~……. 실은 두 사람에겐 좀 말하기 어렵기는 한데, 뭐어, 그, 뭐랄까."

정말로 애매한 대답. 그것이 발걸음에도 약간 나타난다.

멍하니 물음표를 뿌리기만 하는 제자에게 로제티는 앞을 향하면서 말했다.

"아가씨들의 대모험만큼은 아니지만 이쪽도 나름대로 큰일이었거든."

† † †

비슷한 시각, 소녀들이 찾는 사람은 예상대로 안뜰에 면한 왕성의 회랑을 걷고 있었다. 경비하는 사람의 그림자는 없고, 빛도 적다. 왕작 일행은 시내를 도는 퍼레이드가 한창이다. 세상으로부터 우두커니 남겨진 것처럼 축제의 떠들썩함도 멀다.

생각을 하기에는 최적의 환경. 군복을 어둠에 녹이면서 쿠퍼는 대리석 통로에 시선을 떨군 채 생각에 잠겼다. 명민하게 날카로워진 신경이 아직 풀리지 않아, 주위의 기척을 무의식적으로 살핀다.

──쿠샤나 님과 깁슨 밸리는 《백야》의 감옥에 유폐했다. 세르주 쉬크잘과 대등하게 거래하기 위한 재료다. 이로써 상황은 겨우 상대와 맞설 수 있을 만큼 회복했다.

그러나 방심은 안 된다. 상황은 늘 변화한다. 쿠퍼가 그의 고삐를 쥔 셈인 것과 마찬가지로 그도 언제 이쪽의 급소에 칼을 꽂을지 알 수 없다. 모든 미래를 상정하고 항상 다음 수를 생각해 둬야 한다.

어질. 갑자기 쿠퍼의 뇌가 가볍게 흔들렸다. 좀처럼 없는 현상에 이마를 누른다.

검은 박쥐, 바실리스크, 열차 습격, 쿠샤나 쉬크잘까지, 거듭된 격전으로 인한 반동인지도 모른다. 아무리 란칸스로프의 초회복력이 있다고 해도 축적되는 피로만은 어떻게 할 방법이 없기 때문이다. 그리고 생각해 보면 식사나 수면도 오랫동안 제대로 취하지 않은 기분이 든다. 지금은 아무튼 어딘가, 어디라도 좋다.

안심할 수 있는 장소는 없을까——…………

기계 같은 발걸음으로 계속 걸은 쿠퍼는 어느 틈엔가 안뜰의 분수광장에 다다라 있었다. 흐르는 물속에 아담한 기척이 있다. 어쩌면 그것을 감지했기 때문에 무의식적으로 여기까지 왔는지도 모른다.

"——아, 선생님!"

이쪽의 모습을 확인한 메리다는 곧바로 훌쩍, 걸터앉아 있었던 난간에서 뛰어내렸다. 어둠에 황금빛을 뿌리고, 세리머니 때 입은 천사 의상을 휘날리면서 달려온다.

"아가씨."

"선생님, 비공정에서 돌아오고 또 바로 가 버려서 얼마나 찾았는데요! 이제 괜찮은 거예요? 일은 끝났고요? 제가 뭐 도와드릴 건 없나요?"

"……문제없습니다."

"그럼 이쪽으로 오세요! 다치신 거 알고 있어요. 다들 왕작님을 봤지만, 저는 선생님을 보고 있었으니까요! 구급상자 빌려왔으니까…….."

"아가씨, 죄송합니다만."

말이 끝나기 무섭게 팔을 잡아당기려는 제자를 쿠퍼는 한 손을 들어 막았다.

마치 레슨 중에 설교할 때처럼 집게손가락을 획획 내린다.

"잠시 거기 있는 벤치에 앉으십시오."

"네에?! 제가 뭐 나쁜 짓이라도 했나요??"

"됐으니까 어서요."

"으으으~……!"

답답한 듯 신음했지만, 가정교사의 뜻이라면 별수 없다. 이번엔 또 무슨 야단을 맞을까 하고 부들부들 떨며 벤치 중앙에 앉아 어깨를 움츠린다.

쿠퍼는 그 모습을 쳐다보지도 않고 바로 옆에 앉았다.

그리고—— 메리다의 하얀 목덜미에 살며시 얼굴을 떨어뜨렸다.

"서, 서서서서서선생니이임?!"

"이번엔——."

피부에 닿는 간지러운 검은 머리카락에 메리다가 펄쩍 뛸 듯이 얼굴을 든 것도 아주 잠시.

새빨갛게 익은 볼 바로 옆에서, 앞머리에 숨은 그의 눈꺼풀이 잠잘 때처럼 감겼다.

"이번엔 솔직히 조금 힘들었습니다."

"네에?……."

"잠깐만이라도 좋습니다. 이대로 있게 해 주십시오."

새의 깃털로 심장을 간질이는 감각이 메리다의 가냘픈 전신을 흔들었다.

자신이 불안할 때면 언제나 그가 그렇게 해준 것처럼, 메리다는 조심조심 손바닥을 들어 입김이 닿는 거리에 있는 그의 머리에 댔다. 그리고 검은 머리칼을 빗는다. 손가락 끝에 닿는 감촉은 단단하고 따뜻하다. 쿠퍼는 그 상태에서 가만히 조용하게 숨을 내쉬고, 들이마셨다.

문득 메리다는 자각했다. 항상 이 남자에게는 자신이 아이이고, 제자이고, 섬겨야 하는 주인이고, 대등한 여자로 취급해 주지 않는 것을 불만스럽게 생각하면서도 정작 자기 자신은 실감하지 못했다.

이렇게 맞닿아 있는 청년은 자신에게 있어 연상의 어른이고, 완벽한 종자이고, 엄격한 가정교사이기만 한 것은 아니다. 그 이전에 한 명의 《남자》다. 메리다 자신이 그를 대등하게 바라본 순간, 가슴 안쪽에서 고동이 뛰었다. 한없이 맥이 빨라지고, 전신이 뜨거워진다.

이 맘을 아는지 모르는지, 그는 꿈을 꾸는 것 같은 목소리로 메리다의 목덜미에 속삭였다.

"아가씨는 전혀 모르시겠지요. 당신과 떨어져 있는 동안 제 마음이 얼마나 많은 모래 먼지를 맞고 있었는지. 당신이 있는 저택에 돌아갈 때를 꿈꾸고, 하루하루가 지나는 것을 마음속으로 기다리고 있었음을."

"……!"

"그날, 카디널스 학교구 역에서 당신의 모습을 바라보았을 때, 세상에 색이 켜진 것 같은 기분이 들었습니다. 세상이 이토록 고왔었나 하고, 그렇게 놀란 건 오랜만이었어요. 제가 이렇게 무사히 순례를 마칠 수 있었던 건 분명, 당신이 곁에 있어 주셨기 때문이 확실합니다."

"서, 선생님……!!"

메리다는 더 이상 참을 수 없었다. 스스로 그의 머리에 볼을 기대고, 머리카락을 빗고 있었던 손바닥을 옆머리에 대고 살며시 끌어안는다. 경망하다 생각하면서도 왼손바닥을 그의 오른손에 겹치고, 다섯 손가락을 꼬옥 깍지 끼지 않고는 있을 수 없었다.

──떨어져 간다. 더는 돌이킬 수 없는 곳까지.

녹을 정도로 뜨거운 열을 품은 몸이 그와 하나가 되는 듯한 감각. 한시도 떨어지고 싶지 않다는 마음이 머리카락에 닿는 입술에서, 굳게 맞잡은 손바닥에서 전해져 온다. 상대에 대해 아무것도 몰라도 사랑은 할 수 있다, 그런 말은 순 거짓말이라고 메리다는 생각했다.

쿠퍼 선생님. 당신을, 더욱더 알고 싶어──.

얼마 동안이나 그러고 있었을까. 긴 꿈을 꾸고 있었던 듯한 기분으로 메리다는 천천히 얼굴을 들었다. 서로 포갠 손바닥에는 촉촉이 땀이 났고, 두 번 다시 떼지 못하는 게 아닌가 싶을 만큼 깊은 열이 느껴졌다. 마치 그것이 사랑의 정표 같은 기분이 들어서, 낯간지럽다는 감상과 동시에 이루 말할 수 없는 달콤함이 자그만 가슴을 가득 채웠다.

"그, 그러니까…… 저를 보고 싶어서 초대장을 보내주셨던 거예요?"

"네에?"

"그럼 처음부터 말을 해 줬으면 성왕구든 어디든 저는 기꺼이 따라갔을 텐데. 정말, 선생님은 항~상 오기만 부린다니까……."

"──잠시만요, 아가씨. 대체 무슨 이야기입니까?"

평소처럼 씩씩한 목소리가 메리다의 귀를 때렸다.

어리둥절해 얼굴을 돌리자 마찬가지로 얼굴을 든 그와 코끝이 착 닿는다. 쿠퍼는 눈썹을 찌푸리고, 메리다는 눈을 크게 떴다. 어딘가 맞물리지 않는 말이 입술 사이에서 뒤엉킨다.

"……대관식 초대장을 보내셨잖아요? 특별관람석이라는 무척 비싼 티켓을. 호텔이랑 열차 티켓도 에이미네 몫까지……."

"아니요…… 저는 계속 그림자 무사를 맡고 있었던 터라 《쿠퍼》의 입장으로 편지를 보낼 순 없었습니다. 정말이지…… 짚이는 데가 없습니다."

"어, 그럼……."

잊고 있었던 의심이 머릿속에서 부풀어 오른다. 마치 증기가 자욱이 끼는 것처럼 메리다의 현실이 모호해진다. 왼손이 매달리듯이 쿠퍼의 옷깃을 꽉 쥐었다.

"그 초대장은 대체 누가……————?"

† † †

어두컴컴한 왕성 지하감옥에 금속음이 메아리쳤다.

딱 하나 자물쇠가 걸려 있었던 문이 바깥에서 열린다. 방에서 나온 건 민속적인 의상을 입고 갈색 피부를 지닌 쌍둥이 소녀였다. 한쪽은 힘껏 팔을 펴고, 다른 한쪽은 문 옆에서 열쇠를 든 인물에게 가볍게 인사를 한다.

"고맙습니다, 왕작님. 설마 이렇게 빨리 꺼내주실 줄은 몰랐어요."

"감사를 표해야 할 건 이쪽이지. 두 사람 다 내가 당부한 바를 잘 지켜 줬어."

열쇠 다발을 차르륵 든 자는 붕대를 칭칭 감은 세르주 쉬크잘이었다. 또한 그 후방에 그의 《파수견》이라고 불리는 스나이퍼 소녀가 대기 중이다. 그 밖에는 단 한 명의 간수의 모습도 없다. 《파수견》은 쌍둥이 옆을 지나 죄수가 없는 감옥 문을 단단히 닫았다.

루실이 슬쩍 떠보듯이 키가 큰 왕작에게 몸을 내밀었다.

"그래서 왕작님. 약속하셨던 보수 말인데요……."

《파수견》이 쌍둥이 후방에서 힐끔 뒤돌아보고 주인에게 강한 시선을 보냈다.

——입을 막을까요?

명민하게 그녀의 의사를 알아들은 세르주는, 그러나 아무렇지도 않게 고개를 가로저었다. 호들갑스럽게 팔을 벌리는 동작으로 얼버무리고 거즈를 붙인 얼굴로 쾌활하게 웃는다.

"맡겨두게! 극단의 아리아 씨랬지? 그녀의 부상은 이 내가 책임지고 여기저기에 손을 써 완치시켜 보이겠다. 걱정 안 해도 돼. 의사에게 간단히 진찰을 받았는데, 문제는 치료비뿐인 것 같더라고."

""다행이다……!""

크게 가슴을 쓸어내리는 쌍둥이는 알 길이 없었다. 그야말로 지금 자신들의 목숨을 사신의 낫이 스쳐 갔다는 것을. 바로 뒤에 있는 자그마한 소녀가 단검을 칼집에 도로 넣었다는 것을.

메뉴를 고민하는 듯한 표정으로 라일라가 입술에 손가락을 댔다.

"그나저나 우리는 앞으로 어떻게 되는 건가요?"

"아무것도 변하는 건 없어. 더비 극단에 돌아가렴. 이미 단장과 이야기는 마쳤어."

친애하는 단장 마더의 이름이 나오자 쌍둥이의 시선이 위를 향한다. 세르주는 그 둘을 안심시키듯이 미소를 지어 주었다.

"너희는 극단의 가족을 인질로 잡혀 어쩔 수 없이 적에게 정보를 전달했었던 거야. 내가 왕작의 이름으로 너희에 대한 죄상을 취하해 주겠다. 지금까지와 하등 다르지 않은 생활로 돌아갈 수 있을 거야. 극단 사람들이 너희가 돌아오는 걸 기다리고 있어."

와아아! 쌍둥이의 표정이 환해진다. 《파수견》은 말없이 그 옆을 지나쳤다.

　자그마한 소녀가 옆에 돌아온 것을 확인하고 왕작은 가볍게 돌아섰다. 출구로 향하는 경쾌한 발소리에, 루실과 라일라가 조금 무서워하면서도 바싹 붙어간다.

　"그런데 왕작님, 왜 이런 일을 명령하신 건가요?"

　루실이 말하고서 라일라를 본다. 라일라는 고개를 끄덕이고 말을 이어받았다.

　"맞아, 맞아. 『습격자들에게 순례 일정을 밀고하라.』라니."

　"조금 확인하고 싶은 것이 있어서 파란을 일으켜 줬으면 했거든. 순례 도중에 두꺼운 봉투를 보내게 시켰었지? 사실 그거, 기사 공작 저택 앞으로 보내는 우편이었어."

　"“네에에?!”"

　"정확하게는 별장이지만. 메리다 엔젤도 꼭 이번 순례에 참가해 주길 바랐거든. 쿠퍼 군과 함께 말이야. 덕분에 아주 유의미한 것을 알 수 있었지."

　최초의 충격이 너무 커서 쌍둥이에겐 이어지는 그의 말이 머리에 들어오지 않았다. 하지만 만약 들었다고 해도 그들은 그 내용을 반도 이해하지 못했을 것이다.

　세르주는 혼잣말인 양 생기 있는 목소리로 이렇게 계속 말했다.

　"알고 싶었던 것은 메리다 엔젤과 《백야》의 배후관계다. 그녀의 뒤에 백야가 붙어 있는 걸까? 아니면 쿠퍼 군이 단독으로? 애당초 쿠퍼 군은 어떤 사명을 따르는 것인가. 무능영애의 수호인가? 아니면——?"

"으, 으~음, 왕작님……?"

"예상 밖의 사고가 거듭되는데도 쿠퍼 군은 백야에 구원을 요청하려고는 하지 않았다. 왜지? 단독으로 해야 하는 임무이기 때문이겠지. 그렇다면 그가 메리다 엔젤에게 보내는 애정은 연기인가?——아니. 열차 습격 때에 그는 몸 바쳐 메리다 양을 감싸고 있었다. 진실로 그녀를 생각하지 않으면 그렇게는 못해."

어느새 왕작은 쌍둥이에게 이야기하고 있지 않았다. 옆에 대기하는 《파수견》에게 이야기를 하는지, 키가 작은 그녀에게 시선을 돌리고 씨익 웃는다.

"요컨대 금후, 무능영애가 그 어떤 곤경에 빠진다 한들 백야 기병단(길드 잭 레이븐)이 그녀를 구하기 위해 튀어나올 일은 없어. 다만 쿠퍼 군의 헌신만큼은 진짜다. 그와는 아무래도 정면에서 부딪칠 필요가 있는 것 같아.——이야, 벌써 기대되는걸."

하핫. 상쾌한 웃음소리가 지하감옥에 메아리친다. 주인의 말을 무표정으로 받아들이고 있었던 《파수견》은 갑자기 발을 멈추고 시선을 돌렸다.

움직이려고 하지 않는 자그마한 그녀를, 장신의 주인이 눈썹을 올리면서 돌아본다.

"왜 그러지?"

"…………."

잠시 후 붕붕 고개를 흔든 그녀는 다시금 발을 내디뎠다. 붕대를 감은 주인을 지탱하듯이 나란히 서고, 끼어들 틈도 없는 쌍둥이가 뒤를 따라 네 명분의 구두 소리가 멀어져간다.

그리고 《파수견》이 주의하고 있었던 어두운 그늘에서——.

살며시 소녀의 하얀 미모가 떠올랐다. 구두 소리가 완전히 사라진 것을 확인하고, 습기 찬 벽에 등을 맡긴다. 후우. 열세 살의 아담한 가슴이 오르내렸다.

"……선생님 이름이 들려서 그만 욕심을 내고 말았어. 저 모습으로 보건대 순례에 훼방꾼이 끼어들 수 있었던 건 오라버니가 뒤에서 조종해서 그랬던 거구나."

키득. 어른스러운 웃음이 입술을 칠한다.

"어머니에게 알려야겠다."

천사 의상이 휘날리고 경쾌한 구두 소리가 울린다. 흑수정의 머리칼이 깊은 어둠 속에 흩날리고, 사라졌다.

† † †

"아~~~~!! 겨우 찾았네!"

큰소리가 고막을 찔러 얼굴을 붙이고 있었던 메리다와 쿠퍼는 튕기듯이 몸을 뗐다. 그토록 진한 열을 품고 있었던 손바닥이 아주 쉽게 떨어져 버렸다.

황급히 돌아보니 광장 입구에 낯익은 두 사람의 얼굴이 나타나 있었다. 바로 메리다와 같은 천사 의상을 입은 엘리제 엔젤과, 그 가정교사인 여행복을 입은 붉은 머리 소녀다.

"로제티 씨! ……왠지 오랜만인 것 같은 기분이 드는군요."

"그러게! 그렇게 오래 떨어져 있었던 것도 아닌데."

스스럼없이 다가오는 그녀의 모습에 쿠퍼는 마음속으로 안도의 한숨을 쉬며 가슴을 쓸어내렸다.

그만 너무 정신을 빼고 있었다고 해야 하나, 메리다에게는 꽤 꼴사나운 모습을 보이고 말았다. 갑자기 너무 거리를 좁혀서 깜짝 놀랐을지도 모른다. 얼굴이 새빨개진 그녀에게 엘리제가 "왜 그래?" 하고 다가오자, 메리다는 "아무것도 아니야." 하고 고개를 흔들었다.

불빛이 약했던 덕분에, 서로 안고 있었던 장면은 그나마 보이지 않고 끝난 모양이다. 가면 뒤로 서서히 고동을 가라앉히며 쿠퍼는 다시 동료에게 돌아선다.

"도착이 퍽 늦었네요."

"무슨 인사가 그래! 물론 가장 중요한 때 있어 주지 못한 건 미안하지만 말이지, 이쪽은 이쪽 나름대로 힘들었거든요…… 투덜투덜……."

"그러고 보니 저를 찾고 있었습니까? 무슨 용건으로?"

그녀의 첫 멘트를 다시 생각하고 물어보자, 로제티는 왠지 거북한 듯이 시선을 피했다. 장난친 흔적을 숨기는 아이 같은 동작이다.

"……무슨 일을 저지른 겁니까? 화내지 않을 테니 솔직히 말하세요."

"왜 내가 혼나는 게 전제인데? 그게 아니고 말이지, 그……."

시선이 어디 둬야 할지 갈피를 잡지 못하고 그녀는 힐끔 천사 자매를 살폈다. 어떤 의미인지 파악하기 어려운 건 메리다와 엘리제도 마찬가지였다. 연상끼리의 대화를 옆에서 지켜볼 수밖에 없다.

이내 로제티는 돌변한 것처럼 오른팔을 번쩍 들었다.

"역시 말이야, 그, 생각할 것도 없이 당신밖에 없겠다고 생각했어!"

"네?"

"이런 건 성도 친위대 선배한테는 부탁할 수 없으니까…… 아니, 맨 먼저 머리에 떠오른 것도 당신이고, 계속 한복판에 눌러앉아 있는 것도 당신이었어!"

──대체 무슨 이야기를 하는 겁니까?

쿠퍼가 그렇게 되물으려고 한 순간이었다. 쑥쑥 거리를 좁혀 온 로제티가 여행 가방을 내려놓는 것과 동시에 쿠퍼의 양어깨를 움켜쥔다.

그리고──.

"응~~~……쪼옥!"

아무런 맥락도 없이 입술을 밀어붙였다.

아이처럼 갖다 댄 주제에 열렬한 키스였다. 목덜미에 팔을 감고 정신없이 꿀을 빨기를 몇 초.

츄웁. 접촉 때와 똑같이 힘차게 입술을 뗐다. 얼굴이 새빨개진 그녀는 아연실색하는 쿠퍼를 아랑곳하지도 않고 뒤돌아서서 뺨을 누른다.

"크아아~~~! 부, 부끄러워라!!"

"가, 갑자기 무슨 짓입니까, 로제티 씨……."

역시 볼이 좀 붉어지기는 했지만 그 이상으로 어이없다는 태도로 쿠퍼가 물었다. 제자들의 못된 버릇이 전염되기라도 한 걸까. 하지만 방금 건 이성을 놀리는 것치고는 기막히게 들어왔다. 넋이 나간 엘리제는 하얀 얼굴이 더욱 새하얘졌고, 메리다에 이르러서는 세상의 종말을 들여다본 것처럼 전신을 부들부들 떨고 있다.

"그, 그거, 나의…… 선생님의 그거, 나나, 나의…… 어버버버……."

급기야 헛소리까지 중얼거린다. 결국, 대체 무슨 생각이냐는 쿠퍼의 추궁하는 눈길에 문제의 테러리스트는 하나도 반성하지 않는 얼굴로 "데헷." 하며 후두부에 손바닥을 대고 성의라고는 눈곱만큼도 없는 태도로 혀를 내밀었다.

"내 첫 키스였으니까, 손해는 아니지?"

"딱히 상관없습니다만……. 이유가 있는 거죠? 냉큼 사정을 이야기하세요."

"이야~ 사실 갑작스럽게 미안한데 말이지."

파앙, 얼굴 앞에서 합장을 하고 로제티는 고개를 기울였다.

전원의 주목을 받는 가운데 귀여움 만점인 눈 치켜뜨기를 하고——

추호의 예고도 없이 이렇게 내뱉는 것이었다.

"있잖아, 쿠. 나랑 좀 결혼해 주지 않을래?"

"······················네?"

후기

여러분 안녕하세요, 저자 아마기 케이입니다. 항상 함께해 주셔서 정말로 고맙습니다. 또 고생하셨습니다. 지금까지와는 조금 색다른 분위기였던 어새신즈 프라이드 제4권, 어떠셨습니까. 재미있으셨다면 좋겠습니다.

이번엔 겨울학기와 봄학기 사이를 무대로, 이전에도 말씀드린 대로 몇 가지 신선한 요소를 담았습니다. 그 상징으로서 《역전》이라는 말을 들 수 있을 것 같습니다. 1, 2, 3권까지 역경을 뚫어온 메리다에게는 잠깐의 휴식을 주는 대신, 지금까지 그녀를 이끄는 입장이었던 쿠퍼에게 다양한 곤란과 맞서도록 했지요.

하지만 그건 어떤 의미에서는, 그 자신에게 주는 상이라고도 볼 수 있을 겁니다. '아가씨에게 최선을 다하는 종자'라는 입장이 《역전》됐을 때, 과연 두 사람의 관계는 어떻게 그려질 것인가?

여하튼, '대체 무슨 소린지'하며 고개를 갸웃거린, 서서 읽고 있는 거기 당신은── 자아, 지금 바로 서두의 컬러 페이지를 넘기는 겁니다! 그럼 틀림없이 자기도 모르는 사이에 빛의 속도로 카운터를 향하고 있을 터. 옳지, 옳지. 그 정도로 일러스트레이터님의 펜 끝이 생명을 불어넣은 메리다 일행은 멋있다는 얘기였습니다! 자리에서 일어나 박수갈채를 보내고 싶은 기분이에요.

니노모토니노 님의 일러스트를 잔뜩 볼 수 있다는 것, 제 머릿속에만 존재했던 광경이 문자가 되어 부풀고, 일곱 가지 빛깔이 되어 반짝일 수 있도록 도와주시는 것이 제가 이 작품을 계속 써 내려갈 수 있는 크나큰 모티베이션이 되고 있습니다.

――진지한 이야기는 여기까지.

덧붙여 이번엔 3권 후기에서 예고한 대로 러브 코미디 분량을 늘리고 늘린 구성이 되었습니다. 그 때문에 아가씨들은 평소 이상으로 핑크빛 방면에서 분발했습니다. 이게 뭐, 연필이 그냥 춤을 추더군요! 나사도 가끔 풀면 즐겁네요.

그건 그렇고.

요즘 유럽 여행 방송을 즐겨 시청하고 있습니다. 같은 땅을 소개해도 프로그램마다 시점이 다양해서 재미있어요. 이국의 시 가지에서 사람들이 "봉주르." 하며 손을 흔든 날에는 꼭 저 자신이 실지로 그곳에 있는 것 같은 기분이 들어서 신기하네요. 실은 이런 감각, 제가 창작 중에 가장 의식하는 것 중 하나이기도 해서.

노래를 잘 못 부르는 저는 음악을 듣고, 춤을 못 추는 저는 무대를 보고, 또 넘칠 것 같은 공상을 주체 못한 저는 소설을 쓰고, 읽습니다. 하지만 가끔은 관객석에서 뛰쳐나가 본 적도 없는 경치에 휩싸여 보는 것도 즐겁지 않을까 싶네요.

바라건대 쿠퍼와 메리다가 당신의 팔을 끌고 빛나는 공상 속으로 데려가 줄 수 있기를. 그것 역시 제가 연필을 미끄러뜨리는 커다란 모티베이션의 하나랍니다.

마지막으로 감사 인사를 하겠습니다.

일러스트레이터인 니노모토니노 님에겐 몇 번이라도 감사의 말씀을 드려야 합니다. 제가 러프나 완성화를 볼 때마다 얼마나 감격에 겨워하는지는, 혹시라도 꼴사나워 보일까 봐 창피하니 비밀로 해 두겠습니다. 매번 아크로배틱한 곡예비행을 밀어붙이는 허당 작가를 도와주시는 판타지아 문고 편집부, 담당자님. 과연 안정된 이착륙을 보여드릴 수 있게 되는 건 언제쯤……(해석:반성하고 있습니다.).

그리고 물론, 짧은 여행에 동석해 주신 독자님들에게도. 이번 4권은 어떠셨는지요? 다음 회는 마지막에 일을 저질러준 《그 아이》가 드디어 대활약! 할지도……? 초봄의 꽃이 싹틀 무렵, 꼭 다시 뵙겠습니다.

아마기 케이

어새신즈 프라이드 4

2017년 12월 25일 제1판 인쇄
2018년 01월 01일 제1판 발행

지음 아마기 케이 | **일러스트** 니노모토니노 | **옮김** 오토로

펴낸이 임광순 | **제작 디자인팀장** 오태철
편집부 황건수 · 신채윤 · 이병건 · 이홍재 · 김호민
디자인팀 박진아 · 박창조 · 한혜빈 | **국제팀** 노석진 · 엄태진

펴낸곳 영상출판미디어(주)
등록번호 제 2002-000003호
주소 21311 인천광역시 부평구 평천로 132 (청천동)
전화 032-505-2973(代) | **FAX** 032-505-2982

ISBN 979-11-319-7021-8
ISBN 979-11-319-6068-4 (세트)

노블엔진(NOVEL ENGINE)은 영상출판미디어(주)의 라이트노벨 및 관련서적 브랜드입니다.

2학년으로 진급한 메리다는
야계와의 경계선에 향하게 된다.
그곳은 폭탄 선언의 충격도
가시지 않은 로제티의 고향──

어새신즈프라이드 제5권은
2018년 초 발매 예정

나타난 소녀는 카구야의 여동생?!
세상에서(S) 제일 파렴치(F)한 루나틱 러브코미디, 제2탄!

나설 때예요! 카구야 님

2

◆

달의 예전 여왕, 카구야가 지구로 찾아온 뒤 며칠. 유타와 카구야는 여전히 달에서 온 암살자에게 쫓기는 나날을 보냈다.

전혀 오르지 않는 카구야의 선행치, 그리고 집으로 밀어닥친 더부살이들과 그들을 너그러이 받아주는 어머니에게 유타가 골머리를 앓고 있을 때……

"여전하시네요, 여왕."

"오랜만이구나, 여동생."

유타 일행 앞에 돌연 나타난 소녀는 사쿠야 X 하인라인. 카구야의 여동생이었다.

카구야의 『흑과학』과 반대되는 초 기술 『백리력』을 사용하는 사쿠야의 목적은── 언니를 없애는 것?!

아이소라 만타 지음 | 펄프 피로시 일러스트 | 2018년 1월 출간
청춘의 상상, 시동을 걸어라!

에이룬 라스트 코드
~가공의 세계에서 전장으로~

4

히무로 나츠키(=에이룬)가 나타난 이후로 초월적인 실력자들이 전선에 복귀하고 능력을 발휘하면서 히무로 의숙은 맬리스를 상대로 연전연승을 기록해 전성기 수준의 성과를 거두기 시작했다. 그 사실을 알고 경악하는 전 기병부 3번대 대장 나나오기 야마토, 초대 기병부 대장 칸나기 미도리, 그리고 수많은 동료를 잃고 과거의 원념에 사로잡힌 채 히무로 의숙 파괴를 꾀하던 야마토는 에이룬에 대해 조사하기 시작하는데——.

한편, 에이룬은 헥사를 차별하고 핍박하는 세계를 바꾸기 위해, 살아남은 기병부 네임드들을 모아 장대한 계획을 세운다!

Illustration : Akemi Mikoto
©Ryunosuke Azuma 2016

아즈마 류노스케 지음 | 미코토 아케미 외 일러스트 | 2018년 1월 출간

청춘의 상상, 시동을 걸어라!

인기 카드 배틀 모바일 RPG
『큐라레: 마법도서관』을 라이트노벨로 만난다!

큐라레: 마법도서관

2

마법도서관, 큐라레.

다중차원우주의 데이터를 관리하는 신비로운 존재 마법사서들이 살고 있는 곳.

다정하고 무슨 일이든 잘 될 거라고 믿는 정사서 미우, 실수투성이지만 언제나 자신만만한 수습사서 셀라, 냉철한 전투 전문가이지만 부끄러움이 많은 특수사서 델핀.

세 명의 사서들과 함께 하는 마법도서관 큐라레의 요란하고 시끌벅적한 이야기!

불멸의 검은 개를 이끄는 마담 버지니아 울프, 그리고 그녀의 힘을 빌린 혼돈의 추종자 하데스에의해 심각한 위기를 맞이한 큐라레. 모두가 분투하는 가운데, 일곱 외경 중 하나라는 의혹에 중앙 도서관에 구속되었던 장자가 큐라레로 향한다!

이금영 지음 | 나묘 일러스트 | 2018년 1월 출간 |
스마일게이트 엔터테인먼트, 스마일게이트 메가포트 원작 |
청춘의 상상, 시동을 걸어라!